LE COMTE
DE COMMINGE,

ou

LES AMANS MALHEUREUX.

DRAME.

LE COMTE
DE COMMINGE,
ou
LES AMANS MALHEUREUX.

───────────────

DRAME.

Reslout Filius inv.   *S.t Aubin Sculp.*

Soutenons ce Spectacle, il apprend à mourir.

Act. dernier Sc. dernière

LE COMTE
DE COMMINGE,
OU
LES AMANS MALHEUREUX,
DRAME
PAR M. D'ARNAUD.

. . . *Et qui pungit cor*
Profert fenfum. Ecclefiaftic. ch. xxij. v. vj.

TROISIÉME ÉDITION.

A PARIS,

Chez LE JAY, Libraire, Quay de Gévres,
au Grand Corneille.

_____

M. DCC. LXVIII.
Avec Approbation & Permiffion.

A MADEMOISELLE**

En lui envoyant le DRAME
DU COMTE DE COMMINGE.

GUIDÉ par un Peintre flatteur,
Qui pour vous ne le sçauroit être,
Quelque talent qu'il fit paraître
Dans votre portrait enchanteur;
Inspiré par ce Dieu, sincère
Quand c'est vous qu'il prétend louer;
Dans quelques vers lus de sa mère,
Et que le cœur daigne avouer,
J'ai crayonné votre art de plaire,
Vos charmes, tous les agrémens:
Je cédois à mes sentìmens;
Au tableau ramené sans cesse,
J'ai peint la fille du Printemps;
Et la Rose de la Jeunesse;
J'ai fait voir l'Amour, l'Amitié,
Par le Goût fixés sur vos traces;
Je vous ai nommée AGLAÉ:
N'êtes-vous pas une des Graces?

A

Mais ce n'eſt point à leurs attraits
Qu'aujourd'hui j'offre mon hommage :
C'eſt à cette ame faite exprès
Pour embellir l'eſprit d'un Sage ;
C'eſt au plus ſenſible des cœurs
Que le mien préſente les larmes
De deux Amans, dont les allarmes,
Les ennuis, les ſombres douleurs
Pour la tendreſſe auront des charmes,
Si vos yeux leur donnent des pleurs.

   COMMINGE, s'armant d'un ſaint zèle
Contre l'ardeur qui l'enflammoit,
A ſes vœux put reſter fidèle :
Ce n'étoit pas vous qu'il aimoit.

   Par un effort rare & ſuprême,
ADÉLAÏDE conſtamment
Refuſe au ſein de ce qu'elle aime,
D'épancher ſes pleurs, ſon tourment ;

   Tant de vertu vient me confondre :
Mais, ſatisfait de la vanter,
Je n'oſe en vérité répondre
Que je puſſe en tout l'imiter.

DISCOURS
PRÉLIMINAIRES.

PREMIER DISCOURS
Qui se trouve à la tête de la premiere Edition.

PARLER de soi ennuie, & souvent révolte.
S'entretenir sur son art avec le public connaisseur,
avec cette portion d'hommes éclairés, qui seule
assure le vrai succès, & indique les moyens de l'obtenir, c'est converser, s'instruire avec ses maîtres,
& contribuer, autant qu'on le peut, à la perfection
du talent.

Si la *Pitié* & la *Terreur* sont les deux ressorts do- Le Sujet de
minants que doive employer le Théâtre, jamais la Piece.
Fable ne fut plus susceptible de ces deux mouvemens énergiques que le sujet du COMTE DE COM-
MINGE. On ne sçauroit lire ces *Mémoires* sans émotion; on est surtout attendri au dernier tableau qu'ils
nous présentent; c'est dans ce morceau que se trou-

Ces *Mémoires*, ils sont de Madame de T**, Auteur des
Malheurs de l'Amour.

ve déployée, avec toute fa pompe, cette noble &
touchante *majefié des douleurs* de Stace. On a donc
ofé mettre en vers cette action ; on s'eft contenté de
l'annoncer fous le titre fimple & générique de *Drame*. Avec cette forte de ménagement, on fera fûr de
ne pas indifpofer les partifans fuperftitieux des regles, qui ne voulant jamais s'élancer du cercle étroit
où les enchaîne l'efprit d'imitation, pleurent précifément aux endroits qu'Ariftote & d'Aubignac leur
ont permis de goûter. Que l'on aît eu le bonheur
d'intéreffer, de faire couler quelques larmes, de
nous ramener à cette grande, cette importante vérité :
les plus faibles étincelles dans les paffions conduifent
à de terribles incendies, fouvent la fource de tous
les malheurs, & quelquefois de tous les crimes ; &
enfuite on pourra perdre le tems à difputer fur le
nom propre qui convient à ce poëme.

Les Reli-
gieux de la
Trappe.

Il y a des héros de tout genre. On fçait que c'eft
l'enthoufiafme qui crée cette efpece d'hommes fupérieure à la nôtre ; lorfqu'à cet enthoufiafme vient
fe joindre la religion, l'image la plus majeftueufe,
la plus frappante pour les yeux de l'humanité, on
doit s'attendre, que l'on me pardonne ces expreffions, à voir jaillir de ce double foyer des êtres

merveilleux. Faire mourir dans fon cœur jufqu'au moindre germe des paffions humaines ; fe pénétrer , fe remplir de l'idée à la fois confolante & terrible d'une Divinité qui récompenfe & punit ; veiller en quelque forte fur foi-même comme fur fon plus cruel ennemi ; fe combattre & fe fubjuguer avec une barbarie inconcevable ; fouler aux pieds l'orgueil, ce reffort fi puiffant de notre ame ; tirer fa gloire de la plus profonde humilité ; perdre entierement de vue la terre & fes révolutions pour avoir les yeux fans ceffe levés vers le ciel ; mourir avec autant de joie que les autres hommes en goûteroient à naître , s'ils étoient en ce moment fufceptibles de connaif-fance ; fe détruire enfin tout entier , pour devenir un être d'une nouvelle nature : c'eft-là le grand tableau que nous offrent les Solitaires de la Trappe. Privée même de l'éclat de la religion , il n'y a point de regards que cette image n'étonne, n'attache. A Conftantinople , à Nangafaki on admireroit de tels humains , comme on les admire en France , dans les

---

La terre & fes révolutions. On prétend qu'à la mort de Louis XIV, il y a eu des Religieux de la Trappe qui ont ignoré longtemps cette nouvelle, dont l'Europe étoit remplie.

lieux qu'ils habitent. C'eſt bien de ces Religieux
que l'on peut dire à la lettre : *cinerem tanquam panem*
manducabam , & potum meum cum fletu miſcebam.
Qu'on ſe ſouvienne que le ſilence le plus rigide eſt
la baſe de leurs ſtatuts, que le P. Abbé accorde ſeul
la permiſſion de parler, que leur Noviciat a quelquefois été prolongé plus de deux ou trois ans, qu'ils
ſe proſternent devant les Étrangers & le P. Abbé,
qu'ils s'appellent Freres, n'y ayant que ce dernier
ſeul qui ait le nom de Pere. Toutes ces circonſtances
ne doivent pas être indifférentes aux perſonnes qui
voudront goûter quelque plaiſir à la lecture de ce
Drame. J'oubliois de dire que ces Religieux, avant
que d'expirer, ſont couchés ſur un lit de cendre &
de paille ; ils boivent à longs traits toute l'horreur
du calice de la mort. Je doute que la philoſophie la
plus éprouvée s'accommodât de cette façon de mourir. Il n'y a que la religion qui puiſſe tenter des
efforts ſi pénibles, ſi révoltans pour la nature humaine, qui ſoit capable de verſer des conſolations
dans ces cœurs deſſéchés de pénitence ; & c'eſt aſſurément ce que ne feroit pas notre prétendue ſa-
geſſe.

C'eſt dans un fonds ſi riche & ſi neuf que j'ai puiſé mon *Coſtume*. J'ai cherché à répandre dans ma piéce ce *ſombre*, qui eſt peut-être la premiere magie du pittoreſque, partie dramatique, que les anciens ont ſi bien connue, & que les modernes parmi nous ont ignorée, ou entierement négligée. Qu'il me ſoit permis de m'arrêter un peu ſur cette partie intéreſſante pour les peintres & les poëtes. Jettons les yeux ſur les grands maîtres dans ces arts : nous voyons Rembrant, Rubens, le Pouſſin atteindre par cette route au ſublime de la peinture. Qu'on liſe l'*Enfer* du Dante, le *Paradis perdu* de Milton, les *Nuits* du Docteur Young, & l'on ſentira combien cette branche du pathétique a d'empire ſur tous les hommes. Fut-on jamais autant affecté d'une prairie émaillée de fleurs, d'un jardin ſomptueux, d'un palais moderne, que d'une perſpective ſauvage, d'une forêt ſilencieuſe, d'un bâtiment ſur lequel les années ſemblent accumulées ? Je voudrois bien que nos méta-

Le *Sombre*, partie Dramatique.

Rembrant dans ſa *Réſurrection du Lezare*; Rubens dans ſon *Martyre des Innocens*, & la *Chute des Réprouvés*. Le Pouſſin, dans le célebre *Teſtament d'Eudamidas*.

physiciens se donnassent la peine d'éclairer la cause
de ce sentiment qui nous maîtrise, nous emporte,
nous ramene à ces débris de monumens antiques, de
tombeaux, &c.

C'est cette nouvelle partie du Théâtre que j'ai
entrevue, & qui dans les mains d'un homme de
génie seroit susceptible des plus grands effets, & pro-
duiroit une source d'horreurs délicieuses pour l'ame.
On seroit tenté de croire que nous sommes nés pour
la douleur, pour le ténébreux. Il y a encore un
autre avantage à employer ce ressort dramatique :
il fait mourir autour de nous toutes les illusions de
la dissipation, nous porte à réfléchir, nous fait re-
plier sur nous-mêmes, nous rend enfin l'humanité
plus propre, & l'on n'ignore pas que ce sentiment
approfondi excite nécessairement les vertus, les belles actions, &c.

Simplicité
d'Action.

J'ai cherché à simplifier les moyens qui sont mul-
tipliés dans les *Mémoires du* COMTE DE COMMINGE,
persuadé que c'est de cette noble simplicité que dé-
coulent les vraies beautés du Drame. Je citerai encore les anciens. Rien de plus simple que les Grecs,
parmi nous Corneille en général, & Racine presque

que toujours. Je ne prétends point faire le procès à
mon fiecle : mais me feroit-il permis de me plaindre ? Aujourd'hui on ne veut plus que des fcènes
marquées à la craie ; tout eft efquiffé ; rien de développé ; plus de caracteres expofés dans toute leur
force, plus de traits prononcés ; une maniere effé-
minée , énervée : voilà ce que nous offrent la plûpart de nos piéces modernes. De-là l'impoffibilité
de pourfuivre furtout cette route dramatique que
Quinault a parcourue avec tant de fuccès. Pourvû
qu'on faffe paffer rapidement devant les yeux une
multitude d'évenemens incroyables, que l'on entaffe
coups de théâtre fur coups de théâtre, tous plus for-
cés , plus ridicules, plus extravagans les uns que les
autres , l'auteur croit avoir faifi le fecret de l'art ,
& une infinité de fpectateurs crie au miracle : mais
veut-on foumettre ce fuccès à l'épreuve de l'expérience ? ces mêmes fpectateurs ne font pas arrivés
chez eux , que toute cette illufion & ce fafte théâtral
font détruits : au lieu qu'on emporte & garde dans
le filence du cabinet les profondes impreffions qu'excitent les chefs-d'œuvres de nos maîtres ; Polyeucte,
Phèdre, Zaïre fe gravent dans notre ame ; & c'eft
alors que le Théâtre peut contribuer à faire naître ,

B

ou à nourrir la chaleur du fentiment, feu facré qu'on ne fçauroit trop conferver & an'mer.

Ces Réflexions femées au hafard n e conduifent affez naturellement à faire part au public de quelques détails relatifs à cet ouvrage. On s'échauffe & on fe perfectionne en faifant entrer les autres dans le mécanifme des refforts que l'on a mis en œuvre.

Sur la Piece. J'ai regardé le filence rigoureux de la Trappe comme la force motrice de l'intérêt qui animeroit le fond de mon Drame. Un de mes premiers perfonnages contraint de fe taire pendant deux actes, & agité d'une grande paffion, forme, ce me femble, un tableau qui irrite la curiofité. On n'auroit pu étendre ce fentiment plus loin que deux actes, parce qu'alors cette curiofité auroit été fatiguée : c'eft ce qui m'a obligé à ne donner que trois actes à cette Tragédie ; j'ai rifqué le mot, car je ne crois pas, je parle du fujet, que l'on en puiffe imaginer une plus touchante. On verra encore pour quelle raifon allant contre toutes les regles, j'ai fi fort étendu la derniere fcène du dernier acte. J'imagine que les cœurs fenfibles me la pardonneront, & même que les efprits qui fe piquent d'impartialité l'approuveront. Pour juger cette fcène, il faut fe péné-

trer du tableau. C'eſt le développement d'un caractere paſſionné. Le perſonnage ouvre ſon cœur par
gradations, en montre les divers jours, en fai ti-
vre & ſaiſir les impreſſions les plus legeres ; ces
mouvements d'abord imperceptibles l'ont entraîné à
des faibleſſes qu'il doit, en ce moment de vérité,
regarder comme des crimes. Si le Chevalier des
Grieux, ou Clariſſe qui n'a commis qu'une imprudence d'où ſont nées toutes ſes infortunes,
étoient morts dans le ſein de leurs parents, je
crois qu'ils ſe ſeroient répandus dans cette effuſion d'ame. On ne perdra point encore de vue que
cet infortuné EUTHIME, rendu tout à coup à Dieu,
fait une ſorte de *confeſſion générale ;* ſi on l'accuſe

Se pénétrer du tableau. Peu d'ames ont aſſez de force & de
vivacité pour s'élancer hors d'elles-mêmes & ſe tranſporter dans
l'ame d'autrui; de là tant de façons de voir ſi louches & ſi
oppoſées, tant de jugements faux auſſi abſurdes que barbares;
que les hommes, ſe dépouillant d'un amour propre, groſſier &
aveugle, ſçachent s'approprier les divers modes d'exiſtence
de leurs ſemblables; qu'ils prennent les yeux, le cœur de la
ſituation · la ſenſibilité gagnera des plaiſirs, & la Philoſophie de
nouvelles lumieres.

d'appuyer avec un peu trop de complaifance fur les circonftances de fes fautes, l'avouerons nous ? ce plaifir fecret de fe rappeller de cheres erreurs, plaifir qu'affurément rejettent la vertu & la religion, & dont à peine on ofe foi-même fe rendre compte, eft peut-être dans le cœur humain. Qu'on s'examine là-deffus de bonne foi. Que de lecteurs dans ce morceau trouveront leur hiftoire !

Les *Mémoires* nous font voir le COMTE DE COMMINGE venant à la Trappe avec beaucoup d'indifférence pour la religion, & rempli de fa feule douleur. J'ai penfé qu'en lui donnant de la piété, je varierois ce caractere, que je le rendrois plus naturel, plus enflammé, plus bouleverfé par ces orages de paffion, qui au Théâtre produifent prefque toujours des effets fûrs de plaire. Un perfonnage vraiment dramatique doit nous offrir l'agitation d'un vaiffeau continuellement battu de la tempête. Zaïre intérefferoit beaucoup moins, fi, après l'entrevue de Lufignan, elle cedoit tout de fuite, fans combat, à la religion de fes peres. COMMINGE peu dévot, comme il l'eft dans le Roman, reffembleroit à fa Maîtreffe ; c'eft à ce dernier rôle que j'ai attaché toute la fureur de l'amour ; ce n'eſt qu'au moment de ſa mort qu'elle reconnaît ſes erreurs : & ce paſſage ſubit de la paſſion à la ferveur la plus vive, au repentir le plus amer, doit, ſelon moi, flatter & déchirer le ſpectateur. Je croirois même qu'il eſt dans la nature qu'une femme aime avec beaucoup plus de flamme qu'un homme ; l'Antiquité nous en a laiſſé une image terrible : Médée tue ſes enfants, parce que Jaſon, qu'elle aime éperdument, l'a trahie, & en épouſe une autre ; & nous ne voyons pas que la Scène Grecque nous montre un pere meurtrier de ſes enfants. J'ai pris plaiſir à expoſer dans le P. Abbé toute la dignité, la pitié, la tendreſſe de la religion que les hommes ont cherché à défigurer, en nous l'offrant armée toujours de foudres & de vengeances.

On ne me fera point un crime d'avoir franciſé les noms Eſpagnols qui ſont dans les *Mémoires.*

C'eſt en avoir dit aſſez, je crois, ſur cet ouvrage. S'il ne réuſſit point, il faut en convenir, ce ſera ma faute, car je ne penſe pas qu'il puiſſe y avoir de ſujet plus intéreſſant, plus théâtral. Ce ſera toujours beaucoup pour moi d'avoir réveillé

l'attention des gens de lettres fur une partie dramatique qui manque abfolument à notre Scène,
& j'aime affez mon art pour facrifier ma vanité
au plaifir de le voir fe perfectionner dans des
mains plus heureufes.

SECOND DISCOURS

Qui a paru dans la seconde Edition.

QUELQUE flatteur que puisse être pour moi le succès constant que l'indulgence du Public semble assurer au Drame du COMTE DE COMMINGE, mon amour propre, car qui n'en a pas, a le courage de s'avouer que ces applaudissements, la récompense la plus brillante de l'homme de lettres, & la seule à laquelle il doive être sensible, sont donnés beaucoup plus au choix du sujet, qu'à la façon dont il est traité. On se supposeroit des talents superieurs pour la poësie, toutes les connaissances de l'art dramatique, on auroit de la peine à se dissimuler qu'une *Fable* heureusement choisie sera toujours la cause principale de la réussite d'une piéce de théâtre; nous en avons des exemples frappants dans Andronic, Inès de Castro, &c. N'oublions jamais pour rabattre de notre vanité poëtique, que Pradon a fait couler nos larmes dans Régulus : & peut-être les chûtes de notre maître, du grand Corneille, doivent-

Le choix
du Sujet.

elles être attribuées plutôt à l'ingratitude, ne craignons pas d'ajouter, à la maladreſſe de ſes ſujets, qu'aux incorrections du ſtyle & des détails; on n'apperçoit point ces fautes dans Cinna, Polyeucte, Rodogune, & elles ne ſe font que trop ſentir dans Théodore, Agéſilas, Attila, Pertharite, Surèna, &c.

On a nommé les poëtes une ſorte d'Enchanteurs: celui qui ſçait revêtir ſes imperfections de l'intérêt ſéducteur du ſentiment, eſt le plus habile magicien; & comment ſe pénétrer de ce ſentiment ſi néceſſaire à tout écrivain, quand le ſujet ne nous fait pas illuſion à nous - mêmes, & qu'il ne nous élève point au - deſſus de la ſphere de l'humanité ? Mes idées par un hazard heureux ſe ſont arrêtées ſur le COMTE DE COMMINGE ; mon ame auſſitôt s'eſt enfoncée dans les tombeaux, dans la profonde ſolitude, dans l'ombre majeſtueuſe du cloître où regne » je ne ſçais quoi d'attendriſſant & d'au- » guſte. » J'ai creuſé, j'ai fouillé dans le ſein d'une nouvelle nature. Eh ! quelles richeſſes n'y ai-je pas découvertes ! qu'un écrivain de génie auroit à puiſer

---

Je ne ſçais quoi, propres paroles de M. de Voltaire. Remarques à la fin d'Olympie.

où

où je n'ai fait qu'entrevoir ma faiblesse ! Les personnes fensées, cette classe privilégiée d'hommes
qui ne font pas menés à la lesse, que l'on me passe ce
mot familier, par le préjugé, par l'esprit servile
d'imitation, ont conçu par cet essai, que ces tréfors
transportés fur notre Scène y produiroient un genre
de spectacle neuf & intéressant. Quelques gens du
bel air, qui fans le sçavoir, font les esclaves de
cette multitude ignorante qu'ils méprisent, & qui
rampent avec ce troupeau, *unthinking people*, des
Automates importants pourroient d'abord rire:
mais que l'on ait le secret de réveiller leur léthar-
gie par les secousses de la terreur, de leur faire trouver dans leur ame dégoûtée & aride, l'attrait de la
mélancolie, une source de larmes: ils cesseront bientôt de s'armer de leurs prétendus bons mots para-
fites, & céderont fans peine à la plus délicieuse des
impressions, au plaisir que l'on goûte à sentir son
cœur.

C'est donc cette nouveauté de *mœurs* & de *cof-
tume* qui m'a gagné les suffrages du Public; il a vu
encore mieux que moi, quoique je connaisse affez
mon art pour me convaincre de ses difficultés &
de mon impuissance, il a vu, dis-je, toutes mes fau-

C

tes, qui font confidérables : mais il a été attendri , il a pleuré, & des juges qui pleurent , ont bien près de faire grace. Si je mortifie en moi l'orgueil en convenant que mes faibles talents ont peu de part à mon fuccès, mon amour pour la vérité me confole de cet aveu humiliant ; & peut-être y a-t'il un rafinement de vanité à vouloir prouver par fa propre expérience, que c'eft prefque du choix du fujet que dépend la réputation d'un ouvrage dramatique.

On m'a reproché de n'avoir pas approfondi des idées rapides & jettées au hazard dans le Difcours précédent, fur l'art de la Tragédie. Le Public aura la bonté de fe rappeller l'efpece d'engagement que j'ai pris avec lui, & que j'obferverai toute ma vie ; bien loin d'inftruire , de donner des leçons , j'en demande, je cherche à m'éclairer ; ce feront là toujours mes fentimens. Je vais donc, je le répete, continuer de m'entretenir avec mes maîtres. Je répans mon ame & ma façon de penfer avec cette franchife courageufe & naïve, la feule qualité que l'on puiffe emprunter du fublime & inimitable Montagne. S'il m'échappe dans la chaleur de la compofition des hardieffes déplacées, des jugements faux, dès ce moment je me rétracte. Si je me trouve d'accord avec les connaisseurs, sans trop m'applaudir de cet avantage, je m'attacherai à mériter encore plus leur approbation.

Portons d'abord nos regards sur notre Théâtre Tragique. Je crois que Corneille, Racine, Crébillon, M. de Voltaire, chacun dans leur genre, ont parcouru & rempli leur carriere, qu'ils doivent être nos modeles, nous échauffer, nous enflammer, sans que nous nous obstinions à nous traîner sur leurs pas, à nous montrer leurs copistes superstitieux. Je prends la liberté d'interroger les gens de goût. Que sont Campistron, la Grange, qui cependant ont beaucoup de mérite, auprès de ces génies créateurs ? Qu'arrive-t'il de cette idolâtrie mal entendue ? Que nous sommes accablés d'un nombre infini de pieces jettées dans le même moule. On composeroit un **Monotonie de nos Pieces.** excellent ouvrage & très-utile aux auteurs naissants, où l'on rapprocheroit, depuis nos tréteaux jusqu'au dernier changement de notre Scène, toutes les ressemblances serviles, j'ose dire indécentes, qui reviennent jusqu'au dégoût dans nos Tragédies. Les jeunes gens, qui se livrent à cette étude si séduisante & si ingrate, seront effrayés, quand ils sçauront que d'environ trois mille Drames Français composés

C ij

jufqu'à nos jours, il n'y en a pas une cinquantaine
qui furnage dans ce déluge immenfe. Il faudroit donc,
pour marcher dans une route moins battue, & où il
y eût plus de gloire à recueillir, fe former un efprit,
une *maniere* à foi, le réfultat des caracteres différents
de nos grands maîtres, prendre le noble, le fublime
de Corneille, l'élégant, le tendre, le féduifant de
Racine, le mâle, le vigoureux, le tragique de Crébillon, le pathétique, le brillant, le philofophique
de M. de Voltaire, mais furtout remonter à la naiffance de la Tragédie.

Il en eft de cet art, comme de la plûpart des
autres inventions de l'efprit humain. On s'eft efforcé
d'altérer le trait primitif de la nature ; des mains
ennemies ont entaffé fur ce beau tableau vingt cou-
ches de vernis, toujours plus étrangeres à la vraie
couleur ; ce feroit une entreprife digne du génie,
de lever tout cet amas d'un fard impofteur, & de
nous remontrer la nature telle qu'elle étoit dans fon
origine ; où trouverons-nous cette belle nature,
dans fa fublime, fa décente nudité, dont l'œil puiffe
admirer, faifir les contours heureux, les formes ar-
rondies, les fages proportions, la vérité énergique ?

Chez les Grecs, les premiers que nous fçachions qui ayent eu un Théâtre.

Ce font eux qui nous ont enfeigné cette *fimplicité* touchante dont nous fommes aujourd'hui fi éloignés. Les hommes qu'une forte de prédilection de la nature femble diftinguer des autres hommes, aiment felon Shaftersbury à rencontrer partout cette noble fimplicité qui les infpire, qui fe répand dans leurs mœurs, dans leurs actions. C'étoit la même fource parmi les Grecs, qui produifoit des vertus fans fafte, & des Tragédies fimples. Ils avoient une idée bien plus diftincte que nous ne l'avons, de ce Καλον, de ce *Beau*, la bafe du bon efprit, comme du véritable héroïfme ; ils touchoient en quelque façon au berceau de la nature, & la voyoient plus pure, plus ingénue, & dans un climat plus favorable à fes impreffions que le nôtre. Les plaintes de Philoctete, Œdipe à Colone, Antigone profternée aux piés de Créon, & lui demandant avec des larmes les honneurs de la fépulture pour le cadavre de fon frere : ces attitudes fimples ont fuffi pour animer des Tragédies entieres, pour arracher des pleurs à toute la Grece affemblée.

Nouvelles obfervations fur la fimplicité Théâtra.

Je m'arrêterai quelques inftants fur cette *fimplicité*
fi chere à quiconque veut fe donner la peine d'étudier la vérité de l'art dramatique. Nos modernes
mêmes nous offrent des exemples qui établiffent la
beauté & le fuccès du *fimple*. Les trois derniers actes
de Zaïre, de l'aveu de tous les connaiffeurs, font
un chef-d'œuvre, par la raifon qu'ils marchent,
fe foutiennent, fe développent fans nul fecours d'é-
pifodes. M. de Voltaire à vingt-cinq ans nous a fait
voir Philoctete amoureux de Jocafte, comme fi ce
n'étoit pas affez de la fituation terrible d'Œdipe
pour remplir un Drame: mais ce grand poëte facri-
fioit alors au mauvais goût de fes contemporains.
Plus éclairé par l'expérience, pouvant à fon tour fervir de modele, il s'eft bien gardé de faire la même
faute dans Mérope: auffi cette Tragédie eft-elle une
des meilleures du Théâtre Français. » Plus un fujet
» eft compliqué, l'a judicieufement obfervé M. Di-
» derot, plus le dialogue en eft facile; » au lieu que
dans une Tragedie fimple, fi l'on ne veut pas tomber dans la déclamation, il faut néceffairement répandre une ame vigoureufe, enflammée, *pleno profluat
pectore:* & c'eft-là ce feu facré du génie, que poffe-
dent par malheur pour le progrès de l'art, fi peu
d'écrivains.

Un trait, que j'emprunte de la Gazette littéraire de cette année (1765), achevera de démontrer combien le *simple* est préférable à tous les faux ornemens du *composé*.

Un jeune Officier Anglais est fait prisonnier dans un combat par une nation de Sauvages. Il est prêt de tomber sous la hache; un vieux guerrier se disposoit à le percer d'une flèche : il fixe ses regards, se laisse attendrir; l'arc lui échappe des mains; il s'assure de l'Officier, l'emmene dans sa cabane, lui fait des caresses, en prend soin, l'instruit dans sa langue. Ils vivoient ensemble comme deux tendres amis; une seule chose inquiétoit l'Anglais : il surprenoit souvent les yeux du Sauvage attachés sur lui, & mouillés de larmes. Le vieillard, au retour de la belle saison, rentre en campagne avec sa Nation; l'Officier le suivoit; ils découvrent un Camp d'Anglais; le vieux guerrier observe la contenance de son prisonnier : il lui demande, après un long silence, s'il sera jamais assez ingrat pour porter les armes contre le peuple chez qui il a trouvé un ami : le jeune homme avec des pleurs s'écrie, que, tant qu'il vivra, ils seront toujours ses freres; le Sauvage met les deux mains sur son visage en baissant la tête, & après avoir été quelque-temps dans cette attitude, il confidere l'Anglais, & lui dit d'un ton mêlé de tendreſſe & de douleur : as-tu un pere ? Il vivoit encore, réplique le jeune homme, lorſque j'ai quitté ma patrie. Ah ! qu'il eſt malheureux, s'écrie le Sauvage ! & après s'être tû quelques moments : ſçais-tu que j'ai été pere ? je ne le ſuis plus ! j'ai vu tomber mon fils dans le combat ! il étoit à mon côté ; je l'ai vu mourir en homme ; il étoit couvert de bleſſures, mon fils, quand il eſt tombé ! mais je l'ai vengé.

En prononçant ces mots avec force, il friſſonnoit ; il reſpiroit avec peine, & ſembloit ſuffoqué par des gémiſſements qu'il ne vouloit pas laiſſer échapper ; ſes yeux étoient égarés, & ſes larmes ne couloient pas. Il ſe calma peu à peu, & ſe tournant du côté de l'Orient, il montra le Soleil levant au jeune Anglais, & lui dit : vois-tu ce beau Soleil reſplendiſſant de lumiere ? as-tu du plaiſir à le regarder ? Oui, répond l'Anglais, j'ai du plaiſir à le regarder.— Eh bien, je n'en ai plus ! Après avoir dit ce peu de mots, le Sauvage regarda un Manglier qui étoit en fleurs : vois ce bel arbre, dit-il au jeune homme ? as-tu du plaiſir à le regarder ? Oui, j'ai du plaiſir à le regarder.. Je

n'en

n'en ai plus, reprit le vieillard avec précipitation, &
auſſitôt il ajouta : pars, vas chez les tiens, afin que
ton pere ait encore du plaiſir à voir le Soleil qui ſe
leve, & les fleurs du Printemps.

Quel tableau pathétique, & comme on y ſaiſit la
touche de la nature ! Malheur au cœur aſſez inſenſi-
ble pour n'en être pas attendri juſqu'aux larmes !
Voilà de ce Beau ſimple qui nous frappe par tout chez
les Grecs, & moins ſouvent chez les Latins. Les premiers ne l'employoient pas ſeulement dans la *fable*,
dans l'expreſſion ; il dirigeoit le choix de leurs *ca-
ractcres*. Ennemis de ces *charges* groſſieres que nous
avons adoptées, on ne voyoit point dans leurs Drames un avare préciſément en contraſte avec un prodigue ; ils ſçavoient varier les nuances de ces *caracteres* par des dégradations légeres & perceptibles pour
le goût. Je comparerois volontiers nos poëtes dans
cette partie, à ces peintres mal-à-droits, qui pour
donner plus d'embelliſſement & de force à leur ſujet, & de ton à leurs couleurs, plaçoient dans leurs
tableaux un Nègre à côté d'une jolie femme. Je citerai toujours des exemples, parce que des exemples
inſtruiſent mieux que des raiſonnements. Corneille a
deux héros à nous repréſenter, tous deux d'une égale

D.

valeur, Horace & Curiace; il a l'heureufe adreffe, fans l'artifice groffier de ces oppofitions triviales, de nous offrir fous des traits particuliers chacun de fes deux perfonnages. C'eft-là le talent du grand homme, de ce beau génie qui étoit rempli de la nature, qui fçavoit immoler les acceffoires, les beautés étrangeres, pour conferver le fonds, pour être fimple & vrai, qui nous a peint enfin les Romains tels qu'ils étoient : car il faut mettre au rang des lieux communs de la converfation, répétés par les gens du monde qui n'approfondiffent rien, ce prétendu apophtegme : » Racine a peint les hommes tels qu'ils font, & Cor-» neille tels qu'ils devroient être, » jugement des plus faux : Corneille a repréfenté les Romains tels qu'ils étoient réellement, & fuivant les divers âges de leur empire.

Des Images.   Nous obferverons qu'il faut que ce *fimple* foit animé par des *Images*. Malgré toutes les regles qu'on m'objectera, je ne doute pas que tout ne puiffe s'offrir aux yeux, quand on a l'heureufe faculté de faire paffer dans l'ame du fpectateur le trouble qui eft cenfé déchirer celle du perfonnage. Un génie heureufement audacieux préfenteroit avec des applaudiffements, ou je me trompe fort, Barnewelt affaffinant fon oncle, Medée égorgeant un de fes enfants : mais qu'on prenne garde que j'ai dit un génie ; fans cette qualité fi puiffante, fi rare, la *terreur* réfroidie devient l'*horreur* dégoutante : plufieurs de nos auteurs l'ont éprouvé.

Si cette *terreur* doit être l'ame de la Mach'ne dramatique, me pardonnera-t'on de regarder Æfchile comme le feul *Tragique* en ce genre que nous puiffions propofer pour modele ? Je ne nierai pas qu'il lui manque les connaiffances cultivées, la correction, l'art des Sophocles, des Euripides : mais trouve-t-on chez ces derniers, des tableaux auffi impofants que ceux qui font fortis en foule de la main de ce pere du Théâtre ? Vulcain miniftre de la vengeance divine, attachant fur un rocher l'infortuné Promethée, & clouant fes fers à ce rocher ; ce malheureux luttant en quelque forte contre Jupiter lui-même, fe répandant en blafphémes contre ce tyran célefte, englouti enfin par un tourbillon rapide dans les abîmes de la terre ; l'Ombre de Darius s'élevant du tombeau aux évocations d'Atoffa, & frappant de refpect & d'effroi une troupe de vieillards profternés ; les portes du palais d'Agamemnon s'ouvrant avec un bruit épouvantable, & laiffant voir fon cat

Æfchile le premier régime en ce genre.

D ij

davre enfanglanté ; Orefte un bandeau fur le front,
tenant , une branche d'olivier d'une main , & de
l'autre une épée teinte encore de fang , environné des
Furies qui le pourfuivent avec des hurlements ; Cly-
temneftre elle-même fortant des gouffres infernaux,
& appellant à haute voix ces Divinités vengereffes.
Quels fpectacles ! Qu'on joigne à cette richeffe de tableaux , des vers fublimes , & d'un rhytme pittorefque & analogue au fujet, qu'on y ajoute le choc , la
flamme des paffions , la nobleffe & la variété des caracteres : ne conviendra-t-on pas que voilà la Tragédie fur fon trône , dans fon plus haut point de fplen-
deur & d'énergie?

C'eft donc là le grand objet que je voudrois que
tout poëte dramatique eût toujours devant les yeux;
ce feroit enfuite au goût à marquer l'emploi de ces
moyens tragiques.

Nouvelles idées fur le fombre. Je reviens , fans trop m'en appercevoir, à cette
partie théâtrale que j'aime , & qui à mon gré , eft
une des plus heureufes créations du génie d'Æfchile;
je veux parler de ce *fombre* le reffort, qu'on doit le
plus faire mouvoir dans la Tragédie. La nature elle-
même ne nous donne-t-elle pas cette leçon ? La majefté d'un orage nous frappe plus que tout le brillant

d'une belle aurore; le tonnerre enfermé dans la nue, scintillant & éclatant par intervalle, en impose plus que le Soleil dardant ses rayons à travers des nuages colorés; la mer calme ne produira pas dans notre ame les effets sublimes de la tempête. Qu'on fasse attention que les impressions qu'excite le *sombre* sont toujours plus profondes, maîtrisent davantage la nature humaine. Pergoleze est beaucoup plus grand, plus musicien dans son *Stabat* que dans la *Serva Padrona*. Cette remarque en fait naître une autre. Il est bien singulier que notre musique en ce genre ait fait des progrès supérieurs à ceux de notre poësie. Le quatriéme acte de Zoroastre, je parle du musicien, le morceau de Castor, *tristes apprêt*, peuvent donner à nos auteurs une idée suffisante du succès qu'auroit le *sombre* porté au Théâtre de la Nation. Il ne faut pas conclure d'après la timide médiocrité de l'Abbé Nadal, que l'apparition d'une Ombre

---

Nadal. Il se félicite dans sa Préface de sa Tragédie de Saül, de n'avoir pas fait paraître l'Ombre de Samuel; & il a raison. L'emploi de ces hardiesses de Théâtre n'appartient qu'au genie, & ces scènes du sublime, dans des mains faibles & malheureuses, ne produisent que le bizarre & l'absurde.

nous révolteroit. Ce spectacle a réussi dans Sémiramis, & il ne seroit pas impossible de lui prêter un
nouveau degré de terreur. M. de Voltaire, dans sa
dissertation intéressante pour les amateurs de la Tragédie, à la tête de cette même Sémiramis, prévient
à ce sujet les insipides objections de ces fades plaisants
qui pensent avoir laissé échapper un bon mot, quand
ils ont répété qu'*ils ne croyent point aux revenants.*
Assurément M. de Voltaire ne doit pas être soupçon-
né d'y croire : & il a judicieusement remarqué que cet
appareil au Théâtre produisoit des effets. Ne rou-
gissons pas d'avouer que le Commandeur dans la farce du Festin de Pierre nous fait quelque plaisir. L'Ombre de Didon dans Enée & Lavinie, Opera de Fon-
tenelle, la derniere fois qu'on l'a joué, m'a paru
affecter le spectateur. Qui ne trouvera pas un ténébreux sublime dans ce passage de Job, chap. 45 ?
» Dans l'horreur d'une vision nocturne, lorsque le
» sommeil assoupit davantage tous les sens des hom-
» mes, je fus saisi de crainte & de tremblement, & la
» frayeur pénétra jusqu'à mes os. Un Esprit se pré-
» senta devant moi, & les cheveux m'en dresserent
» à la tête. Je vis quelqu'un dont je ne connaissois pas
» le visage; un Spectre parut devant moi, & j'enten-

» dis une voix faible, comme un petit souffle qui
» me dit : l'homme comparé à Dieu sera-t-il justifié,
» & sera-t-il plus que celui qui l'a créé ? »

Que l'on me permette de m'appuyer encore d'un
exemple. J'emprunte une scène terrible de Shakespear, ce fidele imitateur d'Æschile à bien des égards.
J'avertis mes lecteurs que je ne traduis pas : je re-
tranche, j'ajoute, heureux si je pouvois me pénétrer
du génie de mon modele ! Je ne sçaurois me dispenser en faveur des personnes qui n'ont pas l'Histoire
d'Angleterre présente, de tracer une esquisse de la
Tragédie de Richard III, dont cette scène est tirée :
cette piece est intitulée : *The life and death of Richard III. la vie & la mort de Richard III.* Henri VI
de la Maison de Lancastre a été détrôné par le Duc
d'Yorck, qui bientôt essuye à son tour les révolutions

De Shakespear. Jamais Tragique n'a plus ressemblé à Æschile;
Othello, Hamlet, Macbeth offrent des traits admirables. Nous
n'avons dans aucune de nos pieces un tableau des effets de la
terreur qui suit le crime, comparable à celui que nous voyons
dans cette derniere Tragédie. Il n'est pas surprenant que les
Anglais en faveur de pareilles beautés fassent grace à Shakespear sur tous les défauts monstrueux qui le défigurent. Ce n'est
qu'au génie qu'on pardonne des fautes.

de la fortune, & perd le trône & la vie. Son fils
Edouard reprend la couronne; il avoit deux freres
le Duc de Clarence, & le Duc de Gloceftre, depuis
Richard III; ce dernier le plus fcelerat & le plus
fourbe, comme le plus difforme des hommes, poi-
gnarde de fa propre main le Prince de Galles fils de
Henri VI, qui fe nommoit auffi Edouard, court affaffiner l'infortuné pere dans fa prifon, trouve moyen
de détruire dans l'efprit de fon frere Edouard, Clarence fon autre frere, le fait arrêter en cachant fa perfidie, envoye à la Tour deux affaffins qui égorgent
ce Prince, & le plongent dans un tonneau de mal-
voifie. Le Roi Edouard meurt; Richard s'empare du
trône, après avoir fait maffacrer impitoyablement fes
deux neveux. Il avoit fcellé fes forfaits en époufant
la Princeffe Anne, veuve du fils de Henri VI; bientôt empoifonnée par fon barbare époux, elle fuivit
au tombeau les victimes de fa rage. Le Duc de Buckingham, lache complice de ce Monftre, en reçoit
lui-même la mort pour récompenfe. Richard raffafié
de crimes, noyé dans des flots de fang, éprouve enfin
qu'il eft un Dieu vengeur. Le Comte de Richemont
arme contre ce déteftable Prince, lui donne bataille,
la gagne, le tue, & devient Roi.

SCENE

SCENE V, *du cinquieme Acte.*

On apperçoit dans l'éloignement, un Camp, la lueur des feux allumés selon l'usage de la guerre, & quelques flambeaux qui répandent une faible clarté sur le fond de la Scène. La tente du Comte de RICHEMOND domine parmi d'autres tentes ; elle est ouverte & en face du spectateur, mais à peine peut-elle se voir. Le devant du Théâtre est dans la nuit : à l'un des côtés est la tente de RICHARD ; il paraît endormi ; il est revêtu de son armure, & assis dans un fauteuil ; il a son casque orné du bandeau royal, posé sur une table, où lui-même il a la tête appuyée sur un bras ; sur cette table est une lampe expirante qui produit de tems en tems de longs effets de lumiere : elle porte par intervalle son reflet sur RICHARD qui semble ne jouir que d'un sommeil agité. On observera que, lorsque ces traits de lumiere s'affaiblissent, on distingue à peine cette partie du Théâtre.

Scene V,
du cinquie-
me Acte de
Richard III,
Tragédie de
Shakespear.

Scene V. Les Littérateurs, dont la plûpart entendent l'Anglais, seront peut-être flattés de juger par eux-mêmes du parti que j'ai tiré de la scène de Shakespear ; c'est ce qui m'engage à l'inserer ici dans la langue originale. Je n'imagine point que l'on me fasse un crime de n'avoir pas employé toutes les Ombres que ce grand poëte fait paraître, & d'avoir supprimé le refrain de compliment pour Richemond, tandis que j'ai conservé celui qui doit entretenir la terreur. Mes lecteurs, je crois, prendront ma défense, c'est-à-dire, les Français pour qui j'écris : car il ne faut pas assurer qu'il existe un goût général, & je n'en condamne aucun ; mais le premier but d'un écrivain sage est de chercher à plaire à ses concitoyens, quand la vérité n'en souffre pas. Encore une fois, j'essaye d'imiter cette scène admirable ; je ne la traduis point. Si elle déplait, le tort retombera sur moi ; je suis le premier à venger Shakespear, puisque j'ai eu le courage de rapprocher l'original de la copie.

E

PREMIERE OMBRE.

Le Prince Edouard, fils de Henri VI, dans un habillement guerrier, & le côté enfanglanté.

PLEINE d'un couroux implacable,
Demain, mon Ombre & te preffe & t'accable!
Richard, demain, graces au Ciel vengeur
Qui feconde les vœux d'une trop jufte haine,
Tu reçois tous les coups dont tu perças mon cœur,
Quand de mes triftes jours la fleur s'ouvroit à peine!

De la mort qui t'attend fens toutes les horreurs!
Meurs dans le défefpoir, meurs dans la rage, meurs!

SECONDE OMBRE.

Henri VI ayant fon Diadême & fon Manteau Royal couverts de fang:

Envifage, Tiran, cette illuftre Victime
Dont ta fureur impie a déchiré le fein:
Le nom facré de Roi n'arrêta point ta main:
De l'ombre de la Tour vois s'élever ton crime;

Première Ombre. On n'oubliera pas qu'il échappe à Richard, quand les Ombres lui adreffent la parole, des frémiffemens, des mouvemens de terreur variés qui décelent fon trouble. On fe fouviendra encore que ces Ombres fucceffivement s'élevent de la terre, qu'elles y rentrent après avoir accablé Richard de leurs malédictions : on ne fait que les entrevoir, parce que les regles du pittorefque théâtral exigent que ces fortes d'apparitions ne foient pas trop fous les yeux. C'eft Garrick qui joue à Londres le rôle de RICHARD : on n'a jamais vû, dans ce perfonnage furtout, un acteur fe rendre plus maître de l'ame du fpectateur.

A déchiré le fein. Ce Prince fut percé dans la Tour de plufieurs coups de poignard par ce monftre d'inhumanité. La fcène qui nous préfente cette cataftrophe eft atroce ; c'eft le dénouement de la Tragédie qui porte le nom de Henri VI.

SCENE V.

Between the Tents of Richart *and* Richmond: *They sleeping.*

Enter the Ghost of Prince Edward *Son to* Henry *the Sixth.*

Ghost. LET me sit heavy on thy soul to morrow! (*To K. Rich.*
Think how thou stab'st me in the prime of youth
At *Tewksbury*; therefore despair and die.

Be cheerful *Richmond*, for the wronged souls (*To Richm.*
Of butcher'd Princes fight in thy bealf:
King *Henry's* issue, *Richmond*, comforts thee.

Enter the Ghost of Henry *the Sixth.*

Ghost. When I was mortal, my anointed body (*To K. Rich.*
By thee was punched full of holes;
Think on the *Tower*, and me; despair, and die.

Virtuous and holy be thou conqueror; (*To Richm.*
Harry, that prophesy'd, thou should'st be King,
Doth comfort thee in sleep; live thou and flourish.

Enter the Ghost of Clarence.

Ghost. Let me sit heavy on thy soul to-morrow! (*To K. Rich.*
I that was wash'd to death in fulsom wine,
Poor *Clarence*, by thy guile betray'd to death:
To morrow in the batthel think on me,
And fall thy edgless sword; despair, and die.

Thou off-spring of the house of *Lancaster*, (*To Richm.*
The wronged heirs of *York* do pray for thee,
Good Angels guard thy battel; live and flourish.

E ij

Entends ces murs affreux contre toi dépofer ;

Mon fang jaillit encore, ardent à t'accufer.

C'eft Henri qui demande, & s'applaudit d'avance,

Que le Ciel fur Richard épuife fa vengeance.

De la mort qui t'attend fens toutes les horreurs!

Meurs dans le défefpoir, meurs dans la rage, meurs!

Se tournant vers le camp de Richemond.

Et toi jeune Héros, Vengeur de notre Race,

Vois s'accomplir le fort que t'a prédit ma voix ;

Le Ciel qui t'infpira ta généreufe audace,

Sur ton front triomphant met le bandeau des Rois.

T R O I S I E M E   O M B R E,
Le Duc de Clarence, le vifage enfanglanté.

Que le fang de ton Frere, amaffé fur ta tête,

De la mort qui t'attend. Ce refrain dans l'Anglais eft d'une précifion énergique ; il eft rendu par ces deux mots *defpair and die*. La déclamation dans cette langue étant plus prononcée, plus forte que la nôtre, cette répétition produit un effet encore plus ténébreux. Les Acteurs appuient beaucoup fur *die*, & prêtent à ce mot tout le fombre de la terreur dramatique. Voilà de ces beautés qui, propres à chaque langue, ne fçauroient fe tranfporter dans une autre.

Vois s'accomplir le fort. Henri, dans la Tragédie de ce nom, prédit au jeune Comte de Richemond qu'il montera fur le trône d'Angleterre:

Que le fang de ton frere. Clarence fut mis en prifon, parce qu'il s'appelloit *George*, & qu'un aftrologue avoit prédit au Roi qu'un G feroit l'initial du nom de celui qui devoit être le deftructeur de fa maifon. Richard entretint la faibleffe barbare du Monarque, & comme nous l'avons dit, fit affaffiner fon frere Clarence dans la Tour.

Enter the Ghoſts of Rivers, Gray, *and* Vaughan.

Rivers. Let me ſit heavy on thy ſoul to-morrow, [*I'o K.* Rich.
Rivers, that dy'd at *Pomfret* : deſpair, and die.

 Gray. Think upon *Gray*, and let thy ſoul deſpair. [*To K.* Rich.

 Vaug. Think upon *Vaughan*, and with guilty fear
Let fall thy launce ! *Richard*, deſpair and die. [*To K.* Rich.

 All. Awake, and think our wrongs in *Richard's* boſom
Will conquer him. Awake, and win the day. [*To K.* Rich.

Enter the Ghoſt of Lord Haſtings.

 Ghoſt. Bloody and guilty ; guiltily awake ; [*To K.* Rich.
And in a bloody battel end thy days :
Think on Lord *Haſtings* ; and deſpair and die.

 Quiet untroubled ſoul, awake, awake. [*To* Rich.
Arm, fight, and conquer, for fair *Englad's* ſake.

Enter the Ghoſt of the two young Princes.

 Ghoſts. Dream on thy couſins ſmother'd in the *Tower* :
Let us be laid within thy boſom, *Richard*, [*To K.* Rich.
And weigh thee down to ruin, ſhame, and death !
Thy Nephews ſouls bid thee deſpair and die.

 Sleep *Richemond*, ſleep in peace, and wake in joy. [*To* Rich,
Good Angel guard thee from the boar's annoy ;
Live, and beget a happy race of Kings.
Edward's unhappy ſon do bid thee flouriſh.

Sur ta tête, demain retombe & foit vengé!

Par tes affreux complots vois Clarence égorgé ;

Clarence.. qui t'aima.. Ton fupplice s'apprête ;

Ton glaive enfin fe brife & tombe de ta main,

Richard ; le Ciel, l'Enfer, tout preffe & veut ta fin ;

L'orage des fléaux fur toi fond & s'arrête.

De la mort qui t'attend fens toutes les horreurs !

Meurs dans le défefpoir, meurs dans la rage, meurs !

QUATRIEME ET CINQUIEME OMBRES

qui paraiffent à la fois, deux jeunes Enfans, neveux de Richard : ils font vêtus de blanc, fe tenant embraffés & tout couverts de fang ; ils furent poignardés en effet dans cette fituation, & dans le même lit.

Vois deux Victimes innocentes

Que ta faim de regner frappa dans le berceau.

Puiffent nos Ombres gémiffantes

Porter la mort au fein du plus cruel Bourreau !

Puiffions-nous dans tes flancs enfoncer le couteau,

Déchirer de nos mains tes entrailles fumantes,

Te tourmenter encor dans la nuit du tombeau,

A tes yeux effrayés d'un horrible tableau,

Toujours nous remontrer plus pâles, plus fanglantes !

De la mort qui t'attend fens toutes les horreurs !

Meurs dans le défefpoir, meurs dans la rage, meurs !

Entet the Ghoſt of Anne *his wiſe.*

Ghoſt. Richard, thy wife, that wretched *Anne* thy wife;
That never ſlept a quiet hour with thee,   [*To* K. Rich.
Now fills thy ſleep with perturbations :
To-morrow in the battel think on me,
And fall thy edgleſs ſword : deſpair and die.

  Thou quiet ſoul ſleep, thou a quiet ſleep :   [*To* Richm.
Dream of ſucceſs and happy victory,
Thy adverſary's wife doth pray for thee.

Enter the Ghoſt of Buckingham.

  Ghoſt. The firſt was I that help'd thee to the crown :
The laſt was I that felt thy tyranny.   [*Th* K. Rich.
O, in the battel think on *Buckingham,*
And die in terror of thy guiltineſs.
Dream on, dream on, of bloody deeds and death;
Fainting deſpair; deſpairing yield thy breath.

  I dy'd for hope, ere I could lend thee aid;   [*To* Richm.
But cheer thy heart, and be thou not diſmay'd :
God and good Angels fight on *Richmond*'s ſide,
And *Richard* fall in height of all his pride.
                        [*The Ghoſts vanish.*
                [K. Richard *ſtarts out of his dream.*
  K. Rich Give me another horſe ——bind up my wounds.
Have mercy, *Jeſu* —— ſoft, I did but dream.
O coward conſcience! how doſt thou afflict me?
The lights burn blue —— is it not dead midnight?

SIXIEME OMBRE.

La Princesse Anne, Veuve du fils de Henri VI, qui eut la fai-
blesse ou plutôt la lâcheté d'épouser Richard, tout dégoutant
encore du sang de son mari ; elle a des habillemens de deuil,
le bandeau de Veuve, & elle est couverte d'un voile noir.

Reconnais-tu, Richard, ta Femme infortunée,
Cette Epouse infidelle à son premier Epoux,
Qui put joindre sa main à ta main forcenée,
  Dont le Ciel vengeur par tes coups
  Précipita la derniere journée,
Qui près de toi jamais n'a goûté le sommeil,
Qui toujours revoyoit son crime à son réveil ?..
  Je viens te rendre tout ce trouble,
Dans tes sens consternés répandre la terreur :
Mon Ombre te poursuit, & s'attache à ton cœur ;
Que par moi, s'il se peut, ton supplice redouble !
  De la mort qui t'attend dans toutes les horreurs !
Meurs dans le désespoir, meurs dans la rage, meurs !

SEPTIEME OMBRE.

Le Duc de Buckingham en habit de Pair, un des complices les
plus ardens de Richard, & qui cependant au moment de sa
mort alloit prendre le parti de Richemond.

Vois ton premier Flatteur, ta derniere Victime :
Ce prix m'étoit bien dû ; je t'ai prêté mon bras ;
  Tiran, le Complice du crime
Du crime seul devoit recevoir le trépas.

        Cold

Cold fearful drops stand on m'y trembling flesh.
What? do I fear my self? there's none else by,
Is there a murth'rer here? no; yes, I am. *
My conscience hath a thousand sev'ral tongues,
And ev'ry tongue brings in a sev'ral tale,
And ev'ry tale condemns me for a villain.
Perjury, perjury in high'st degree,
Murther, stern Murther in the dir'st degree
All several sins all us'd in each degree,
Throng to the bar, all crying, guilty, guilty!
I shall despair: there is no creature loves me:
And if I die, no soul will pity me. **
Methought, the souls of all that I had murther'd
Came to my tent, and every one did threat
To-morrow's vengeance on the head of *Richard.*

---

* —— No; yes, I am:
Then fly —— what, from my self? great reason; why?
Lest I revenge. What? my self on my self?
I love my self. Wherefore? for any good
That I my self have done unto my self?
O no. Alas, I rather hate my self,
For hateful deeds committed by my self,
I am a villain; yet I lie, I am not.
Fool, of thy self speak well —— Fool do no flatter.
My conscience hath, &c.

** —— no soul will pity me.
Nay, wherefore should they? since that I my self
Find in my self no pity to my self.
Methought, the souls of, &c.

F.

Jufque dans le combat emporte mon image !

Ne rêve que de mort , que de fang, de carnage !

Que ton cœur , que ton cœur de larmes enivré ,

Soit par toi-même dévoré !

Qu'il foit déja flétri de l'horreur éternelle !

Qu'il foit déja plongé dans les feux des enfers !

Sous l'excès des tourmens divers ,

Richard , exhale enfin ton ame criminelle !

De la mort qui t'attend fens toute les horreurs !

Meurs dans le défefpoir , meurs dans la rage , meurs !

Se tournant vers le camp de Richemond.

Sous tes drapeaux je brulois de me rendre ,

Richemond : j'accourois te fervir , te défendre :

Le Ciel n'a point permis qu'au rang de tes fujets ,

Je puffe expier mes forfaits.

Ma voix du fein des morts ,t'annonce la victoire ;

Dieu chaffe loin de toi tous les traits deftructeurs ;

Le glaive en main , fes Anges protecteurs

A tes côtés combattent pour ta gloire :

Tandis que le Tiran fous ton char écrafé ,

Sous cent coups de foudre brifé ,

Du faîte des grandeurs , de l'orgueil & des crimes

Roule précipité dans les profonds abîmes.

Une foule d'OMBRES s'élevant toutes à la fois, de tout âge,
de tout fexe , toutes habillées differemment : beaucoup
cependant font couvertes de linceuls enfanglantés : elles
s'écrient enfemble :

Confidere , Tiran , tout un Peuple à la fois,

Victime des fureur d'une guerre éternelle :

L'Angleterre immolée à ta rage cruelle,

A pouffé vers les Cieux une plaintive voix ;

L'Appui du malheureux, le Soutien de nos droits

Se leve, il va brifer ta tête criminelle :

    Le Maître & le Juge des Rois

    A prononcé ta fentence mortelle.

  De la mort qui t'attend fens toutes les horreurs !

Meurs dans le défefpoir, meurs dans la rage, meurs !

     Elles s'enfoncent dans la terre.

Après quelques moments pendant lesquels l'agitation de
Richard paraît redoubler, s'élancent de la terre des traits
de feu ; ils font fuivis de l'apparition d'un FANTÔME
effroyable, qui d'une main tient un poignard enfanglanté,
& de l'autre une torche allumée : il approche de Richard.

    Enfin, Richard, je tiens ma proye !

    Demain, je punis tes forfaits !

Demain, dans les tourments tu tombes pour jamais !

Pour jamais dans tes pleurs, dans ton fang je me noye !

C'eft moi, qui le Vengeur des peuples opprimés,

C'eft moi, qui fourd au cri d'un éternel blafphème,

    Sur les Tirans de rage confumés,

Attache la douleur, attache l'Enfer même.

D'une guerre éternelle. Les Rofes rouge & blanche qui ont fait verfer
tant de fang, & qui ont couté la vie à quatre-vingt Princes des deux
Maifons de Lancaftre & d'Yorck.

Enfin Richard. La foule d'Ombres, & le Fantôme font de mon invention ; je fouhaite que ces traits étrangers à l'original ne déplai-
fent pas.

Je vais toujours te déchirer !

Je vais toujours te dévorer !

Tu renaîtras toujours, pour toujours expirer !

De l'Enfer qui t'attend vois tous les précipices ,

Avides d'engloutir un coupable mortel. .

Je laisse dans ton cœur le premier des supplices ,

Le premier des Démons , le remords éternel.

Il s'abîme environné d'un tourbillon de feu , & après avoir
secoué des étincelles de son flambeau sur le cœur de Richard.

RICHARD *tout à coup levant son bras de dessus la table ,*
s'agitant & s'écriant dans son sommeil & avec rapidité :

Le Théâtre s'éclaire entierement.

Qu'on arrête mon sang , élancé de mes playes. .

Richemond . . il seroit vainqueur !

A l'instant . . un Coursier . . Ciel !

Il s'élance avec précipitation de son fauteuil , fait quelques
pas comme pour fuir , se réveille & s'arrête :

Lâche ! tu t'effrayes ! .

D'un songe , d'un vain songe ! . *Il regarde de tous côtés.*

Eh . . d'où naît ma terreur ?.

Il met la main sur son cœur.

De mon cœur qui , sans cesse empoisonnant ma vie ,

M'accuse , me condamne & contre moi s'écrie.

Il fait quelques pas sur la Scène , en remettant
la main sur son cœur.

Je n'étoufferai pas cette importune voix ! .

Il s'arrête en continuant d'être dans la même attitude.

Que le sceptre me reste , & que je sois coupable.

En se frappant le sein.

Je saurai bien dompter cet ennemi des Rois. .

Il leve les yeux au ciel , & fait quelque pas.

Le Ciel ne brille encor que du feu des étoiles ,

Sur l'horifon, la Nuit étend fes fombres voiles..

 Du friffon de la mort je me fens réfroidir. .

Eh ! qu'ai-je à redouter ?. & qui me fait frémir ?.

Je fuis feul en ces Lieux.. qui me frappe de crainte ?.

Moi, moi, qui m'épouvante & qui ne peux me fuir,

M'arracher aux remords dont mon ame eft atteinte !.

A la fois foulevés, tous mes Forfaits, ô Ciel,

Jufqu'au fond de mon cœur plongent un trait mortel,

  A haute voix m'appellent un perfide,

Un affaffin farouche, un monftre parricide !

L'Enfer a dans mon fein verfé tous fes poifons !

  Déchiré par tous fes Démons,

Je ne vois fous mes pas qu'un abîme effroyable !.

  Du Monde entier exécrable Fléau,

Qui me confoleroit d'un deftin déplorable,

  Quand la main la plus fecourable

Ne m'aideroit pas même à defcendre au tombeau ?.

  Je finirai mon fort coupable,

Sans être plaint, heureux encor d'être oublié !.

Des mortels le plus dur, le plus impitoyable,

Richard .. ofes-tu bien reclamer la pitié ?.

 Quel fonge !. j'ai cru voir les Ombres effrayantes

De tous les malheureux à ma rage immolés..

Pâles, couverts de fang, furieux, défolés..

Sous le même linceul, je les vois raffemblés !.

J'entens leurs cris de mort.. leurs plaintes menaçantes !.

Tous m'ont paru s'unir dans leur fombre fureur,

Pour m'accabler demain de leur çouroux vengeur.

La Panto-
mime, autre
partie dra-
matique.

Si le *sombre* est une partie dramatique que nous ne
cultivons point, il y en a encore une autre qui n'est
pas moins négligée. La *Pantomime* que les Grecs &
les Romains avoient portée au plus haut degré de
perfection , & que l'on peut appeller l'éloquence du
corps, la langue premiere des passions, est au nombre de ces ressorts du pathétique, dédaignés de nos
auteurs de théâtre. Cependant si je ne craignois de
me flatter , je citerois pour exemple le personnage
d'Euthime ; son jeu muet a paru sur le papier même
attacher & intéresser : que seroit-ce à la représentation ? Il y a des attitudes , des gestes , des signes du
sentiment , que la précision & la vérité mettent fort
au-dessus de toutes les richesses de la poësie. Ce qu'on
dit est si faible en raison de ce que l'on sent ! Qu'un
seul regard , qu'un soupir ont quelquefois d'éloquence ! Que cet Orateur connaissoit bien l'empire de
la *Pantomime* , lorsqu'il découvrit le sein de cette
courtisane aux yeux des juges qui l'alloient condamner. Dans une Tragédie de *Balthazar*, cette main
imposante qui trace sur la muraille, en caracteres de feu,
l'arrêt de mort de ce Prince , ne produiroit-elle pas un
effet plus effrayant que tous les discours d'amplifica-
tion de nos beaux esprits ? Les anciens se laissoient bien

plus que nous entraîner par les affections de l'ame ;
ils recherchoient comme un plaifir tout ce qui pouvoit exciter leurs impreffions & les entretenir. Ils
aimoient l'appareil , la cérémonie ; ils étoient perfua-
dés qu'il eft un langage pour les yeux comme pour
les oreilles. Je ne fais fi nous devons trop nous applaudir de cette fechereffe métaphyfique qui fait
abftraction de tous les fignes , & tue en quelque
forte la nature. Malheur à l'auteur dramatique qui
n'eft que *raifonneur* ! La raifon prépare les moyens :
mais c'eft de l'ame qu'ils tiennent cette vie, cette
flamme brulante qui les rend maîtres du cœur , &
rien ne prête plus de force aux paroles que la langue
des fignes. C'eft encore dans cette partie que les
Tragédies Grecques font fupérieures aux nôtres.
Des enfants , des vieillards profternés aux pieds d'Œ-
dipe ; un peuple entier portant à la main & fur la
tête des rameaux & des bandelettes ; Jocafte offrant
des guirlandes & de l'encens aux Dieux domeftiques ; Philoctete fe traînant égaré de douleur fur la
terre , pouffant de longs gémiffements , découvrant
même fes bleffures ; Phedre mourante , prefque étendue fur un lit , fuccombant fous la paffion qui la dévore , remettant fon voile pour cacher fa rougeur ,

quand elle confie à fa nourrice fon amour inceftueux
pour Hyppolite ; Hécube les cheveux épars , couchée dans la pouffiere , pleurant fes enfants , fon
époux , fa fortune anéantie , accablée d'un fombre
défefpoir ; les jeunes fils d'Hercule réfugiés aut··r
d'un autel : voilà ce qui charmoit la Grece. Répi ·
dre fur le Drame le coloris de l'action , c'eft l'effet
heureux qui naît de la *Pantomime*. Racine s'en eft
fervi dans fon Athalie avec un fuccès qui auroit dû
engager les autres écrivains dramatiques à l'imiter.
Les Anglais ont fçu profiter de cette fource de
beautés théâtrales. L'époufe de *Macbeth* & non *Macbeth* lui-même , ainfi que l'a dit un homme d'efprit
eftimable qui s'eft mépris , eft la complice de fon
mari ; après avoir poignardé chez lui Duncan fon
Roi & fon parent , il s'étoit emparé du Trône d'E-
coffe ; fa femme , livrée à tout le trouble qui fuit le
crime eft devenue fomnanbule : on la voit , dans
la nuit , s'avancer fur la Scène , les yeux fermés , dans
un profond filence , imitant par fes geftes l'action de
fe laver les mains , comme fi elle eût voulu effacer
le

Un homme d'efprit. L'Auteur de la lettre fur les Sourds & les
Muets.

le fang qui les avoit fouillées ; quel tableau terrible !
& qu'il renferme de fublimes vérités ! Dans la même
piece, le Spectre de *Banquo* que *Macbeth* a fait affaffiner , vient s'affeoir dans un feftin à la place de l'Ufur-
pateur ; ce fantôme affreux , tout fanglant reparait
par intervalle , & n'eft apperçu que de *Macbeth* dont
l'épouvante nous eft repréfentée d'un pinceau énergique. L'Ombre du pere d'*Hamlet*, avant que de prononcer un feul mot , fe contente de faire plufieurs
fois un figne du doigt à fon fils , & s'éleve autant de
fois de la terre : c'eft par ce gefte fi expreffif, par ce
filence ténébreux que Shakefpear a fçu donner à fon
tableau toute la teinte tragique dont il étoit fufceptible ; par-là il irrite la curiofité du fpectateur , il
échauffe l'intérêt , prépare l'ame aux tranfports des
paffions. La *Pantomime* , employée avec goût , eft
une des cordes majeures d'où réfulte l'accord dramatique, quand elle eft revêtue d'une verfification
mâle & foutenue : car toute piece qui manque de
verfification , eut-elle d'ailleurs les autres qualités
qu'exige le Théâtre , ne fçauroit avoir qu'une réputa-
tation éphémere.

Comme mon objet eft une efpece de développement des idées femées dans mon premier Difcours ,

G

j'ai imaginé qu'une réponfe détaillée aux critiques dont on m'a honoré, acheveroit d'offrir un précis de mes faibles connaiſſances ſur les divers ſecrets de mon art. On daignera ſe ſouvenir que je conſulte mes maîtres.

Réponfe aux diverſes Critiques. Un Journaliſte m'avoit reproché de n'avoir pas aſſez motivé la permiſſion que donne le P. Abbé au Frere Arſene de voir & d'entretenir un Etranger : j'ai ſenti la vérité de l'objection. Je crois que la meil-leure façon de répondre à la critique, quand on eſt *Sur le rôle du P. Abbé.* convaincu de ſa juſteſſe, eſt d'eſſayer de ſe corriger : c'eſt ce que j'ai tâché de faire, en mettant dans la bouche de ce Supérieur des vers qui néceſſitent da-vantage cette permiſſion. Qu'on n'attende pas que je me montre auſſi docile ſur le perſonnage de d'Or-*Sur celui de d'Orſigni.* SIGNI que le même Cenſeur déſapprouve. Il auroit voulu que moins fidele aux *Mémoires*, je n'euſſe point rendu d'ORSIGNI amoureux d'ADÉLAÏDE, que je me fuſſe contenté de lui faire jouer le ſimple rôle d'ami. Ne me ferois-je pas écarté de mon but, en prêtant à d'ORSIGNI ce caractère étranger à l'intérêt que doit toujours exciter ADÉLAÏDE, l'ame inviſible de la piece ?

———————

Un *Journaliſte.* L'Auteur de l'*Année Litteraire.*

D'Orsigni, aimant Adélaïde, en parle avec plus de chaleur ; ces deux amours animent, concentrent le foyer d'intérêt, contribuent beaucoup plus, selon moi, à l'unité d'action. D'ailleurs il y a de la générofité à ce d'Orsigni de consoler son rival, de l'engager à retourner aux pieds d'une femme dont lui-même il est encore épris ; la situation de Comminge en devient plus cruelle, plus déchirante, plus ouverte à ces combats, à ce choc des passions, d'où s'échappent les grands mouvements dramatiques. J'ai donc eu dessein que tout se rapportât à cette Adélaïde, le ressort moteur de mon Drame ; c'est ce qui m'a empêché d'exécuter un plan qui m'avoit séduit au premier coup d'œil. Je faisois venir à la Trappe le pere de Comminge, mourant de douleur & de repentir d'avoir forcé son fils à s'arracher de ses bras, demandant partout des nouvelles de ce fils, attiré à cette solitude sur de vagues notions que Comminge y étoit renfermé, le pere & le fils enfin se voyant, s'embrassant, confondant leurs larmes. Quelle scène brillante à traiter ! quel pathétique à déployer ! mais que seroit-il arrivé de cette scène dominante ? Elle eut suspendu, affaibli, si elle ne l'eût pas détruit, tout cet intérêt porté &

Premier plan de la Piéce.

réuni fur Adélaïde. A quinze ans que j'eus la témérité de compofer deux pieces de Théâtre, Coligni &
le Mauvais Riche , j'euffe faifi cette fcène fi fédui-
fante : aujourd'hui plus inftruit fur le mérite de la
nature & de la vérité , je crois avoir acquis quelques
connaiffances dans mon art , quand j'ai le courage
de rejetter des beautés déplacées , & de leur préferer
ce vrai fans fafte , fans éclat , cette fimplicité fi peu
apperçue , & cependant fi touchante , & qui n'eft
fentie que du très-petit nombre des bons efprits. Il
faut qu'un auteur de théâtre aît toujours devant les
yeux l'enfemble de fa piece , qu'il ne facrifie jamais
le fonds aux acceffoires. S'il arrivoit par malheur
pour le goût qu'il réuffit dans ces innovations contre
la vérité de l'art , il ne doit point s'applaudir de tels
fuccès , ils ne peuvent être que paffagers. C'eft l'e-
xacte imitation , & l'étude feule de la nature qui ont
fait les grands peintres & les grands poëtes , & qui
leur affurent l'eftime de tous les tems.

La Scene
d'Euthime
dans le pre-
mier Acte.

Je fuis bien éloigné de chercher à juftifier ma
fcène d'Euthime dans le premier acte , je la regarde
comme très-néceffaire , comme une des fources prin-
cipales de l'intérêt ; c'eft de cette fcène qu'émane
celle du fecond acte , qui a fait quelque plaifir , la

premiere prépare , enflamme la curiofité , & établit toutes les forces de la feconde.

Nous voici arrivés à la derniere fcène du dernier acte , celle qui m'a femblé réunir le plus de fuffrages ; on me pardonnera d'en faire l'éloge , puifqu'elle ne m'appartient pas , & que je déclare la devoir à l'auteur des *Mémoires*. C'eft fans doute cet efprit d'imitation dont je m'étois peut-être trop pénétré , qui m'avoit entraîné , fans m'en appercevoir , dans des répétitions de faits : je les ai fupprimées ; je n'ai confervé que la marche , le pathétique de la fcène ; j'ai donné plus de feu au rôle de COMMINGE , & c'étoit une entreprife affez difficile que de varier les fignes de douleur & d'accablement de ce perfonnage. Je lui fais terminer la piece avec la flamme qui l'a dévoré ; j'ai ajouté encore quelques coups de pinceau à celui du P. Abbé , caractere , je l'avouerai , qui m'a le plus attaché ; j'ai vu avec fatisfaction que la plûpart de mes lecteurs ont eu mes fentimens de prédilection pour ce rôle.

Je dis que j'ai retranché des détails dont on étoit *Sur les longueurs.* déjà inftruit : c'étoit une faute confidérable qui retardoit les mouvemens de la fcène ; mais je me fuis bien gardé de mettre au nombre des *longueurs* qu'il falloit faire disparaître, ces développements du cœur, ces gradations de la passion d'EUTHIME dont l'effet est si attendrissant. C'est encore un des torts, selon moi, que je prens la liberté de reprocher au goût moderne. On ne veut plus que des semences de scènes, des squelettes dramatiques : bientôt on donnera des cannevas tragiques, comme les Italiens en donnent de comiques, ouvrages toujours monstrueux, & nécessairement médiocres. Je demanderois aux gens du monde, qui ne prennent pas la peine de s'initier dans les mysteres des arts, & qui surtout crient contre ce qu'ils appellent des *longueurs*, ce qu'ils entendent par ce mot. Si dans une scène, il y a des maximes, des réflexions toujours froides qui coupent le fil du sentiment, des vers isolés qui n'appartiennent point à la masse de la scène, & n'entretiennent point le *crescendo*, des faits répétés, la stérile abondance de la déclamation ; sans contredit, ce sont là des *longueurs* & des *longueurs* impardonnables ; fussent-elles embellies de la plus brillante poësie, il faudroit les extirper sans pitié, comme on émonde les branches parasites d'un arbre, pour ne conserver que celles qui sont utiles, & pour les fortifier. Mais

nommera-t-on des *longueurs* , cette ame répandue ,
l'expreſſion puiſſante , & ſi l'on peut le dire , le dé-
bordement des grandes paſſions , cet embonpoint du
ſentiment , qui conſtitue la force , l'énergie , la vie
des caracteres dramatiques , qui eſt enfin l'opulence
& l'effuſion du génie ? Une ſcène riche , abondante ,
qui s'élance du ſein même du talent , comme on nous
répréſente Minerve ſortant toute armée du cerveau
de Jupiter , doit reſſembler à ces fleuves ſuperbes
qui dans leur naiſſance torrents impétueux , couvrent enſuite avec majeſté les campagnes , & non à
ces eaux épargnées & reſſerrées dans un baſſin
factice.

Je reviens toujours à la nature que nous ne devons jamais perdre de vue , ainſi que le modele doit
être ſans ceſſe ſous les yeux du peintre. Écoutons
une femme à qui la mort vient d'enlever ſon mari ,
une mere, un pere qui pleureront leurs enfants : ces
perſonnes répandront leur ame dans leurs larmes ;
lorſqu'elles raconteront les circonſtances de ces per-
tes affligeantes , elles péſeront ſur tous les détails ,
retourneront ſur les mêmes images. Il ſe formera de
ce langage diffus un réſultat de douleur , qui affecte-
ra , qui déchirera l'ame des auditeurs. La paſſion s'ex-

prime avec abondance. Le fentiment cherche à s'é-
pancher, il n'y a que le bel efprit qui foit retenu &
compaflé.

A la derniere reprife d'Armide, le chef-d'œuvre
du Théâtre Lyrique, j'ai entendu des amateurs de ·
la précifion, ou plutôt de la mutilation moderne,
accufer de *longueur* la fimple & noble expofition de
cette belle Tragédie, ils trouvoient aufli *trop long* le
dernier acte, qui eft peut-être le cinquieme acte le
plus fublime pour l'explofion des paffions. Aufli
avons-nous aujourd'hui peu de *Scenes*, mais en re-
vanche beaucoup *d'allées* & de *venues* fans liaifon,
fans néceflité. Ce ne font tout au plus que quelques
traits hardis ou ingénieux, des combinaifons calcu-
lées de coups de théâtre, mais point d'enfemble,
point de concours judicieux des rapports, des di-
verfes parties, point de corps bien proportionné,

D'Armide. Quinaut eft peut-être de nos poëtes dramatiques
celui qui a le plus approché des Grecs pour la fimplicité, la
vérité du fentiment. Le cinquieme acte d'Armide me parait autant au-deffus du cinquieme acte de Berenice, que cette derniere
Tragédie eft fupérieure à la plûpart de nos Tragédies modernes.
Je pourrois encore citer Théfée, Atys, comme des modèles
inimitables dans l'art du Théâtre,

formé

formé de ces membres épars. Si Racine à préfent
nous donnoit la fameufe fcène d'Agrippine & de Néron, celle de Mithridate avec fes enfants, Corneille
la fcène d'Augufte & de Cinna, Moliere les fcènes
étendues & vigoureufes qui font dans le Tartuffe,
dans le Mifantrope : ces grands hommes entendroient
un cri général s'élever contre les *longueurs*. Qu'on
n'attende donc plus de nos poëtes qu'ils courent furtout la carriere du Lyrique ; il n'eft plus poffible de
filer les fcènes, de fuivre la marche des paffions tantôt précipitée, tantôt majeftueufe ; l'efprit du jour
eft de facrifier le récitatif à l'ariete, c'eft-à-dire, de
nous préfenter un nain de deux pieds, au lieu de nous
offrir une taille élégante & avantageufe : de-là tous
ces avortons littéraires & dans tous les genres. J'ai
toujours penfé qu'il n'y avoit d'inutile, que ce qui
étoit ennuyeux, c'eft la regle la plus fure pour juger
des *longueurs*. Un homme d'efprit me propofoit d'é-
laguer, difoit-il, Clariffe. A Dieu ne plaife, répondis-je, que je commette un pareil acte de barbarie !
Relifez l'immortelle Clariffe, portez-y toute votre
attention, & vous fentirez qu'il n'eft point de traits
indifférents dans ce vafte tableau, que toutes les
beautés y font à leur place, que ce font ces préten-

H

dues *longueurs* qui dans les derniers volumes vous approprient les malheurs de Clariſſe , vous plongent dans ſes douloureuſes ſituations , vous font en quelque ſorte mourir avec elle. On relut en effet cet ouvrage , & l'on trouva qu'il n'y avoit abſolument rien à y retrancher.

L'Auteur de l'*Année Littéraire* me fait d'autres reproches ſur quelques vers négligés , ſur des métaphores ſelon lui peu naturelles : je ne prétens point diſſimuler mes fautes ; on me diſpenſera de répéter à ce ſujet un aveu qui ne coûte point à mon amour propre , parce qu'aſſurément j'aime mieux la vérité, que la réputation de faiſeur de vers ; je connais les difficultés de cet art , toute l'incapacité de mes faibles talents , j'en ſuis convaincu plus que perſonne : mais je prierai mes juges de ſouffrir que je ſaiſiſſe l'occaſion de répandre ici quelques idées nées au hazard ſur la verſification ; tout le monde en raiſonne avec aſſez de confiance :

> » . . . . Dans les vers tous s'eſtiment Docteurs ,
> » Bourgeois , Pédants , Écoliers , Colporteurs &c.
> *Rouſſeau Epitre à Clément Marot.*

Sur la verſification. Mon deſſein n'eſt point d'entrer dans le technique de la verſification , quoique juſqu'à préſent nous

n'ayons eu la-deſſus que des éléments très-imparfaits,
ſans la moindre vue, dépouillés de toute diſcuſſion;
cette matiere demanderoit à être traité & approfon-
die par un homme d'un goût exquis, & dans l'eſprit
à peu près que le célébre *Dumarſais* nous a préſenté les Tropes. Il n'y a point de connaiſſances humaines ſur leſquelles on ne puiſſe porter les lumieres de l'analyſe métaphyſique, ſi l'on veut perfectionner ces connaiſſances, & les aſſeoir ſur des prin-
cipes inaltérables. Je me contente en ce moment de
parler de la verſification en général. Un poëte doit
avoir ſa verſification propre, comme un peintre a
ſa *maniere*; Corneille, Racine, Crébillon, M. de
Voltaire ont chacun une verſification qui les diſ-
tingue, qui leur appartient; ils ont leurs beautés, leurs défauts particuliers. Quelque fois, Corneille tombe dans l'emphatique & l'ampoulé, Racine dans le mol & l'élegiaque, Crébillon dans le
dur & les conſtructions louches, M. de Voltaire
dans le brillant & l'épique déplacé; concluera-
t-on de-là que ces quatre grands poëtes ne ſont
pas auſſi grands verſificateurs? Ce n'eſt point ſur
quelques vers, c'eſt ſur le ton général de leurs vers

qu'on jugera leur talent pour cet art. Qui me mon-
trera un morceau de vers français où l'on ne remarque pas des taches ? Prenons le premier endroit
de Racine , tel qu'il s'offrira sous la main : l'on
sçait que Virgile & Racine sont les deux plus sédui-
sants versificateurs qui ayent existé ; arrêtons-nous
à ce couplet de Josabet tiré de la seconde scène du
premier acte d'Athalie, elle répond à Joad :

> Et c'est sur tous ces Rois sa justice sévere
>
> Que je crains pour le fils de mon malheureux frere,
>
> Qui sçait si cet enfant par leur crime entraîné
>
> Avec eux en naiffant ne fut pas condamné ?
>
> Si Dieu le séparant d'une odieuse Race,
>
> En faveur de David voudra lui faire grace ?
>
> Hélas ! l'état horrible où le Ciel me l'offrit,
>
> Revient à tout moment effrayer mon esprit :
>
> De Princes égorgés la chambre étoit remplie ;
>
> Un poignard a la main , l'implacable Athalie
>
> Au carnage animoit ses barbares soldats,
>
> Et poursuivoit le cours de ses assassinats.

Le premier endroit de Racine. Un de nos meilleurs Grammairiens modernes nous a donné des *Remarques Littéraires & Grammaticales sur la
Bérenice de Racine ;* on en trouve beaucoup qui sont très judicieuses , &
qui ne servent qu'à m'affermir dans l'idée que l'art des vers est le plus
difficile de tous.

Joas laiſſé pour mort frappa ſoudain ma vue ;

Je me figure encor ſa Nourrice éperdue ,

Qui devant les bourreaux s'étoit jettée envain ,

Et faible le tenoit renverſé ſur ſon ſein :

Je le pris tout ſanglant ; en baignant ſon viſage

Mes pleurs du ſentiment lui rendirent l'uſage ,

Et ſoit frayeur encore , ou pour me careſſer ,

De ſes bras innocents je me ſentis preſſer.

Grand Dieu ! que mon amour ne lui ſoit point funeſte !

Du ſidele David c'eſt le précieux reſte ;

Nourri dans ta maiſon , en l'amour de ta loi ,

Il ne connait encor d'autre pere que toi.

Sur le point d'attaquer une Reine homicide ,

A l'aſpect du péril , ſi ma ſoi s'intimide ,

Si la chair & le ſang ſe troublant aujourd'hui ,

Ont trop de part aux pleurs que je répans pour lui ;

Conſerve l'héritier de tes ſaintes promeſſes ,

Et ne punis que moi de toutes mes faibleſſes.

Ce morceau ſans doute eſt admirablement verſifié , il eſt écrit avec cette élégance , ce charme continu qu'à poſſédés le ſeul Racine. Oſons pourtant être ſacrilege , & employer la chicane de la Critique vétilleuſe. Le premier vers eſt rempli de monoſyllabes durs , de ſons qui offenſent l'harmonie , *c'eſt ſur ces ſa ce ſe* : le troiſieme a ces mêmes défauts *ſait ſi cet* ; de ce troiſieme

au quatrieme incluſivement reviennent des hémiſti-
ches qui riment enſemble , *enfant* , *naiſſant* , *ſéparant* ;
mon malheureux *frere*, odieuſe *race*, il faut ſe garder de finir les vers par un monoſyllabe, parce que
cette chûte rend un ſon muet ; la *chambre*, expreſſion
familiere, & qui ne doit jamais entrer en poëſie ; *pour*
mort, hémiſtiche dur & ſourd ; *renverſé ſur ſon ſein*,
ce n'eſt plus ici la lyre enchantereſſe de Racine ; *ſan-*
glant en baignant, autres ſons durs & déſagréables;
Frayeur *encore*, *encore* a été employé de même dans
l'hémiſtiche, quatre vers plus haut ; dans ta mai*ſon*,
en l'amour, voici une *n* devant une voyelle, le plus
ingrat de tous les ſons, le ſon nazal ; il ne connait
encor, & pour la troiſieme fois après le quatrieme
vers où il eſt répété, &c.

 Je ne me ſuis point attaché à quelques expreſſions
qu'on pourroit taxer de faibleſſe, à quelques conſtructions, qui, regardées avec cet œil difficile de
critique, paraîtroient peut-être vicieuſes.

 On trouve dans l'*Iphigénie* du même poëte ces
vers de ſuite, acte II , ſcène I.

> Maintenant, tout vous rit : l'aimable Iphigénie
> D'une amitié ſincere avec vous eſt unie ;

Elle vous plaint, vous voit *avec des yeux de fœur*;
Et vous feriez dans Troye *avec moins de douceur*.
Vous vouliez voir l'Aulide, où fon pere l'appelle,
Et l'Aulide vous voit arriver *avec elle*.

Mais je n'ai pas befoin de le redire : ce n'eft point avec cet efprit de petiteffe, avec ce pédantifme de raifonnement qu'il faut lire les poëtes, c'eft avec la flamme qui les a infpirés, & cette flamme facrée abforbe leurs légeres imperfections. J'ai voulu prouver feulement, en puifant mon exemple dans Racine, que la cenfure minutieufe pouvoit attaquer jufqu'à la perfection même.

Tous les jours on nous dit qu'il eft néceffaire que dans les vers l'harmonie & l'élégance fe foutiennent : fans contredit : mais il faut varier ces tons, & c'eft en cela que la verfification reffemble à la mufique ; cette même mufique ne doit pas tout exprimer, comme la poëfie ne doit point tout peindre ; tous les vers pour être bons, auront-ils la même cadence, bientôt ils fatigueront. Combien ai-je vu de perfonnes qui ont trouvé de la monotonie dans cette ftrophe de la premiere Ode facrée du fameux Rouffeau !

Seigneur, dans ta gloire adorable
Quel mortel eft digne d'entrer ?

> Qui pourra, grand Dieu, pénétrer
> Ce Sanctuaire *impénétrable*,
> Où tes Saints inclinés d'un œil *respectueux*
> Contemplent de ton front l'éclat *majestueux* ?

Les deux derniers vers surtout leur ont paru produire les mêmes sons, tomber de la même chûte. Il en est des vers ainsi que des couleurs : les teintes s'éteignent, se fondent les unes dans les autres, & par un heureux mélange forment une des belles parties de la peinture, le coloris. Un vers qui semblera lâche, à le juger détaché, placé à côté d'un autre vers, rendra celui-ci plus vigoureux. Un autre qu'on accusera de dureté, appuiera la mollesse du précédent. Il en est quelquefois plusieurs que l'on sacrifiera à la beauté d'un seul. Dans Racine :

Madame, je n'ai point des sentiments si bas,

est relevé par ce vers admirable

Quand vous me haïriés, je ne m'en plaindrois pas.

Ces vers de fer dans Crébillon sont de toute beauté :

> La nature marâtre en ces affreux climats
> Ne produit au lieu d'or, que du fer, des soldats ;
> Son sein tout hérissé n'offre aux desirs de l'homme
> Rien, qui puisse tenter l'avarice de Rome.

Des

Des remarques fur cet objet entraîneroient trop loin. Je reviens à des obfervations générales.

Le défaut de quelques-uns de nos verfificateurs eft de fe former un *faire* fur celui de nos maîtres ; on s'apperçoit que ces copiftes ferviles & rampants, n'employeroient pas une expreffion , un mot, qui n'euffent été confacrés par leurs modeles: fouvent ce font les mêmes penfées, les mêmes hémiftiches. Que réfulte-t-il de cet efprit d'imitation ? que les vers de ces écoliers éternels ont toute la froideur de la mauvaife copie ; s'ils ont quelque élégance, ils ont le même rythme ; je ferois tenté de les nommer des *vers morts* , & de les comparer à ces figures de cire qui rendent, à faire peur, la reffemblance, & qui cependant n'ont ni chaleur ni vie. Nous avons vu, dans les fiecles paffés, des pédants fuperftitieux compofer des poëmes entiers d'après les vers mis en pieces des Virgile, des Horace , &c. c'eft ce que font aujourd'hui la plûpart des verfificateurs.

Je voudrois donc , pour éviter cet inconvénient, que l'on tranfportât avec choix dans nos vers, les tours , les hardieffes des autres langues ;

1

qu'on s'étudiât davantage à y jetter des expreſſions pittoreſques, & des beautés d'harmonie imitative, partie de notre verſification trop peu cultivée. J'avois mis dans ma premiere Édition, ſcène ſeconde du premier acte, *ſon fugitif éclat*; l'adjectif précédant le ſubſtantif me ſembloit rendre la rapidité de cet *éclat* qui dure ſi peu; des gens d'eſprit m'ont blâmé: j'ai donc ſubſtitué, avec une complaiſance que je me reprochois, *ſon éclat fugitif*; je ſçais que le ſon par ce changement eſt plus doux: mais il n'y a plus d'image; cet adjectif forme alors une marche traînante. On trouvera pluſieurs corrections de ce genre que je déclare avoir faites contre mon gré; je me ſuis cependant obſtiné à garder l'hemiſtiche ſuivant, *j'ai donc briſé mon cœur*, expreſſion empruntée de l'Anglais, *heart - break*, perſuadé encore une fois qu'en appropriant à notre langue les richeſſes des autres, ſans rien perdre de notre goût, nous ne faiſons que l'étendre & le fortifier. Convenons, que ſi le français eſt plus pur, plus élégant, plus correct qu'au tems d'Amyot & de Montagne, il n'a plus la force & le caractere vigoureux que lui avoient donnés ces deux gé-

nies, & que Corneille lui confervoit encore ; Racine
n'eut jamais fait dire au vieil Horace :

> Qu'eſt ceci, mes enfans ? Écoutez-vous vos flammes ?
> Et perdez-vous encor le tems avec des femmes ?

Et dans ces vers, n'entendez - vous pas , ne voyez-
vous pas ce vieux Romain en cheveux blancs , qui
tout plein du patriotiſme , vient le verſer dans le
ſein de ſon fils & de ſon gendre ? M. de Voltaire a
eu tout récemment le courage d'employer cette fran-
chiſe d'expreſſion dans ſa Tragédie des Scythes : *il
eſt mort en brave homme* , ce qui ne peut déplaire
qu'aux partiſans du jargon affecté & doucereux. C'eſt
cette énergie, cette vérité de la nature que m'offrent
ces mêmes Amyot & Montagne , que je déſirerois
de retrouver dans notre langue.

Je ſouhaiterois encore que nous imitaſſions nos
voiſins, pour délivrer notre verſification de cette
malheureuſe uniformité qui appeſantit ſes fers, je
parle ſur-tout des vers de la Tragédie. Dans Shakeſ-
pear, ils changent de métre ; le ſtyle eſt toujours celui
de la ſituation ; les perſonnages ſubalternes ne s'expri-
ment pas comme ceux des premiers rôles. Pourquoi
n'aurions-nous pas des tragédies en vers mêlés , je.

veux dire des vers d'inégale mesure ? Car une continuité de vers alexandrins à rimes croisées, comme dans le Tancrede de M. de Voltaire, devient encore plus fatigante que l'uniformité de nos vers alexandrins à rimes plates. Il est vrai que l'emploi de ces vers mêlés exigeroit une prodigieuse finesse de goût ; ce n'est point assurement cette sorte de vers qui fit tomber Agésilas, ce fut le sujet.

Sur la ponctuation.

Quelques personnes ont désapprouvé dans mon drame, l'usage fréquent des points : elles auroient été moins empressées à me condamner, si elles avoient daigné rechercher la cause de cette ponctuation, dont je leur ai paru abuser. Qu'elles se donnent la peine de juger par elles-mêmes, & elles verront que le Comte de Comminge est une des pieces où il y a le moins de reticences & de sens suspendus. Cet ouvrage ne paraissant point sur le théâtre de la nation, & ne pouvant se répandre que par la voie moins imposante de la lecture, il m'a fallu nécessairement accompagner mes vers d'une espece de game poëtique. Pour le malheur de nous autres versificateurs, il y a.

Il y a peu de gens. Voici ce que nous dit l'auteur distingué de

peu de gens qui veuillent s'appliquer à sçavoir lire
les vers ; c'est une langue nouvelle pour quiconque
parcourt rapidement la profe. D'ailleurs j'ai écrit
pour tout le monde, pour de jeunes perfonnes à qui
la lecture de la poëfie n'est point familiere. Si l'on
fait à ma piece l'honneur de la jouer fur quelque
théâtre particulier, on faifira davantage, par le
moyen de ces points, le fens de l'auteur, & la repréfentation en deviendra plus facile. Combien de difputes n'ai-je pas vû s'élever fur la façon dont fe de-

_____

la *Lettre fur les fourds & les muets* : » La lecture des poëtes les
» plus clairs a fa difficulté. Je puis affurer qu'il y a mille fois
» plus de gens en état d'entendre un géometre qu'un poëte,
» parce qu'il y a mille gens de bon fens contre un homme de
» goût, & mille perfonnes de goût, contre une d'un goût ex-
» quis. »

L'honneur de la jouer. Les perfonnes, qui voudroient repréfenter le COMTE DE COMMINGE, obferveront
que cette piece eft dans un genre neuf, qu'il ne faut aucun gefte,
nulle déclamation ; je ne connais qu'une actrice capable de
rendre la derniere fcène dans l'efprit du rôle.

Combien de difputes. J'ai été témoin d'une difcuffion très-ap-
profondie : les fentiments cependant font demeurés toujours par-

vroient lire nos meilleurs ouvrages dramatiques !
Toutes ces difcuſſions n'auroient jamais eu lieu, ſi les
Corneille, les Racine, les Mollere nous euſſent tranſ-
mis, en quelque forte, par leur ponctuation, l'eſprit
dans lequel ils avoient compofé. J'ai eu foin dans
cette Édition, qu'on ne mît que deux points aux repos ordinaires ; les trois points indiquent le repos
beaucoup plus marqué, comme,

  . . . L'imiter. . . eh le puis-je ?
Ils ont aimé fans doute. . . & leur cœur ne fent plus !

Je me fuis déja plaint que nous fuſſions encore ſi
peu avancés dans la ponctuation. Nous n'avons que
deux points : le point d'interrogation, & celui d'ex-
clamation ou d'admiration, qui fervent auſſi à exprimer le cri de l'indignation, l'élan de la joie, &c.

---

tagés. Il s'agiſſoit de ſçavoir, ſi dans la fcène où Agrippine
a un éclairciſſement avec Néron, elle devoit faire une paufe
après
  De tous ceux que j'ai faits je vais vous éclaircir,
  Vous regnez.

Ou, ſi elle devoit dire tout de fuite, Vous regnez, &c.

 Je me fuis déja plaint. Dans la Lettre au Comte de Frife, à la
tête de la Traduction des *Lamentations de Jéremie*.

Et pourquoi ne pas donner à chaque affection de l'ame son point particulier ? Quelle vie une telle ponctuation répandroit sur les écrits ! Il faut espérer qu'il s'élevera parmi nous quelque génie qui créera cette nouveauté, si nécessaire à l'esprit des langues, & à la fidélité de la tradition.

Il seroit heureux, pour une ame sensible au précieux avantage d'être utile, que ces faibles observations en fissent naître de plus profondes, de plus dignes du sujet. Quand je n'aurois contribué qu'à exciter le talent, qu'à lui ouvrir une nouvelle carriere, où il puisse s'élancer avec succès, je croirois avoir acquis quelque droit sur l'estime de ce Public respectable, le seul protecteur que je reconnaisse, & j'imagine avoir prouvé que je ne sollicite & ne desire point d'autre prix de mes travaux. Un esprit sage ne doit aimer, & cultiver les arts, que parce qu'ils nous éclairent sur le peu de vérité de tout ce qui nous environne, qu'ils fortifient notre ame contre les dégoûts inséparables de la vie, qu'ils nous aident à supporter la méchanceté ou plutôt la faiblesse maligne des hommes; parce qu'ils nous apprennent en-

fin à nous fuffire à nous-même. la premiere des connaiffances ; je n'ai pas atter.du la leçon tardive de
l'expérience & de l'âge pour prendre avec le Taffe
le nom *di Pentito.*

TROISIEME DISCOURS.

LA malignité de la critique est si avide de saisir le ridicule, que souvent elle le combat même où il n'existe point. Son œil severe avoit cru, peut-être sans fondement, entrevoir dans les préfaces de l'ingénieux la Motte une sorte de finesse cachée qui lui avoit fait établir un sistéme dramatique, dont le but tendoit à déguiser les défauts de ses tragédies, ou à les rendre plus excusables. Je n'ai point les prétentions de l'auteur d'Inès, encore moins le droit de m'ériger en légiflateur de notre littérature; c'est un rôle qui appartient à bien peu d'écrivains, & qu'on est porté avec raison à soupçonner d'orgueil & de despotisme : mais j'ai demandé qu'on me permît de répandre sur l'art théâtral quelques idées conçues au hasard. Je les présente avec la même franchise qui me les a inspirées. Je suppose que la méchanceté m'accusât d'avoir eu le dessein de créer des régles; dumoins sera-t-on forcé de convenir que j'entens mal mes intéréts en les publiant : car si l'on vient à examiner l'emploi que j'en ai fait dans mon drame, on trouvera que, bien loin

Ce qui a donné lieu à ce nouveau Discours.

K

de m'être favorables, elles pourront fervir à ma condamnation. J'euffe fort fouhaité en tirer un meilleur parti : mais on n'ignore point que dans tous les arts, il y a une diftance infinie du talent de l'invention à celui de l'exécution ; & perfonne n'eft convaincu plus que moi de l'impuiffance de mettre fes penfées en œuvre, lorfqu'on a le malheur de n'être point fecondé par le génie. Je ne cherche donc point à diffimuler mes fautes : je voudrois feulement être de quelque utilité dans les lettres ; c'eft ce qui me détermine à profiter d'une réimpreffion du COMTE DE COMMINGE, pour rifquer encore un petit nombre d'obfervations qui viennent affez naturellement à la fuite de celles qu'on a déja lûes.

Nouvelle Carriere ouverte au Théâtre. J'ai peut-être indiqué au Théâtre une nouvelle Carriere ; ce feroit affez pour ma vanité d'y avoir tenté les premiers pas, fi je pouvois me flater d'avoir excité l'enthoufiafme de mes rivaux & de mes maîtres, & d'avoir donné lieu aux ailes du génie de fe déployer.

Néceffité de parcourir cette nouvelle Carriere. J'ai avancé une vérité fentie du peu de perfonnes qui penfent d'après elle : Corneille, Racine, Crébillon, M. de Voltaire fe font frayé chacun une route qu'ils ont parcourue avec un fuccès qui fera confirmé fans doute par la poftérité : mais je le repete : fe traîner fur leurs traces , c'eft vouloir groffir fervilement l'obfcur troupeau du peuple imitateur. Sommes nous jaloux d'atteindre aujourd'hui à quelque lueur de réputation fur la fcène ? Il faut de toute néceffité, en fe pénétrant de l'efprit fublime de ces illuftres tragiques , imaginer d'autres refforts, & arriver au même but par d'autres chemins. Malgré le refpect que nos modèles doivent nous infpirer, ofons le dire , parce que l'admiration raifonnable exclut le fanatifme fuperftitieux : la *terreur* & la *compaffion* , ces deux grands pivots du théâtre n'ont point été employés parmi nous avec toute l'énergie dont ils font fufceptibles. S. Evremont fe plaignoit avant moi » que nos piéces ne font pas une impreffion affez » forte ; que ce qui doit former la pitié fait tout au » plus de la tendreffe ; que l'émotion tient lieu de » faififfement , l'étonnement de l'horreur ; qu'il » manque à nos fentiments quelque chofe d'affez » profond, &c. » M. de Voltaire, à l'occafion de cette remarque, ajoute : » Il faut avouer que S. Evremont » a mis le doigt dans la plaie fecrete du Théâtre » français, » & il finit par cette obfervation fi vraie, qui doit être une leçon éternelle pour quicon-

que aſpire au titre d'auteur dramatique. » ces défauts
» viennent *de trop de ſociété, du bel eſprit & du peu*
» *de ſolitude.* » Voilà ſans contredit d'où naît cette

De trop de ſociété. On dit que, de tous les peuples, le Français
eſt le plus ſociable : cela peut-être : mais cet amour de la ſociété
qui produit les agréments de la converſation, la fleur de la po-
liteſſe, l'élégance du ſtyle, le brillant du bel eſprit, ce meme
amour de la ſociété n'a-t-il pas auſſi ſes inconvenients ? En donnant naiſſance aux fines alluſions, aux comparaiſons ingénieuſes,
à ces graces légeres qui ſont l'aliment de l'eſprit, n'eſt-il pas
nuiſible à la vigueur & aux progrès du génie? Delà cette même
phyſionomie, ſi l'on peut le dire, dans la façon de penſer, dans
les ouvrages ; delà notre fauſſe délicateſſe, nos ames efféminées :
plus de grands traits, plus de profondeur dans les idées, plus de
couleurs diſtinctives ; toutes les nuances ſe confondent. On
quitte ſon eſprit pour prendre celui d'autrui, & l'on eſt toujours
aſſuré de perdre.

Du bel eſprit. J'ai remarqué que ce qu'on nomme aujourd'hui
bel eſprit, n'eſt que le frivole talent de railler & de tourner en plai-
ſanterie les choſes les plus ſérieuſes ; ce vice afflige non-ſeulement
la plûpart de nos écrivains, mais il eſt devenu le ridicule général de
la nation. Depuis qu'on parle du *bon ton,* du *ton de la bonne compagnie,* on s'écarte totalement du ton de la nature qui eſt le
ſeul qu'on doive employer, & le ſeul qui aſſure ſolidement le
mérite d'un ouvrage.

Du peu de ſolitude. Il y a près de deux mille ans qu'un poëte
latin écrivoit :

    Carmina ſeceſſum ſcribentis & otia quærunt.

faiblesse de traits répandue dans la plûpart de nos ouvrages modernes. Ce n'est point à la cour, parmi des
femmes, & dans les cercles polis que le grand Corneille alloit puiser cette force de raisonnement, cette
fierté de pinceau, cette ame romaine qui l'élevent si
fort au-dessus de ses rivaux. Si Moliere eût cédé aux
sollicitations de la fortune, & qu'il eût accepté un
emploi qui devoit l'attacher au service d'un prince,
il n'auroit pas eu le loisir de créer & de nourrir dans
le silence du cabinet les scènes vigoureuses & immor-

Petrarque, dont le premier charme peut-être est celui d'une
douce mélancolie, disoit aussi :

Cercato hò sempre solitaria vita
   Le rive il sanno, e le campagne, e i boschi
   Per fuggir quest' ingegni sordi, e loschi
   Che le strada del ciel hanno smarrita :
  . . . .
  Le città son nimiche, amici i boschi
   A miei pensier, &c.

Il n'y a pas jusqu'au Philosophe sans faste, au Précepteur
de l'humanité qui n'ait dit : » chacun regarde devant soi : mais
» je regarde dans moi, je n'ai affaire qu'à moi, je me consi-
» dere sans cesse, je me contrôle, je me goute, je me roule en
» moi-même. » Pour réussir dans quelque genre de littérature
que ce soit, je dirai plus, pour être homme, il faut descendre
en soi, s'interroger, écouter son ame.

lxxviij   DISCOURS

telles du Tartuffe, du Mifantrope, &c. On ne fçauroit trop s'arrêter fur ce principe fi important pour

Avantages
de la folitu-
de.

les hommes de lettres : la folitude alimente le feu de
l'ame, la fortifie, étend fes facultés, & en la déta-
chant des objets acceffoires, en l'ifolant, la rend, fi
l'on peut le dire, plus elle même ; c'eft du fein de la
profonde méditation qu'éclôt & s'éleve le génie
créateur, au lieu que l'efprit a befoin d'emprunter de
la fociété : ce qui lui donne un air de reffemblance
avec tout ce qui l'environne, & lui fait contracter
la froide timidité de la fervitude. Cet amour de
la retraite, ce travail obftiné l'*improbus labor* des Latins,
cette ardeur infatigable d'approfondir fes idées,
d'en étudier tous les effets, de creufer dans la nature
même, eft fans doute ce qui a produit chez nos voi-
fins des fcènes détachées que nous admirons, & ce
chef-d'œuvre des romans qui fera toujours le modele
& le défefpoir des écrivains qui fuivent cette carriere.

C'eft donc dans ce champ tout neuf pour nos poëtes tragiques que j'invite le génie à s'élancer & à

Ce chef-d'œuvre des romans. Eft-il néceffaire de nommer
Clariffe ? C'eft peut-être l'ouvrage où les paffions font le plus
développées, & le meilleur traité de morale pratique.

nous faire goûter de nouveaux plaifirs & de nouvelles inftructions : car le Théâtre malgré la mauvaife humeur & la feverité féroce & gothique de certaines gens, fera toujours regardé comme une des premieres écoles de fageffe & d'humanité.

Il eft des martyrs zélés de l'habitude prêts à fe foulever à la moindre nouveauté que l'on veut introduire. Cette claffe d'hommes qui ne demande pas mieux que de fe garrotter des chaînes de l'ufage, n'a pu s'accoutumer à l'*innovation* d'un drame où l'on repréfente des religieux, un tombeau, un des perfonnages creufant fa foffe ; toutes ces images fombres & pathétiques qui laiffent des impreffions marquées & durables, leur ont paru *trop fortes, trop affligeantes,* ce font leurs expreffions. Il eft vrai que le genre dramatique du COMTE DE COMMINGE, eft un peu dif-

Le Théâtre une des premieres écoles de vertu & d'humanité.

Réponfe aux cenfeurs délicats.

Car le théâtre. » Je regarde, dit M. de Voltaire, la Tragédie » & la Comédie comme des leçons de vertu, de raifon & de » bienféance. Corneille, ancien Romain parmi les Français, » a établi une école de grandeur d'ame, & Moliere a fondé » celle de la vie civile. Les génies français formés par eux, « appellent du fond de l'Europe les étrangers qui viennent s'inf- » truire chez nous, & qui contribuent à l'abondance de » Paris. »

férent de celui de l'Opéra-comique devenu par l'extra
vagance de la mode un de nos fpectacles de prédilection. Je répondrai cependant à ces Critiques *délicats* que
nos prédeceffeurs ont épuifé l'impofant, ce fentiment fi
borné du genre admiratif, ainfi que les mouvements
doux & agréables du genre tendre. Lorfque Corneille
& Racine donnerent leurs chef-d'œuvres, nous nous
reffentions encore de la fermentation des guerres

De l'Opéra comique. S'il arrivoit que la nation, par une de
ces bifarreries qu'on ne peut gueres appréhender de fon inconf-
tance, perfiftât à mettre l'Opéra-comique au rang de fes premiers fpectacles, il feroit à craindre que le goût, difons plus,
les mœurs ne fuffent altérés, & bientôt corrompus ! Le théâtre
chez les Grecs étoit lié au fiftême de légiflation. Des hommes
éclairés qui connaiffent le pouvoir du phyfique ne fçauroient
être trop attentifs fur le choix des objets qui les entourent, &
des impreffions qu'ils reçoivent. Des ames remuées par des images nobles & attendriffantes de vertu, d'humanité, d'amour
des devoirs, feront affurément plus préparées aux grandes chofes, aux bonnes actions, que des efprits nourris de jeux infipides,
& livrés à la frivolité & à de plates bouffonneries. Quand
les Athéniens réfifterent aux forces du *grand roi*, ils ne
couroient point entendre des muficiens efféminés, ils alloient
enflammer leur courage aux repréfentations des drames im-
mortels des Sophocles, des Euripides, &c. Au moment que les
Romains déferterent le théâtre de Terence pour les Atellanes,
l'efprit mâle de la république perdit de fa vigueur, & ce fut
peut-être la premiere époque de fa décadence.

civiles,

civiles, le fang étoit allumé ; tout respiroit l'énergie, la flamme de la paſſion ; tout étoit diſpoſé ſoit à la fierté de l'héroïſme, ſoit à l'ingénieuſe galanterie de l'amour Eſpagnol : de légers ébranlements ſuffiſoient pour exciter des ſenſations dominantes. Aujourd'hui que nos fibres ont perdu leurs tons, & qu'ils ſont affaiſſés par la molleſſe, qui nous réveillera de cette langueur léthargique, ſi ce n'eſt une répétition continue de violentes ſecouſſes ? On peut nous comparer à ces eaux dormantes, à ces lacs morts, que des orages ſeuls ſont capables d'agiter. Ce n'eſt plus le pinceau, c'eſt le burin même dont il faut ſe ſervir pour tracer & entretenir dans nos ames énervées quelques ſentiments qui s'y impriment & s'y conſervent. Quand le COMTE DE COMMINGE n'auroit produit que cet effet ſi important pour l'humanité, pour la vraie philoſophie, de mettre ſous les yeux le grand tableau de la mort, de nous familiariſer avec la terreur qui accompagne cette image, d'apprendre en un mot aux gens du monde à mourir, je croirois avoir rempli un des premiers objets de l'art dramatique, qui à la rigueur, ne devroit en avoir d'autre que celui de la morale ; d'ailleurs je ne prétens pas faire le procès aux ſcrupuleux ſectateurs de

Le burin[?] ial du Comte de Comminge,

L

l'ancienne routine. Qu'on me reproche de n'avoir pas fait reſſembler mon drame à trois ou quatre mille pieces compoſées dans le même eſprit ; de n'avoir pas voulu me traîner ſur les pas d'humbles copiſtes , bien inférieurs à leurs modeles; d'avoir négligé la petite adreſſe d'agencer ſans vraiſemblance des converſations amoureuſes & élégiaques ; d'avoir rejetté la ſtérile abondance des ſituations romaneſques , la multiplicité des incidents , ces rôles de tyran ſi oppoſés à la vérité & au naturel , ces beautés étrangeres qu'on nomme des *tirades* ; enfin d'avoir eſſayé de faire quelques pas ſans m'appuyer ſur la faibleſſe d'autrui ; je citerai pour ma défenſe un de nos légiſlateurs dramatiques.

Pourquoi l'Auteur a eſſayé de créer un nouveau genre.

» Si, dit-il, on avoit toujours mis ſur le théâtre tra-
» gique la grandeur romaine , à la fin on s'en ſeroit
» rebuté. Si les héros ne parloient jamais que ten-
» dreſſe , on ſeroit affadi &c. Tous les genres ſont
» bons , hors le genre ennuyeux. Ainſi il ne faut ja-
» mais dire : ſi cette muſique n'a pas réuſſi , ſi ce ta-
» bleau ne plaît pas , ſi cette piece eſt tombée , c'eſt
» que cela étoit d'une eſpece nouvelle : il faut dire :
» c'eſt que cela ne vaut rien dans ſon eſpece. «

J'aurai donc prononcé ma condamnation , ſi COM-
MINGE a eu le malheur d'ennuyer : mais ſi par ha-

zard j'avois réuffi à faire couler quelques larmes , à peindre les orages des paffions, à montrer la religion fous les traits véritables qui la font aimer, s'obftineroit-on à ne me point pardonner une fi heureufe témérité ? Il feroit fingulier que ceux qui tous les jours ont Athalie entre les mains, euffent l'injufte bifarrerie de taxer de *hardieffe contre les regles*, le fujet du COMTE DE COMMINGE. Le grand Prêtre des Juifs valoit bien l'Abbé de la Trappe ; & fi je pouvois rifquer mon apologie, j'aurois peut-être l'audace d'avancer que la *Fable* du COMTE DE COMMINGE pour le but moral, a quelque fuperiorité fur celles de Polyeucte & d'Athalie. Que nous préfente en effet la premiere de ces tragédies ? Un néophyte dominé par un emportement de zele qu'ont défaprouvé même les Peres de l'Eglife, qui brife fans nulle néceffité les ftatues des Dieux de l'Empire, qui caufe la mort de fon ami, & par un enthoufiafme déplacé, expofe tous les Chrétiens aux horreurs d'une profcription générale. Dans Athalie on voit un Prê-

Apo'ogie de la Piece.

De Polyeucte & d'Athalie. Qu'on life M. de Voltaire, on verra que je ne fuis point le premier à faire ce reproche à ces drames, qui d'ailleurs font des chefs-d'œuvres.

L ij

tre , un miniſtre de paix & de vérité échauffer les fureurs d'une conſpiration , attirer dans un piege une Reine , ſa Souveraine , & ordonner de ſang froid qu'elle ſoit maſſacrée. Jettons enſuite les yeux ſur COMMINGE : la religion y eſt repréſentée comme une mere tendre, toujours prête à ouvrir ſon ſein compatiſſant à des enfants malheureux. J'oſe préſentement demander à des eſprits exempts de prévention, laquelle de ces trois piéces (qu'on daigne toujours ſe ſouvenir que je parle du ſujet) a une fin plus morale , plus liée à la ſaine politique , excite des ſentiments plus purs , plus profitables à l'humanité. Auſſi je ne déſeſpère point que dans la ſuite des tems COM-MINGE & les drames de cette eſpece ne ſoient repré-

COMMINGE joué un jour ſur le Théâtre de la Nation.

ſentés ſur notre ſcène. Les Eſpagnols , dans la ſemaine ſainte, jouent des *Autos Sacramentales*, & pourquoi ne joueroit-on pas COMMINGE dans cette ſemaine de dévotion où les ſeuls ſpectacles ſoufferts ſont la Foire & l'Opera-comique ? Ce n'eſt pas ici le lieu d'exami-

Ce qui peut motiver cette eſpérance.

ner ces ſingularités de l'eſprit humain : mais les religieux de la Trappe ſaiſis d'un ſaint reſpect pour l'Etre ſuprème , COMMINGE ſe pénétrant de l'image de la mort, formeroient ſelon moi un ſpectacle plus convenable à ces jours de recueillement, plus utile à l'amélioration des mœurs, que les marionnettes & la farce des *Racoleurs.*

Pourquoi encore n'aurions-nous point un théâtre qu'on appelleroit *le Théâtre facré*, deftiné uniquement à des repréfentations de cette forte ? Je fçais que je vais exciter le rire des *Plaifants agréables*, qui me renverront aux pieufes facéties de nos peres : mais la plaifanterie ne m'empêchera jamais de propofer ce que je croirai raifonnable. Nos Comédiens français joueroient pendant le Carême fur ce théâtre ; on n'y donneroit que des piéces faintes : ce feroit remonter à la véritable inftitution de la Tragédie ; on fçait que chez les Grecs le théâtre fervit d'abord à confacrer l'appareil de la religion, & la pompe de fes myfteres. Un homme de génie ne feroit pas embarraffé d'annoblir ce que nos ayeux ignorants étoient parvenus à force de mauvais goût, à rendre abfurde & ridicule. Milton dans les plates bouffonneries de la Comédie du *Péché Originel*, entrevit tout le fublime de fon Poëme, la majefté d'un Dieu vengeur, la fierté indomptable de l'Ange rébelle terraffé, & fe relevant fans ceffe des gouffres infernaux, les graces chaftes & féduifantes d'Eve, la faibleffe intéreffante d'Adam, l'impofante perfpective de tous

· les malheurs qui devoient accabler fa poſtérité.

La Paſſion, un des plus beaux fuçets Dramatiques. Croiroſt-on, par exemple, que la *Paſſion* traitée par un talent ſupérieur, ne ſeroit pas une de nos tragédies les plus pathétiques ? Quel plus grand intérêt que celui qui réſulteroſt du ſpectacle d'un Dieu aſſez grand pour ſe ſoumettre aux ignominies & aux ſouffrances

---

Que la Paſſion. Caſtelvetro, Mafféi nous apprennent que la *Paſſion* a été jouée de tous les tems en Italie. Au reſte ce que je propoſe n'eſt point de mon invention : je ne parle que d'après un de nos maîtres. » Les Confreres de la Paſſion » en France, dit M. Voltaire, firent paraître vers le ſei- » zieme ſiecle Jeſus-Chriſt ſur la ſcène. Si la langue françaiſe » avoit été alors auſſi majeſtueuſe qu'elle étoit naïve & groſſie- » re, ſi parmi tant d'hommes ignorants & lourds il s'étoit trouvé » un homme de génie, il eſt à croire que la mort d'un Juſte per- » ſécuté par des Prêtres Juifs, & condamné par un Prêteur Ro- » main, eût pu fournir un ouvrage ſublime : mais il eut fallu » un tems éclairé &c. Et que d'autres ſujets encore à traiter dans le genre ſacré ! Abraham prêt d'immoler ſon fils unique aux volontés de Dieu, étouffant l'amour paternel pour ſe rem- plir de l'obéiſſance due à l'Etre ſuprême ; Nathan annonçant à David avec autant de ménagement que de dignité, la punition qui doit ſuivre ſon crime ; l'ombre de Samuel évoquée par Saul, & lui montrant dans toute ſon horreur le ſort qui l'at- tend ; le Prophete Daniel accablant Balthaſar des vengeances de Dieu : ne voilà-t-il pas des drames qui pourroient produire les plus grands effets &c ?

de la nature humaine , affez bon pour pardonner à fes bourreaux , & pour prier en leur faveur ? Qu'on ajoute à ce vafte & magnifique tableau , ceux d'une mere en proie à toutes les douleurs , d'un difciple chéri & fidele, qui pleure en accompagnant fon maître au fupplice , d'un autre difciple qui frappé d'un profond repentir , détefte ouvertement fa faute ; que ces fituations enfin foient rendues avec tout l'éclat , toute la dignité du fujet , & en vers fublimes tels que ceux d'Athalie , & je doute qu'il y ait un feul fpectateur dont l'ame ne foit déchirée par tous les traits réunis de la *terreur* & de la *compaffion.*

Après m'avoir fait des objections fur le genre de mon drame , on m'a encore reproché de ne lui avoir donné que l'étendue de trois Actes. Je hafarderai à ce fujet quelques idées que , fuivant ma convention avec mes lecteurs éclairés , je foumets à leur jugement.

Sur les Actes.

La diftribution d'une piece en Actes eft une invention des modernes , c'eft-à-dire des Romains , que nous avons adoptée. On a cru par ces nouvelles difficultés de l'art appuyer davantage la vraifemblance de l'intrigue , & augmenter l'intérét : on n'a fait que l'affaiblir. Nos écrivains dramatiques reffemblent en

cela à nos orateurs qui partagent leurs difcours en plufieurs points : arrangement que l'on peut regarder
comme un jeu pueril du mauvais goût. Que diroit-on
d'un bâtiment où l'on laifferoit fubfifter les échaffauts
qui ont fervi à la conftruction ? Ces divifions dans les
drames étoient abfolument ignorées des Grecs ; leurs
intermedes remplis par les chœurs, développoient l'efprit des fcènes. L'Abbé d'Aubignac qui a écrit fans
nulle philofophie, fans aucune vue qui lui appartint,
a prétendu que cette divifion étoit *fondée fur l'expé-*
périence, & que toute tragédie devoit avoir une
certaine longueur : on pourroit demander à d'Aubignac ce qu'il entend par ces expreffions vagues d'une
certaine longueur ; on pourroit encore ajouter que
cette divifion, *fondée fur l'expérience*, eft peut-être
oppofée à la Nature, qui cependant eft la fource & le
modele des arts d'imitation. Qu'eft-ce qu'un drame ?
N'eft-ce pas la repréfentation d'une action quelcon-
que ? N'y a-t-il point des actions de plus ou de moins
de durée ? Qui doit en fixer l'étendue ? La vivacité
de l'intérêt. Au moment que l'intérêt languit, il faut
que l'action ceffe, ou plutôt qu'elle foit complete. Je
dirai plus : eft-il vraifemblable que l'on puiffe fup-

porter

porter avec des interruptions les grands mouvements
de l'amour, de la vengeance, de la fureur ? Or un
assemblage de scènes où l'intérêt croîtroit à chaque
instant, où l'ame seroit emportée d'agitations en
agitations, comme un navire poussé de flots en
flots, où la tempête des passions seroit d'autant plus
violente, qu'elle approcheroit de sa fin, un tel ouvrage ne seroit-il pas assuré de réussir ? On se gar-
deroit bien de borner les scènes, ce seroit la chaleur même de l'action qui en détermineroit la longueur & le nombre. Je suppose qu'un drame pareil
composât un seul Acte de mille à douze cent vers,

Un seul Acte. De telles tragédies en un acte pourroient être
jouées à la suite d'une autre tragédie. L'usage de donner après
un drame touchant une petite piece comique, & souvent une farce, se ressent encore de notre ancienne *barbarie.* Rien de plus op-
posé au sens commun! On nous dit qu'il est *bon de rire après avoir
pleuré :* la joie assurément est une sensation nécessaire à notre
nature ; mais le but du Théâtre est que chaque mouvement de
l'ame produise son effet, & par ce passage subit des larmes aux
ris, on détruit les impressions nobles & profondes qu'à excitées
la Tragédie ; on s'oppose totalement à son objet qui est de conduire par la mélancolie & par l'attendrissement, au développement de la sensibilité, la source des vertus & des bonnes actions.
Ce n'est pas que je prétende bannir de notre scene la Comédie :

M

ne feroit-ce pas un effort du talent, que d'avoir in-
téreffé le fpectateur, & de l'avoir conduit jufqu'à la
fin, fans ces entre-actes qui amenent toujours avec
eux des défauts d'invraifemblance, & le réfroidiffe-
ment, le premier des torts fans contredit pour tout
écrivain.

Je conviendrai cependant que peu de fujets pourroient être traités de cette maniere : mais du moins
fi l'on veut s'affujettir à cette divifion d'Actes, que la
févérité pédantefque de la regle n'aille pas jufqu'à
nous faire une loi abfolue du nombre de cinq Actes ;
celui de trois me paraît plus naturel, plus conforme
à ce qu'exigent la vérité & la matiere de la plûpart

---

je la regarde comme une école de mœurs qui combat le ridicule :
le grand objet de l'art théatral : mais la Tragédie attaque
l'inhumanité même, ce principe de tous les crimes ; elle
éxerce les ames à la pitié, y réveille le fentiment qui
nous porte à plaindre dans autrui des malheurs que nous pou-
vons éprouver. Si ces deux fortes de Drames font également
utiles à notre inftruction & à notre amélioration, n'y auroit-il
pas moyen de les concilier ? Qu'on divife donc leur domaine :
qu'un jour foit confacré à la repréfentation de la Comédie, &
un autre à celle de la Tragédie ; à la faveur de ce partage, les
deux fpectacles ne fe nuiront point, & l'on emportera chez
foi des fentiments décidés qui contribueront plus fortement à
nous toucher, & à nous corriger.

des actions dramatiques. Il est aisé de juger par les meilleures pieces de nos maîtres, que la distribution en cinq Actes leur a été souvent peu avantageuse. Combien de nos excellentes tragédies dont le premier Acte surtout est inutile, & ne sert qu'à répandre de la langueur sur l'économie de la piece ? Je ne serois point étonné qu'un poëte dont le génie justifieroit l'audace, composât des drames tragiques en deux, en trois, en quatre Actes, & même en six, sept, huit, si la matiere le comportoit ; il est vrai que les actions susceptibles de cette derniere étendue, sont en très-petit nombre. En un mot qu'un sujet théâtral soit soutenu & animé jusqu'au bout par la chaleur, par l'intérêt, & on ne s'appercevra point de sa longueur. Qu'on entre dans la célebre Eglise de Saint Pierre de Rome, on sera saisi & enchanté du beau résultat de tant de sages proportions, & l'on ne cherchera point à les décomposer. Ces Actes divisés sont le technique du Drame ; le secret du talent consiste à cacher les procedés de l'art.

Que tous les *Manœuvres* de regles nous disent encore qu'il est nécessaire que ces Actes ayent une longueur respective : autre abus de l'esprit d'ordre &

Sur la longueur des Actes.

M ij

de goût qui doit être attaché au génie, comme un ami qui le conseille & qui le guide, & non comme un tyran qui l'enchaîne. N'est-ce point à l'étendue de l'action à décider de celle des Actes, & n'est-il pas absurde qu'un Acte n'ait que trois cent, trois cent quarante vers, parce que l'Acte précédent ou suivant n'en a point davantage ? Voilà aussi d'où naissent ces remplissages, ces déclamations, ces vuides affreux qui tuent la plûpart des drames, & qui font dire aux ignorans mêmes : » Cette piece peut être belle ; je ne » m'y connais pas : mais elle m'a ennuyé. « Le plus stupide des spectateurs, *sans s'y connaître*, sera affecté au Théâtre, quand on ira droit à son ame, & qu'on ne s'amusera point à débiter des *tirades*, au lieu d'exciter l'intérêt par le mouvement & par l'action. » Un » des plus grands besoins de l'homme est celui d'a-» voir l'esprit occupé ; » peu de gens sçavent raisonner : mais tous les cœurs sont faits pour sentir, & c'est toujours la faute de l'auteur quand il ne produit point de l'émotion.

Lorsque je parle de mouvement, je n'entends pas des coups de théâtre entassés les uns sur les autres, sans liaison, sans choix, un composé d'incidents, de surprises, qui ressemble à un jeu d'échecs où la finesse conduit chaque pion : j'entends un rôle animé par la paffion. Nous en avons un exemple frapant : rien de fi agiffant, de fi enflammé que le perfonnage de Phédre ; on obfervera en paffant que l'on trouve dans Racine très-peu de ces incidents imprévus, que l'on appelle coups de théâtre, & qui ne peuvent caufer que le froid plaifir de la curiofité.

Quand, à la place de ces *tours de paffe paffe tragi-ques*, aurons-nous des *tableaux* fimples & fublimes tels que les Grecs nous en préfentent ? Qu'on auroit aimé à voir fur la fcene ces vers en action :

Des ta-bleaux.

> Le trouble femble croître en fon ame incertaine :
> Quelquefois pour flatter fes fecrettes douleurs,
> Elle prend fes enfants, & les baigne de pleurs,
> Et foudain renonçant à l'amour maternelle,
> Sa main avec horreur les repouffe loin d'elle ;
> Elle porte au hazard fes pas irréfolus ;
> Son œil tout égaré ne nous reconnait plus ;
> Elle a trois fois écrit, & changeant de penfée,
> Trois fois elle a rompu fa lettre commencée.

Quels effets eut produit cette fcene admirable fous le pinceau de l'enchanteur Racine ! Et quel coup de théâtre approcheroit d'images auffi touchantes, auffi vraies ?

Lorfque je recommande les *tableaux* & la *panto-mime*, je fuis bien éloigné de pencher pour ce fafte

La beauté de la verfifica-tion doit

théâtral qui furcharge fouvent en pure perte pour l'efprit, & fans aucune néceffité, quelques Opera Italiens : je fuis très convaincu qu'un bon vers vaut mieux qu'une décoration. De jeunes gens croiront que pour rendre une piece intéreffante, pour compofer dans le *genre fombre*, il fuffira de multiplier des autels, des tombeaux, de tendre un appartement de noir, d'évoquer des fpectres. Si la repréfentation n'eft amenée par des motifs bien appuyés, fi elle n'eft pas embellie par le charme continu des vers, ce ne fera plus alors que la parade d'une grande action, & il n'y aura nul mérite à ourdir de femblables cannevas : mais qu'un poëte qui pofféde fon art, le fortifie des beautés émanées des *tableaux* & de la *pantomime*, il donnera une double vie à fon drame ; il aura compofé pour les yeux & pour les oreilles, & l'on ne fçauroit trop fe concilier les fens, pour s'emparer des facultés de l'ame. Encore une fois, il nous faut des fignes : c'eft la langue primitive, c'eft celle de tous les hommes. Si les cinquiemes Actes d'Iphigenie & de Mérope fe paffoient en action fur la fcène, que cette pantomime ajouteroit au mérite de ces deux excellentes pieces ! Nous parlons trop, nous n'agiffons point affez.

Qu'on n'imagine point cependant que je profcrive ces fcènes étendues que j'appelle des *fcènes pleines* , & qui conftituent la richeffe du Drame. Affurément nous perdrions beaucoup , fi la belle fcène entre Mahomet & Zopire étoit moins longue , & fi celle de Pauline & de Severe n'abondoit pas de cette plénitude de fentiment qui affure toute la force des caracteres ; c'eft dans ces morceaux que le génie peut répandre fes tréfors, & déployer fa vigueur ; ces fortes de fcènes font l'ame robufte de l'action : mais elles doivent être placées , & il ne faut pas les confondre avec ces chapitres en vers qui ne font qu'un rempliffage de froides maximes & de lieux communs, & qui ne fervent précifément qu'à former cette mefure toifée d'Actes qu'il a plu au mauvais goût de mettre au nombre des regles théâtrale.

Il me femble encore qu'on doit apporter autant de foin à la compofition d'une fcène, qu'à celle du Drame entier, & n'employer furtout le Monologue que lorfqu'il eft l'effufion méme, le cri de la paffion; eft-il amené par la force du fujet, il prête une nouvelle flamme à l'intérêt. Je ne fçais comment la Motte a pu écrire : »Où trouveroit-on dans la nature des hommes »raifonnables qui penfaffent ainfi tout haut, qui pro-

» noncaſſent diſtinctement , & avec ordre tout ce qui
» ſe paſſe dans leur cœur ? Si quelqu'un étoit ſurpris à
» tenir tout ſeul des diſcours ſi paſſionnés & ſi conti-
» nus , ne ſeroit-il pas légitimement ſuſpect de folie ?
Il falloit que la Motte , pour parler ainſi , connût
bien peu la nature. Et combien rencontre-t-on de gens
profondément affligés , qui exhalent leurs plaintes
en marchant ! qu'il eſt naturel qu'une ame ſurchar-
gée de douleurs ſe déborde d'elle-même , & qu'on ſe
plaît à entendre Caton déliberer , s'il s'ôtera la vie !
Sans contredit un monologue , qui n'eſt pas l'eruption
de l'ame , ſent le méchaniſme de l'art , & alors il eſt
inſuportable ; on doit le renvoyer avec ces ridicules *à
parte* , le comble de l'abſurdité théatrale.

Le même eſprit de vérité, qui permet les Monolo-
gues , lorſqu'ils nous offrent le ravage des paſſions ,
le travail en quelque ſorte d'un cœur déchiré par de
violents tranſports, rejette ſans complaiſance ces mor-
Sur les ceaux de détails que l'on a nommés des *tirades* , quoi-
Tirades. qu'ils obtiennent preſque toujours des battemens de
mains.

Morceaux de détails. » Celui, dit un écrivain connu, qui pro-
» noncera d'un drame dont on citera beaucoup de penſées dé-

mains. Un auteur dramatique jaloux de plaire à ce petit nombre de connaisseurs qui portent les écrits à la postérité, se gardera bien d'emprunter le faux éclat de ces ornements déplacés dont s'offense toujours le vrai goût. Un bel esprit me reprochoit de n'avoir point inséré dans COMMINGE de ces sortes de morceaux, qui forment autant de *jolis cadres* à part, étrangers au total du tableau : je ne cacherai point que cette critique m'a plus flatté que bien des éloges ; elle m'a prouvé que j'avois suivi la regle fondamentale, que je me suis imposée, de ne jamais perdre la nature de vue, & de ne point rechercher les applaudissements, lorsqu'ils seront contraires à ce principe essentiel pour tout écrivain. Il faut avoir le courage d'aimer son art, indépendamment du succès & de la réputation, comme on doit aimer la vertu pour elle-même. Si un poëte étoit pénétré de son sujet, qu'il eût assez de talent pour s'oublier, pour se fondre dans ses personnages, combien aurions-nous au théâtre de réussites moins éblouissantes, mais plus durables ? Je ne vois point que les Grecs & Ra-

---

» détachées que c'est un ouvrage médiocre, se trompera rare-
» ment. Le poëme excellent est celui dont l'effet demeure long-
» tems en moi. «

N

cine parmi nous, ayent employé de ces beautés arti-
ficielles ; tout chez eux se rapporte à l'ensemble ;
tout part des entrailles de l'action ; qu'on me pardonne une comparaison triviale, mais sidele : c'est
une toile d'araignée dont tous les sils aboutissent au
centre ; par ce moyen caché, il n'est point de situation qui ne soient motivées, & qui ne produisent de
l'effet ; Richardson est un modèle en ce genre,
que les auteurs qui se destinent à composer pour
la scene, ne sçauroient avoir trop entre les mains ;
Clarisse est un corps bien organisé où toutes les
parties sont relatives & forment un heureux résultat,
d'où sort la perfection même. Pourquoi dans la
plupart de nos drames ce peu de liaison ? Pourquoi
ne travaillons-nous pas de masse ? Nous n'étudions
point assez la nature ; nous négligeons cet admirable
précepte de Quintilien, *intueri naturam & sequi* ;
nous composons les uns d'après les autres, comme ces
peintres qui se forment sur la maniere d'autres peintres, & qui n'ont point recours au modèle : ce qui
nous éloigne toujours plus du vrai, & amenera in-
sensiblement la décadence & la perte de l'art dramatique. Jeunes poëtes, ressouvenez-vous que Moliere ne se contentoit pas de lire Plaute & Terence ;

il fuivoit partout la nature , & ne la quittoit point qu'il n'eût raffemblé tous les traits dont il devoit former le perfonnage qu'il avoit à mettre fur la fcène. De-là cette vérité de caractere , un des principaux talents de ce grand homme ; on voit qu'il s'étoit fait une étude férieufe & réfléchie de l'efprit humain,qu'il a pourfuivi, fi l'on peut le dire, ce Protée, & qu'il l'a faifi fous toutes les métamorphofes qu'il emprunte. Moliere étoit peut-être encore plus grand philofophe que grand poëte , & fans cette premiere

------

Il fuivoit par-tout la nature. Moliere avoit trouvé fous fa main un de ces originaux dont les traits font marqués ; il s'attacha à cet homme , fe mit avec lui dans le coche , l'accompagna jufqu'à Lyon, & ne le quitta point qu'il ne l'eût étudié dans toutes les nuances de ridicule qui compofoient ce perfonnage.

Plus grand philofophe. Il y a des gens qui prétendent que la philofophie eft nuifible à notre littérature ; oui, la philofophie d'apparat, qui ne fçait point fe plier à la chaleur, au charme du fentiment & fe fondre avec lui, qui loin de cacher fes refforts & fes forces, fait parade de fon compas & de la morgue de fa *doctrine* : mais la philofophie, telle que Moliere l'a employée, eft ce feu fecret & néceffaire , qui anime tout : elle avoit donné à ce grand homme cette fagacité, ce génie puiffant qui l'ont fait entrer en maître dans le méchanifme des paffions humaines; il a dû à la philofophie l'avantage d'avoir créé ce comique, qui eft beaucoup moins d'expreffion que de fituation, le vrai comi-

qualité, il n'eut point acquis cette superiorité de genie qui lui assigne une place séparée par un intervalle immense de tous les autres écrivains dans son genre.

Je ne cesserai de me plaindre de ce que nous mettons tout notre esprit à nous éloigner de la nature ; pour nous en rapprocher, il faut absolument que nous revenions sur nos pas, & que nous remontions au principe des arts d'imitation. Je conviendrai que c'est un travail pénible ; mais si l'on ne s'efforce point de découvrir le nud sous le nombre des faux ornements qui le défigurent & l'écrasent, notre poësie est anéantie.

Etudier la nature, le grand principe des arts d'imitation.

Les Allemands cités comme modeles pour le naturel & le vrai.

Les Allemands qui jouissent des plus beaux jours de leur littérature, prouvent par leurs succès qu'ils sont beaucoup moins que nous écartés des premieres regles du théâtre. Le *bel esprit* & la *société* n'ont point encore alteré chez eux ce simple, ce beau naturel, la source des richesses dramatiques ; je ne citerai qu'un exemple tiré d'une tragédie où éclate surtout cette vérité de caractere sans laquelle il ne

que, & le seul qui mérite d'être appellé *vis comica* ; aussi Moliere jusqu'à présent n'a-t-il pas eu de rivaux, ni même d'imitateurs &c.

peut exifter d'intérêt. Adam a banni de fa préfence Caïn fouillé du meurtre de fon frere. Ce malheureux pere touche au moment de fa fin, qui lui a été annoncé par l'Ange de la mort. La fcène repréfente fa foffe, creufée près de l'autel, qu'avoit élevé Abel, & qui eft encore teint de fon fang. Adam répand fes craintes, fes larmes dans le fein de Seth, un de fes fils bien aimés. On vient lui dire qu'un homme dont l'air eft menaçant & le regard terrible, s'eft montré à la porte de fa cabane : à ces traits effrayants, Adam n'a pas de peine à reconnaître Caïn ; il ordonne auffi-tôt à Seth de preffer ce fils criminel de fuir fa pré-fence ; il ajoute cependant qu'on le laiffe entrer, fi c'eft Dieu qui l'envoye, & par une de ces nuances délicates & fublimes qui n'ont appartenu jufqu'ici qu'au feul pinceau d'Homere, Adam recommande

---

Au feul pinceau d'Homere. On ne fçauroit trop lire Homere pour avoir une idée de ces fineffes de traits qui donnent aux images l'ame & la vie. Combien a-t-il de morceaux remplis de ces beautés qu'un goût délicat peut feul apprécier ! Ce peintre fublime n'a pas dédaigné de placer dans un des coins du grand tableau de l'Odyffée, un animal domeftique vieilli dans les foyers du palais d'Ulyffe, & expofé aux mauvais traitements des amants de Penelope ; Ulyffe, déguifé fous l'air & l'habillement

à Seth de couvrir l'autel , *afin que le fang d'Abel ne bleffe point les yeux de fon meurtrier.* Caïn paraît , amené par Seth ; il a les cheveux hériffés , l'œil fombre & foudroyant , il s'écrie :

Scène tirée des IV. V. & VI. fcène du fecond acte de la *Mort d'Adam*, tragédie de M. Klopftock.

Eft-ce Adam que je vois ?

ADAM , *d'un ton de furprife , mêlé de douleur.*

Caïn dans ce féjour !

A Seth.

Je le fens trop , voilà mon dernier jour !

A Caïn.

Malheureux ! , fils rebelle aux ordres de ton pere,
Tu me défobéis ! . Tu parais en ces lieux !

CAIN , *d'un air farouche , & troublé.*

Adam .. quel eft celui qui m'amene à tes yeux ?

────────────────

d'un malheureux étranger, arrive chez fon ferviteur Eumée dont il eft méconnu ; le chien plus éclairé par le fentiment, reconnaît fon maître , fait des efforts pour fe relever , & va en fe traînant lui lécher les pieds. Qui feroit affez infenfible pour n'être pas remué jufqu'aux larmes par une peinture auffi naïve & auffi touchante ? &c.

Eft-ce Adam que je vois ? J'ai pris la liberté de traduire à ma façon, c'eft-à-dire autant que ma faibleffe a pu me le permettre, ce morceau de la tragédie de *la mort d'Adam* de M. Klopftock ; ce drame à plufieurs endroits d'une vérité auffi pathétique ; M. *Hubner* nous en a donné une traduction en profe qui fuffit pour faire goûter les beautés effentielles de l'original &c.

A D A M.

Seth ne t'eſt point connu ! mon ſecond fils, ton frere !

C A I N.

Mon frere !. Que dis-tu ?. Je n'ai point de parents ;

Mes parents .. ſont l'enfer, les remords dévorants.

A D A M, *d'un ton attendri.*

Mon fils !

C A I N.

Ah ! laiſſe-là ce nom que je déteſte ;

Bannis toute pitié ; n'en attends pas de moi.

Tu veux ſçavoir pourquoi la colere céleſte

A rappellé mes pas dans ce ſéjour funeſte ?

Adam .. Adam ... je viens ... pour me venger de toi,

Pour te punir.

S E T H *effrayé, faiſant quelques pas vers ſon frere.*

Son flanc .. ſous ta main ſanguinaire ! .

Ciel ! .

C A I N, *à Seth.*

Avant que tu fuſſes né,

Déjà j'étois infortuné !

Jeune homme, écoute moi .. ſurtout .. ſonge à te taire.

A D A M.

Ta vengeance, grand Dieu, le pourſuit donc toujours !

C A I N, *à Adam.*

Adam .. ne crains point pour tes jours.

A D A M,

Et tu veux me punir ?

C A I N *reprenant ſa fureur.*

De m'avoir donné l'être.

A D A M *avec tendreſſe.*

De t'avoir le premier compté parmi mes fils !

CAIN, *d'une fureur concentrée.*

Tu raffemblas fur moi des malheurs inouis,

    Tous les tourments … tu m'as fait naitre!

Oui, je veux me venger de la terre, des cieux,

De toi, dont j'ai reçu la fatale exiftence,

    Le préfent le plus odieux,

De toi, par qui je vis & je fuis malheureux ;

Oui, je veux attacher le trait de la vengeance

Sur moi .. fur moi l'auteur d'un homicide affreux. :

Je vois tomber Abel .. fon fang crie & s'élance..

A Adam.

De tes fils qui font nés .. qui naiffent, qui naîtront,

Le plus infortuné comme le plus coupable ,

Je céde, en blafphémant, à ce Dieu qui m'accable,

L'arrêt de fa juftice eft gravé fur mon front ;

Par-tout il me pourfuit, & par-tout je l'offenfe ;

Pour augmenter encor l'horreur de ma fouffrance,

Qu'il m'offre le paffé, le préfent, l'avenir ;

Que fes foudres fur moi viennent fe réunir ;

Tous deux enflammez-vous d'une haine immortelle ;

Tourmentez, déchirez mon ame criminelle :

Je vous jure à tous deux une guerre éternelle ;

Ce font là tes forfaits .. & je veux t'en punir.

    S E T H *allant à Caïn en pleurant.*

Ah ! barbare, où t'emporte une fureur impie ?

Confidere ces traits fi chers & fi puiffants,

Ces cheveux qu'ont blanchis les chagrins & le tems. :

                  Songe

Songe . . songe, cruel, que tu lui dois la vie.

CAIN, *avec transport.*

C'est ce qui fait son crime, & ce qui fait mes maux,
Ma rage. .

ADAM, *d'un ton pénétré, à Seth.*

C'est son juge & le mien qui l'envoie ! .

Dieu, me réservois-tu ces chatimens nouveaux ?

A Seth.

Laisse-le s'abreuver des pleurs où je me noie.

A Caïn.

Que veux-tu ?

CAIN.

Te maudire.

ADAM, *d'un ton pénétré.*

Ah ! c'en est trop mon fils :

Ne maudis point Adam . . mon fils ! . je t'en conjure
Par le saint nom de pere, au nom de la nature,
Au nom même d'un Dieu . . qui peut te pardonner.

CAIN, *avec désespoir.*

Sur ma tête proscrite il ne peut que tonner. .
Non . . rien n'empêchera Caïn de te maudire.

ADAM, *allant vers sa fosse.*

Avec chaleur.

Eh bien, suis les transports du Démon qui t'inspire ;
Viens, fils dénaturé, fléau d'un Dieu vengeur,
Viens, que l'humanité, le sang, rien ne t'arrête :
Viens, je vais te montrer la place où ta fureur,
Ta malédiction doit tomber sur ma tête. .
Vois-tu bien cette fosse ouverte par mes mains ? .

O

CAIN, *avec étonnement.*

Une foſſe !.

ADAM, *avec la même vivacité.*

Elle attend la cendre de ton pere.

C'eſt-là que pour jamais le premier des humains
Dépoſera neuf cens ans de miſere;
C'eſt-là qu'enfin je trouve un terme à ta colere;
Là, tu dois me maudire.. aujourd'hui, malheureux;
De ſon dernier ſoleil Adam voit la lumiere !
Une éternelle nuit s'étend ſur ma paupiere !
Cette foſſe engloutit mes craintes & mes vœux !.

Caïn a les yeux attachés ſur cette foſſe.

Oui, mon arrêt, l'arrêt de la nature entiere
Frappoit en ce moment ton pere infortuné !
Frémis, le même ſort, Caïn, t'eſt deſtiné.
L'homme au travail, aux pleurs, à la mort condamné;
L'homme aujourd'hui rentre dans la pouſſiere..
C'eſt peu pour tes regards de ces affreux objets,

Adam découvre l'Autel qu'il avoit fait voiler par Seth.

Repais ton cœur barbare, & vois tous tes forfaits.

CAIN, *épouvanté.*

Cet autel !.

SETH, *avec emportement à Caïn.*

Tremble encore effrayé de ton crime.
Tu vois l'autel d'Abel, l'autel où la victime

Neuf cens ans. Liſez la Geneſe : *Et factum eſt omne tempus quod vixit Adam, anni nongenti triginta, & mortuus eſt &c.*

Fut ton malheureux frere affaffiné par toi ;
Son fang .. t'accufe encore..

Caïn recule d'effroi , & Adam eft penché fur l'Autel , & pleure.

CAIN , *troublé.*

Il rejaillit fur moi ! .

.Abel des profondeurs du ténébreux abîme ,
Monte .. s'éleve .. il touche à la voute des cieux ! .
Le feu de la vengeance éclate dans fes yeux !
Où me cacher ? . mon frere ! . ô mon frere ! . il m'entraîne ! .
Contre moi .. contre moi tout l'enfer fe déchaîne ! .
Mon frere, vois mes pleurs .. mon frere, entends mes cris. .
Courons ! . *Il va vers l'autel.*

Dieu ! cet autel me repouffe ! . Il s'agite . .
Un rocher menaçant roule .. fe précipite . .

Et m'écrafe de fes débris ! .

Après une longue paufe.

Où fuis-je ? .. (*A Adam.*) Auteur d'une affreufe éxiftence ;
Auteur de tous les coups qu'en ce jour je reçois,
Adam, prête l'oreille ; écoute ta fentence ;
Je foule aux pieds la nature & fes loix :
La malédiction t'accable par ma voix ,

Et ton fupplice enfin commence !

Avec fureur.

Raffemble dans ta mort tous les traits affaffins ;
Qui doivent moiffonner les malheureux humains !
Que de toutes les agonies
Les horreurs fur Adam s'attachent réunies !
Que fes yeux expirants, fixés fur le tableau

Des malheurs dont ses fils redoutent la menace ;

    Mesurent le vaste tombeau

Où doit courir en foule & s'engloutir sa race !

Sens le frisson mortel parvenir à ton cœur ! .

Sens la destruction s'emparer de ton être ! .

Avant que d'expirer, meurs cent fois de terreur !

    Songe . . que tu vas cesser d'être.

Vois le fatal linceul, au gré de mes souhaits,

Déja développé, t'enfermer pour jamais ! .

Vois ton cercueil rouler dans sa fosse profonde. .

    Ta mémoire en horreur au monde,

    Par le dernier de tes neveux

Ton nom maudit . . ton nom toujours plus odieux ! .

    A D A M, *accablé de douleur.*

Arrête, fils cruel . . tu fais mourir ton pere !

    Adam tombe sans connaissance au pied de l'autel sur les
    bords de la fosse ; Seth accourt le soutenir dans ses bras.

    C A I N, *tout à coup troublé, & croyant avoir tué son pere.*

J'ai porté le trépas dans le sein paternel !

    Il court vers Adam, Seth le repousse.

Démons, à vos fureurs que reste-t-il à faire ?

    Peut-on être plus criminel ?

Cet attentat manquoit au meurtrier d'Abel !

    Enfer, que j'embrasse avec joie,

Enfer, où je voudrois être à jamais entré,

Peut-on de tes serpens être plus déchiré,

    De tes flammes plus dévoré ?.

    A ta rage je suis en proie ! .

Je marche dans le fang!. le fang rougit mes mains!.

Avec un cri.

C'eft le fang de mon pere!.. acheve mes deftins,

    Dieu vengeur, qui me fais la guerre,

Frappe.. anéantis-moi fous cent coups de tonnerre.

         Il fort égaré de terreur.

    A D A M *toujours étendu fur la terre aux pieds*

      de l'Autel, & foutenu par Seth.

A Seth.

Mon cœur plein de la mort s'eft r'ouvert à fes cris.

     D'un ton attendri.

  Seth.. fuis fes pas.. Il eft auffi mon fils!

  Dans cet égarement du crime

Qui toujours pourfuivra le malheureux Caïn,

Il croit avoir, hélas! immolé fa victime,

   Il croit m'avoir percé le fein!

Jufqu'à ce trouble affreux fa raifon l'abandonne!.

   Non.. il n'eft point mon affaffin..

Dis-lui... qu'il eft mon fils, dis.. que je lui pardonne.

   Va, cours..

   Seth fait quelques pas, Adam le rappelle.

    Surtout, ne lui rappelle pas

Que ce jour.. eft le jour marqué pour mon trépas.

   Quel tableau! quelle vigueur de coloris dans ce rôle de Caïn! Le poëte avoit à nous repréfenter le premier des fçélérats : il nous le fait voir livré aux fureurs du crime, & déchiré par tous les remords qui le fuivent. La bonté paternelle eft déployée toute entiere dans le perfonnage d'Adam; ce qu'il dit à Seth au fujet de Caïn qu'il aime encore, tout coupable qu'il eft, doit être mis au nombre de ces beautés de fentiment qu'on ne trouve que chez les Grecs.

On a vu les effets du plus grand pathétique, la marche impétueufe de la paffion, tous les orages du cœur humain. Je vais effayer à préfent de donner une idée de cette fimplicité attendriffante qui excite fans effort la pitié, qui fait goûter le plaifir de laiffer couler ces douces larmes, plus cheres peut-être pour la fenfibilité, que celles qu'arrachent la violence des tranfports, & la force des fituations; j'emprunte encore cet exemple de la même fource où je viens de puifer. Adam eft appuyé fur l'autel d'Abel; à quelques pas eft la foffe que ce malheureux vieillard vient de creufer; il eft avec Seth, fon fils bien-aimé.

A D A M, *appuyé fur l'Autel, au-devant de fa foffe:*

Imitation de
la premiere
fcène du II
acte de la mê-
me tragédie.

Qu'à mes triftes regards cette terre eft changée !

  Dieu ! quels objets pour mon ame affligée !

Ce ne font plus, mon fils, ces champs délicieux,

Azile du printems, berceau de la nature,

Azile du printems. On ne fera point étonné de trouver dans ce morceau des images paftorales ; toute la nature étant en quelque forte dans fa riche fimplicité, fous les yeux d'Adam, il eft affez dans la vraifemblance qu'il empruntoit fes expreffions des objets champêtre qui l'entouroient, &c.

Où des tapis de fleurs fourioient à mes yeux ,

Où des fruits abondants prévenoient la culture :

C'eft un féjour de mort , haï, profcrit des cieux ,

   Et le lieu de ma fépulture !

    Il quitte l'Autel & marche avec effort.

O Seth, ici je dois dans la poudre rentrer !

Moi, l'ouvrage forti de la main éternelle ,

Moi, qui ne fuis point né d'une femme mortelle ,

Ici , tu me verras , ô mon fils , expirer !

Je le fens trop ! Je touche à ce moment terrible

Qui rappelle à la terre un limon corruptible ,

Et m'endors pour jamais dans la nuit des tombeaux. :

Ah ! cache-moi tes pleurs : ils augmentent mes maux.

   Tous ces vers font récités d'une voix tombante.

   S E T H, *baifant la main de fon pere.*

Mon pere !

    A D A M.

  Sur mes yeux des ombres s'épaiffiffent !

Mon bras s'appefantit ! mes genoux s'affaibliffent !

Soutiens-moi.. *Seth le foutient , il fait encore quelque pas.*

   Je refpire avec peine, mon fils !.

Frappés d'un froid fubit , mes membres fe roidiffent !

   Jufqu'en fes plus profonds replis

Mon cœur eft oppreffé d'une fombre trifteffe !

En vain je la combats .. elle revient fans ceffe

M'accabler.. me plonger dans un fommeil pefant,

Bien différent , hélas ! du fommeil bienfaifant,

Qui confoloit ma vie, & réparoit mon être !.

DISCOURS

N'en doutons point .. tout me le fait connaître !

C'est l'affreux sommeil du néant !

Je ne puis plus marcher .. Seth .. assieds-moi. .

Son fils l'assied sur un banc de gason.

Peut-être

N'est-ce pas ce moment .. ce moment que je crains ! .

L'espoir .. l'espoir dans mon cœur vient renaître. .

Ce Dieu, mon auteur & mon maître

Pourroit me rendre encore des jours purs & serains ! . .

Avec un long soupir.

Ah ! . le sceau de la mort a marqué mes destins. . .

O mon fils .. mon cher fils .. dérobe-moi tes larmes ;

Je te l'ai dit, tes pleurs irritent mes allarmes ,

Et me portent de nouveaux coups !

S E T H , *dans les bras de son pere.*

Mon pere.. Je ne puis mourir cent fois pour vous !

A D A M , *le tenant contre son sein.*

De l'amour paternel je goûte encor les charmes ! .

En montrant sa fosse.

De cet affreux tableau je voudrois fuir les traits !

Seth, avant que mes yeux se ferment pour jamais ,

De mes derniers regards je veux jouir encore ,

Les

L'espoir &c. On a tâché de rendre la nature dans toute sa vérité. L'espoir est peut-être le seul consolateur, le seul soutien de l'homme ; on peut dire qu'il s'attache à nous au premier moment que nous
entrons dans la vie, & qu'il ne nous abandonne que lorsqu'on a jetté
sur nous le drap mortuaire.

Les tourner vers ces champs où le ciel fait éclore
La richesse de ses bienfaits !
Que je puisse admirer ces superbes forêts,
D'où j'ai vû tant de fois naître & monter l'aurore !
Mon fils, guide mes pas tremblants,
Vers ces objets, pour mon cœur si touchants.

Seth conduit Adam, qui dit en marchant :

Que ma paupiere appésantie,
Par un suprême effort, se leve sur ces lieux ;
Sur ces bords enchanteurs, le plaisir de mes yeux !

Eden, Eden, séjour délicieux,
Attache encor ma vue ; & mon ame attendrie ..
Qu'Adam contemple encor ces campagnes, ces bois,
Ces vallons où s'étend la nature embellie !

Qu'il respire encore une fois
Le doux parfum des fleurs, & l'air pur de la vie !

Seth l'a assis sur un autre banc de gason, qui est en face d'Eden.

Aide mes faibles yeux..

SETH.

Vous voyez ce jardin
Qui domine la plaine entiere ;
Plus loin, les montagnes d'Eden
Vous présentent leur cime altiere.

ADAM.

Les montagnes d'Eden, dis-tu ! . Ciel ! . ma paupiere.

En gémissant.

Seth . . . je ne les vois plus ! . peut-être, en cet instant
Le soleil moins visible est couvert d'un nuage ?.

I

DISCOURS

SETH.

Un nuage, il est vrai, précurseur de l'orage,
Affaiblit la splendeur de cet astre brillant.

ADAM.

Eh ! quand il montreroit son front éblouissant,
Quand sa lumiere encor seroit plus éclatante..

C'en est fait ! idée accablante
Qui frappe mes sens éperdus !

Le malheureux Adam.. ne le reverra plus!..

Avec des larmes.

Il faut donc vous quitter, campagnes fortunées,
De l'aimable verdure en tout tems couronnées,
Où j'ai vû mes enfants s'élever sous mes yeux,
Accourir dans mes bras, m'amuser par leurs jeux,
Où toute la nature, attentive à me plaire,
Sembloit après le ciel aimer en moi son pere ! .
Il faut donc vous quitter ! . Eden, divin séjour,

De mes regards la volupté, l'amour ! .

Ah ! je ne puis, sans répandre des larmes,
Me rappeller tes délices, tes charmes,

Ces prés, ces bois, ces ombrages si frais,
Ces cédres élevés, fiers enfants des forêts,

Un nuage, il est vrai. Je crois qu'on trouvera l'expression de la nature dans ce ménagement de Seth pour la malheureuse situation de son
pere. Adam, qui aime à se flatter comme la plupart des mourants. croit
qu'un nuage lui cache le soleil, & son fils par un ingenieux artifice
qu'inspire la délicatesse du sentiment, entretient son pere dans son erreur.

Ces fertiles côteaux , ces ondes jaillissantes ,
   Qui toujours plus brillantes ,
Retombent en ruisseaux , coulent parmi les fleurs. .
C'est trop vous profaner , lieux sacrés , par mes pleurs !.
Dans ce jour . . de mes jours le terme déplorable ,
O cher Eden . . reçois mon éternel adieu !
   Hélas ! des vengeances d'un Dieu ,
Tu portes à jamais l'empreinte ineffaçable !
Il a puni sur toi l'homme faible & coupable ! . .
  Il regarde encore quelque tems.
   Seth , arrache-moi de ce lieu ;
Remene-moi , mon fils . . vers mon dernier asyle :
De cet unique objet mon cœur doit se remplir ;
Retournons vers ma fosse ; elle attend mon argile ,
  Et . . ne songeons plus qu'à mourir !
   Seth entraîne Adam vers sa fosse.

C'est bien à propos d'un tel morceau , qu'on peut s'écrier avec l'auteur de la nouvelle Héloïse : » ô » sentiment , sentiment , douce · vie de l'ame ! quel » est le cœur de fer que tu n'as jamais touché ? Quel » est l'infortuné mortel à qui tu n'arrachas jamais de « larmes ? «

Je ne rapporte ces exemples empruntés de la littérature étrangere , que pour exciter nos écrivains dramatiques à étendre une carriere qui n'est déjà que trop limitée par notre goût minutieux & notre bel-

Le but de l'Auteur d'étendre la Carriere dramatique.

    P ij

efprit, la mort du fentiment & de la vérité. Quand gouterai-je le plaifir d'affifter à la repréfentation d'un drame, qui, dès les premiers actes, fera fondre en larmes, déchirera les cœurs, y portera le ravage des paffions, arrachera à l'affemblée entiere le cri de la nature même ? Quand verrai-je tous les fpectateurs, emportés à la fois par le même mouvement, applaudir comme le peuple romain, lorfqu'il répeta avec enthoufiafme ce vers de Térence :

Homo fum, humani nihil à me alienum puto ?

Mayens d'avoir un Drame qui mérite un fuccès décidé.

Que le génie fe dégage des entraves de l'imitation; qu'il fe pénetre de fon fujet; qu'il affocie la pantomime & la décoration au difcours; qu'il rejette les *paftiches*,

---

Ce vers de Térence &c. Tout le peuple romain fe leva à la fois, & répeta ce vers. On fe rappellera que les théâtres anciens contenoient environ quatre-vingt mille hommes affis. Qu'il eft beau, qu'il eft glorieux de s'emparer en quelque forte de l'ame d'une nation entiere ! Et que de tels fuccès font audeffus du faible avantage d'amufer l'oifiveté de deux ou trois mille Sybarites, qui ne font amenés au fpectacle que par le feul befoin de varier leur ennui, & pour qui des vers ne font que du bruit, & le fentiment qu'un fafte d'expreffions théâtrales ! &c.

La pantomime &c. On ne fçauroit trop le redire : la pantomime eft l'ame du difcours. Que de fcènes nous paraîtroient moins longues, moins froides, fi le récit étoit foutenu par la

& qu'il étudie l'art théâtral d'après l'expérience & la connaissance de l'humanité ; qu'il ne se montre jamais & s'identifie avec le personnage qu'il nous représente ; qu'en un mot le grand poëte ne soit

---

pantomime : Philoctete, Hercule mourant, Hecube sont des modèles en ce genre que nous ne sçaurions avoir trop sous les yeux ; un seul geste quelquefois est plus éloquent qu'une vingtaine de vers, quelques beaux qu'ils puissent être. Il est vrai que les Grecs & les Romains avoient les organes plus flexibles que les nôtres, que leurs sensations étoient plus marquées, leurs fibres plus délicates ; *Et documenta damus quâ simus origine nati* ; nous sortons des glaces du nord : nos membres roides & sans souplesse, ont de la peine à se plier à l'expression du sentiment. A l'égard de la décoration, ne perdons jamais de vue que le théâtre doit être une représentation successive de tableaux, & qu'un seul tableau est préférable à une multitude d'incidents qui ne sont presque jamais que des jeux puérils de l'art. Jeunes poëtes, lorsque vous composez des drames, remplissez-vous bien de ce principe d'Horace :

> *Segnius irritant animos demissa per aurem,*
> *Quam quæ sunt oculis subjecta fidelibus, & quæ*
> *Ipse sibi tradit spectator &c.*

C'est au goût à déterminer les situations qu'il faut exposer sur la scène, & celles qu'on en doit tenir éloignées, parce qu'en effet il y a des actions qui acquierent plus d'intérêt par le récit, que si elles étoient présentées à nos regards &c.

que le plus fenfible des hommes ; & alors la nation verra paraître ce chef-d'œuvre qui manque
abfolument à notre théâtre. Qu'on ne vienne
point me dire que les arts d'imitation font arrivés
au degré de fuperiorité où ils pouvoient atteindre :
on n'a peut-être fait que les premiers pas dans ce
champ immenfe. Il n'y a que l'ignorance ou l'im-
becillité d'un amour propre groffier, qui prétendent
que ces arts font dans l'état de perfection. J'ai le
courage de publier hautement ce que bien des gens

Le Théâtre penfent tout bas, & ce qu'ils ont la faibleffe de ne
Français fuf-
ceptible de point écrire : le théâtre français eft fufceptible de
correction.
changement & d'amélioration. Qu'on ne m'oppofe
pas que les fituations & les caracteres font épuifés :
la nature eft une mine qui fe reproduit fans ceffe ;

───────────

Que le plus fenfible des hommes. On pourroit, dans la culture
des arts d'imitation, calculer les dégrés de génie par le plus ou
le moins de fenfibilité ; ce qui a mis une diftance fi prodi-
gieufe entre Racine & Pradon, n'eft autre chofe que le plus
ou moins de chaleur d'ame. Les poëtes les plus fenfibles feront
toujours ceux qui réuffiront davantage. Quel eft ce charme in-
définiffable qui nous ramene fans ceffe à la Fontaine, fi ce n'eft
cette magie de fentiment, le premier des talents que poffédoit
cet homme unique dans fon genre ? &c.

ſes modifications varient à l'infini ; elles ſont différentes à Pekin , & à Paris , & ce ſont ces différences
dont nous devons enrichir notre ſcène. Tching-ing
dans *l'Orphelin de la Maiſon de Tchao* , tragédie chi-
noiſe , veut ſauver cet enfant précieux à la nation ,
& le garantir des fureurs de ſon ennemi : il vient confier ſon ſecret à Kong-ſune , vieux miniſtre d'état ,
retiré , attaché à la maiſon de Tchao , & l'engager à
cacher l'Orphelin dans ſa ſolitude.

Je ſuis dans ma quarante-cinquieme année, (lui dit Tching-
ing ,) j'ai un fils de l'âge de notre cher Orphelin ; je le ferai paſſer pour le petit Tchao ; vous irez en donner avis à Tou-ngan-
cou (l'aſſaſſin de cette famille de Tchao) & vous m'accuſerez
d'avoir chez moi l'Orphelin qu'il fait chercher. Nous mour-
rons moi & mon fils , & vous, vous éleverez l'héritier de votre
ami, juſqu'à ce qu'il ſoit en état de venger ſes parents. Que dites-vous de ce deſſein ? Ne le trouvez-vous pas de votre goût ?

Fragments
d'uneTragé-
die Chinoi-
ſe,

KONG-SUNE.

Quel âge dites-vous que vous avez ?

TCHING-ING.

Quarante-cinq ans.

KONG-SUNE.

Il faut pour le moins vingt ans pour que cet Orphelin puiſſe
venger ſa famille ; vous aurez alors ſoixante-cinq ans , & moi
j'en aurai quatre-vingt-dix : comment à cet âge là pourrois-je
l'aider ? O Tching-ing, puiſ- que vous voulez bien ſacrifier votre
enfant, apportez-le moi ici , & allez dire à Tou-ngan-cou que

je cache chez moi l'Orphelin, q'il veut avoir. Tou-ngan-cou
viendra avec des troupes entourer ce village ; je mourrai avec
votre fils, & vous éleverez l'Orphelin de Tchao, jusqu'à ce qu'il
puiſſe venger toute ſa maiſon. Ce deſſein eſt encore plus ſur
que le vôtre : qu'en dites vous ?

Ce ſang froid de Kong-ſune, caractere inconnu à
nos climats, ce calcul réfléchi de vengeance, cette
eſpece en un mot de nouvelle nature ne charmeroient-
ils point nos ſpectateurs ? Tching-ing a ſauvé enfin
l'Orphelin qui eſt parvenu à l'âge où il peut ſe venger ; & il veut éprouver le courage du jeune homme ; il laiſſe comme par oubli dans ſon appartement un
rouleau où ſont repréſentés tous les malheurs de la
maiſon de Tchao. L'Orphelin ſeul, jette les yeux ſur
ce rouleau, eſt frappé de ce qu'il voit ; il ignore cependant ce que ſignifient ces peintures ; il tombe
dans la réverie : c'eſt dans ce moment que Tching-
ing revient ; il examine d'un œil obſervateur les impreſſions diverſes qu'a excitées ce tableau dans l'ame
de l'Orphelin ; il prend la peine de lui en expliquer
le ſujet ; enfin, quand il a bien approfondi les ſenſations de ſon pupile, & qu'il s'eſt aſſuré de ſon caractere, il s'écrie :

Puiſque vous n'êtes pas encore au fait, il faut vous parler
clair. Le cruel habillé de rouge, c'eſt Tou-ngan-cou. Tchao-tune,
c'eſt

c'est votre grand pere. Tchao-fo c'est votre pere. La Princeſſe c'est votre mere. Je ſuis le vieux Médecin Tching-ing, & vous êtes l'Orphelin de Tchao.

L'ORPHELIN.

Quoi ? Je ſuis l'Orphelin de la maiſon de Tchao ! Ah ! vous me faites mourir de douleur & de colere &c.

Cette ſcène n'eſt-elle pas comparable pour le ſublime & la ſituation à celle d'Oreſte & de Palamede dans l'Electre de Crébillon ? Ce tableau produit un effet ſingulier & rapide, bien au-deſſus des froideurs du ſimple recit. Voilà les beautés mâles & énergiques que le goût français devroit s'approprier ; ce font là les richeſſes dont nous pourrions groſſir nos tréſors, au lieu de recourir à cet eſprit ſervile d'imitation & de plagiat, qui ne ſert qu'à déceler la faibleſſe de nos reſſources & notre malheureuſe indigence.

On ne manquera point de m'oppoſer nos maîtres : qui les admire plus que moi ? Mais je demande qui les a créés ? On ſera forcé de me répondre : la nature. C'eſt donc à la ſource où ils ont puiſé, que je propoſe de remonter ; c'eſt par l'étude de cette nature, le principe de tous les arts, que nos prédéceſſeurs ont mérité de nous ſervir de modeles.

Q

éforçons-nous de l'être à notre tour. » Ce qui nous
» fert maintenant d'exemple, dit Tacite, a été autre-
» fois fans exemple, & ce que nous faifons fans exem-
» ple, en pourra fervir un jour. « Le grand Corneille,
affurément je ne puis citer un nom plus impofant,
penfoit qu'il devoit le mauvais fuccès de Pertharite à
l'emploi de l'amour conjugal ; bien des gens de mérite l'avoient cru fur fa parole, & n'auroient pas imaginé d'appeller de cette décifion. Au bout d'une
cinquantaine d'années, Inès paraît, & l'on eſt tout
étonné d'être convaincu que le grand Corneille s'é-
toit trompé, & qu'il falloit attribuer la chûte de
Pertharite non à l'amour conjugal, mais à la façon
dont l'auteur l'avoit traité. On a fait des brochures,
des volumes, pour décider fi l'on pouvoit donner le
nom de comédie aux pieces de la Chauffée : on de-

Le grand Corneille a pu fe tromper.

La Chauffée &c. Il eſt étonnant que l'auteur de Mélanide
n'ait pas fenti combien le pathétique étoit au-deſſus de ce comique déplacé dont il a défiguré la plûpart de fes autres drames ;
il eſt encore plus étonnant que le public ne lui ait fait la guerre
que fur le nom de comédie que portoient fes pieces de théâtre.
Comment n'avoit-on point été révolté de cet aſſemblage bifarre
de l'attendriſſant & du plaifant ? D'ailleurs la Chauffée entendoit
la fcène; peut-être doit-il être placé à la tête de la feconde claſſe
de nos auteurs dramatiques &c.

voit bien plutôt éxaminer s'il avoit fçu tirer tout l'a-
vantage d'un genre entrevu par Térence, & fans perdre
le tems à difputer fur des mots, fe plaindre de ce que
le poëte français n'avoit pas tout le génie néceffaire
pour mettre en œuvre ce genre fi intéreffant. On devoit ajouter que le pathétique de l'Enfant prodigue,
c'eft-à-dire, les fcènes d'Euphémon fils, avec fon valet,
fa maitreffe & fon pere étoient au-deffus de la fenfibilité monotone de la Chauffée, qui d'ailleurs mérite des
éloges à bien des égards. On a cru encore pendant
plus d'un fiecle que notre fcène ne pouvoit fubfifter fans amour : Mérope nous a prouvé que la tendreffe maternelle étoit fupérieure à celle d'un amant
ou d'une amante. M. de Voltaire rifque une Ombre
dans Eryphile, une de fes premieres tragédies ; cette
hardieffe ne réuffit point ; trente ans après il fait la
méme tentative dans Sémiramis, & il eft applaudi.
Cependant l'Ombre d'Amphiaraüs produifoit un effet encore plus frappant que celle de Ninus. Amphiaraüs s'élevoit du tombeau en criant à Alcméon,
» *Venge moi, De qui ?* lui demandoit Alcméon. *De ta*
» *mere*, répondoit l'Ombre, & en méme-tems elle
remettoit une épée entre les mains du jeune homme.
Quelques connaiffeurs dont je tiens cette anec-

*Le pathéti-
que de l'En-
fant prodi-
gue au def-
fus de tout
ce qu'a fait
la Chauffée
en ce genre.*

dote , m'ont rapporté que la fituation préfentoit un grand tableau : mais il falloit des yeux *défacou-tumés* de la petiteffe des objets admis fur notre fcène, pour foutenir toute la majefté de ce fpectacle digne du cothurne grec , & ce n'eft que peu à peu & après bien des efforts fouvent infructueux , qu'on parvient à aggrandir la fphere étroite des idées .& des plai-firs. On a beaucoup de peine à faire quitter aux hom-mes le joug de l'habitude ; ils ne demandent pas mieux que de s'y foumettre. Le premier des defpotes, qu'on appelle *coutume*, eft peut-être le plus cruel en-nemi de la nature , & nous avons prefque toujours la maladreffe de les confondre & de leur prêter le même pouvoir.

Le but de ces remarques, que n'a point dictées la pré-tention, eft de reculer les bornes de l'art dramatique , trop refferrées peut-être par nos prédéceffeurs. Ce n'eft L'objet de pas que je me déclare contre l'autorité des regles : ces Remar- j'en reconnais la néceffité & l'heureux emploi ; leur ques. obfervation conftitue plus ou moins le mérite d'un ouvrage : je voudrois feulement qu'on ne s'affujettît qu'à celles qu'on peut regarder comme les *regles primi-tives*,& qui nous font prefcrites par la nature ; elles ont formé les Homere, les Sophocle,les Euripide ; loin de

nuire à l'eſſor du génie, elles l'affermiſſent & l'élevent. Quand je me permets quelques réflexions critiques ſur notre théâtre, je ne prétends point blamer
le corps de l'édifice, je ne m'arrête qu'à quelques défauts de la conſtruction. Je demande enfin aux poëtes
comme aux peintres qu'ils ne ſe contentent point d'a-
voir les yeux fixés ſur les tableaux de nos grands maîtres, & qu'ils conſultent davantage le modèle.

    Il eſt aiſé de juger de mon déſintéreſſement dans
un art que je cultive depuis la plus tendre enfance, & que j'aime avec fureur. Je n'ignore point
que les ſuccès du théâtre ſont les ſeuls qui en impo-
ſent, & qui aſſurent, pour parler poëtiquement,
la palme brillante de la réputation, & je me borne à
briguer les honneurs moins faſtueux de la lecture;c'eſt
me montrer avec tous mes déſavantages. Que diroit-
on d'un homme faible & nud, qui ſe meſureroit avec
un géant armé de pied en cap ? Voilà à peu près ma

Depuis la plus tendre enfance. L'auteur, avant l'âge de quinze
ans, avoit déja compoſé pluſieurs pieces de théâtre dont il n'a
conſervé que COLIGNI & le MAUVAIS RICHE. La premiere
reparaître avec des corrections qui la rendront plus digne encore de l'indulgence que le public ſemble lui avoir accordée, &
l'autre ne tardera pas à être imprimée &c.

pofition, comparé à mes rivaux qui fe difputent la fcène françaife , & qui font appuyés du preftige de la
repréfentation & du jeu des acteurs. Il eft vrai , car
depuis le philofophe jufqu'au dernier verfificateur ,
qui n'a pas de l'amour propre ? Il eft vrai que ma gloire fera un peu plus à moi , fi j'ai le bonheur de foutenir l'épreuve du cabinet ; m'eft-elle défavorable ?
ma chute fera moins de bruit , & il y a une forte de
confolation à ne point attacher de l'éclat à fes dif-
graces. Que l'on écoute la raifon , & non cette malheureufe vanité qui nous égare prefque toujours ;
l'homme fenfible doit rechercher l'obfcurité , & le
plus heureux eft celui dont on parle le moins.

PRÉCIS

DE L'HISTOIRE

DE LA TRAPPE.

L'ABBAYE DE LA TRAPPE eſt ſituée dans le diocèſe de Séez, au milieu d'un vallon aſſez étendu, ſur les confins du Perche & de la Normandie. On diroit que la nature avoit elle-même déſigné ce lieu pour être la retraite de la pénitence; il eſt entouré de bois, de collines & d'étangs qui le rendent preſqu'inacceſſible; l'air en eſt mal ſain, & obſcurci d'un brouillard continuel; ce vallon d'ailleurs renferme des terres labourables, des arbres fruitiers, des pâturages. Un ſilence ſombre & impoſant paraît avoir régné depuis la naiſſance des ſiécles dans cette

---

Précis de l'Hiſtoire. Quelques perſonnes ayant deſiré pour l'intelligence du Drame, avoir ſur la Trappe des notions moins vagues que celles qui ſont inſérées dans les Diſcours Préliminaires & dans les Notes, on en préſente ici une idée, que l'on pourra regarder comme une inſtruction ſuffiſante.

folitude ; on ne fçauroit gueres exprimer la triftefte
mórne , l'efpéce de terreur dont l'ame fe fent pénétrée à fon approche ; c'eft la frayeur religieufe que
Lucain nous montre répandue fur la forêt de Marfeil-
le. En effet quels riches tableaux pour l'imagination
mélancolique d'un peintre ou d'un poëte ? De vieux
arbres qui ont tout le funebre des ciprès, leur feuillage
agité par les vents , auxquels la prévention prête un
bruit finiftre , le long murmure de quelques eaux qui
s'écoulent à travers des cailloux : voilà ce qui annonce l'Abbaye de la Trappe ; il eft difficile de s'y
rendre fans le fecours d'un guide. Enfin après avoir
defcendu une montagne , traverfé des bruyeres , &
marché quelque tems entre des hayes , & par des chemins tortueux & profonds , on croit découvrir tout-
à-coup un pays inconnu , une nouvelle nature ; ce féjour fe montre dans toute fa majeftueufe auftérité.
On arrive à la premiere cour , féparée de celle des
Religieux. Au-deffus de la porte eft la ftatue de S.
Bernard ,

Un pays inconnu. Il y a près de cette abbaye des villages où
ces folitaires font fi peu connus , qu'un homme de qualité
ayant fait un voyage de cinq cens lieues pour voir la Trappe ,
eut beaucoup de peine à fçavoir dans les environs où elle étoit
fituée.

Bernard, qui tient une bêche de la main droite ; fur la gauche il porte une églife , efpece d'hiéroglyphe affez ingénieux , qui femble faire entendre que , dans tout établiffement émané d'une fage légiflation , on doit affocier le travail à la piété. La feconde cour eft plantée d'arbres fruitiers ; à côté eft une baffe-cour où font les greniers , les celliers , les écuries , une brafferie , une boulangerie & autres bâtimens néceffaires pour la commodité d'un couvent. A quelques pas, fe voit un moulin ; l'eau qui le fait tourner prend fa fource dans les étangs.

L'Abbaye de la Maifon-Dieu Notre-Dame de la Trappe, c'eft fon premier nom, fut fondée par Rotrou II, Comte du Perche , l'an 1140 , du vivant de S. Bernard, fous le pontificat d'Innocent II , & fous le regne de Louis VII Roi de France , quarante-deux ans après la fondation de Cîteaux , & vingt-cinq après celle de Clairvaux ; elle eft l'accompliffement d'un vœu qu'avoit fait ce Comte de Rotrou , qui dans le péril d'un naufrage , & plein de l'efprit de fon fiécle, avoit promis de bâtir un monaftere ; de retour dans fa patrie , il s'étoit hâté d'acquitter fa promeffe. Pour laiffer à la poftérité un monument mémorable du fujet de cette fondation , il voulut que la

R

charpente & le toît de l'églife repréfentaſſent au dehors la forme d'une quille de vaiſſeau renverſé, conftruction que cet édifice a conſervée ... qu'à préſent ; il
fut conſacré ſous le nom de la Vierge en 1214, par
Robert Archevêque de Rouen, Raoul Evêque d'E-
vreux , & Sylveſtre Evêque de Séez. Erbert étoit
ſon quatrieme Abbé régulier. Le nom de Notre-
Dame de la Trappe répond à celui de Notre-Dame
des Degrés ; pour y entrer, il falloit deſcendre dix ou
douze marches ; *Trappe* en langage du pays ſignifie
degré.

Cette Abbaye fut durant pluſieurs ſiécles renom-
mée par la vie auſtere & irréprochable de ſes abbés
& de ſes religieux. Les fureurs des guerres civiles,
les irruptions des Anglais , le tems enfin qui détruit
tout, juſqu'à la vertu la plus affermie, amenerent à
leur ſuite dans les corps eccléſiaſtiques mêmes, le relâchement & bientôt le déréglement ; le déſordre s'em-
para de ce monaſtere, au point qu'il devint pour le

Le relâchement. L'eſprit de relâchement eſt ſans doute un des
vices attachés à la nature humaine. Comment la conſtitution
d'un établiſſement religieux ne s'altereroit-elle pas , quand les
Grecs, les Romains, les plus ſages Républiques ont eſſuyé une
pareille révolution ?

pays un monument de mauvaifes mœurs & de fcan-
dale. La ruine du fpirituel avoit entraîné celle du
temporel ; les religieux n'en avoient plus que le nom ;
la chaffe & des amufements plus profanes encore
étoient leur feule occupation : c'étoit le tableau de
la vie la plus licentieufe ; elle étoit portée à l'excès
dans cette Abbaye , lorfque le célébre Rancé vint s'y
retirer.

Dom Armand-Jean le Bouthillier de Rancé , Abbé
Régulier , Réformateur de la Maifon Dieu Notre-
Dame de la Trappe , de l'étroite Obfervance de Ci-
teaux , naquit à Paris le 9 Janvier 1626. Il fortoit
d'une ancienne maifon originaire de Bretagne ; fes
ancêtres y avoient exercé la charge d'Echanfon auprès des Ducs de cette province , d'où leur eft venu
le nom de Bouthillier. Il eut pour parrein le Cardinal de Richelieu ; fon berceau fut entouré des pref-
tiges de la fortune & de la grandeur ; Marie de Mé-
dicis l'honora d'une protection particuliere. Chevalier de Malthe dans fon enfance , il étoit deftiné à la
profeffion des armes ; devenu dès l'âge de dix ans
l'aîné de fa famille par la mort de fon frere , il fut
engagé dans l'état eccléfiaftique , & réunit fur fa tête
tous les bénéfices que ce frere poffédoit. Ses premieres

années annoncèrent un mérite supérieur. Il fit sa licence avec diftinction, prit le bonnet de Docteur le 10 Février 1654, fut Aumonier du Duc d'Orléans, & parut avec éclat dans l'affemblée du Clergé de 1655, en qualité de Député du fecond Ordre. Il paffa quelques mois au féminaire de S. Lazare fous la conduite de Vincent de Paul qui jetta dans cette ame naiffante des femences de vertu, développées depuis par l'Evêque d'Aleth. Il refufa la Coadjutorerie de l'Archevêché de Tours, & ce qui eft encore au-deffus de l'indifférence pour les honneurs, il ne craignit point de fe brouiller avec le Cardinal Mazarin, pour demeurer attaché au Cardinal de Retz dans ces tems d'épreuve auxquels ne réfiftent gueres les amitiés du monde. L'Abbé de Rancé étoit né avec cette éloquence, ce pathétique, le caractère des ames fenfibles; il fçavoit furtout exhorter les mourants, & ce n'eft pas le talent le moins digne d'éloges que celui dé confoler les hommes fur le bord de la tombe, & de les aïder à quitter le fonge de la vie : il en eft fi peu qui fçachent mourir! L'Abbé de Rancé après la mort de fon père, & à l'âge de vingt-fix ans, fe trouvoit maître de trente ou quarante mille livres de rente, revenu confidérable pour ce tems. Jeune, riche, il réunissoit au charme de l'extérieur & à la naissance, de l'esprit , des grâces , le ton de la cour , cet agrément que l'on peut appeller la fleur de la société, cette finesse de raillerie que posséderent si bien les Grammont , les Saint Evremont ; il est difficile qu'avec de tels avantages , on conserve cette intégrité de mœurs , qui semble être le fruit du malheur & de l'obscurité. L'Abbé de Rancé se livra donc à tous les mensonges flateurs qui l'environnoient ; l'esprit de son état l'animoit peu : il aimoit le jeu , la chasse , la dissipation , le luxe. Quelques mémoires du tems veulent que son intimité avec une Dame du premier rang, liaison que l'on nous a peinte sous les couleurs d'une amitié pure , fût établie sur des sentiments plus vifs & moins désintéressés. Ce que l'on peut assurer, c'est qu'après la mort de cette femme célébre par sa beauté & par la réunion de tous les talents de plaire, l'Abbé de Rancé fit éclater une douleur dont il y a peu d'exemples : il alloit s'enfoncer dans les bois les plus solitaires , y versoit des torrens de larmes, nommoit cette Dame à haute voix, lui adressoit ses regrets, ses pleurs, comme si elle eût pu l'entendre ; son désespoir le conduisit à la faiblesse d'imaginer qu'il existoit des moyens d'évoquer les morts : il effaya ces prétendus fecrets dont il reconnut bientôt la chimère. Cette fituation ne tarda pas à le plonger dans une maladie qui le réduifit à toute extrêmité. Revenu à la vie, fon chagrin reprit de nouvelles forces ; le tems, qui prefque toujours apporte la confolation, ne fit qu'approfondir fon affreufe mélancolie. Les malheurs du Cardinal de Retz, jouet des caprices de la fortune, Gafton frappé d'une mort imprévue dans le fein des grandeurs, toutes ces images l'avoient préparé à fe convaincre de la frivolité des illufions humaines ; défabufé de même fur une paffion qui a peut-être le plus d'empire, il eut le courage de ne point céder aux féductions de quelques femmes aimables, qui vouloient le ramener au plaifir ; enfin l'Abbé de Rancé, dégoûté du monde, ne vit plus autour de lui qu'un vafte tombeau ; il fentit cette vérité importante, qu'il n'y a point d'autre objet d'attachement, d'autre ami, d'autre confolateur que Dieu ; fon ame s'abîma toute entiere dans cette grande idée Dès ce moment, il fe dépouilla de tous fes biens, dont il fit préfent à l'Hôtel-Dieu & à l'Hôpital, & il réfigna trois Abbayes & deux Prieurés qu'il poffédoit en commande ; en renonçant à fes bénéfices, il s'é-

toit réfervé l'Abbaye de la Trappe, mais avec le
deffein de la poffefer en *regle*. Il fe retira à Perfeigne
où il prit l'habit monaftique pour lequel il avoit eu
jufqu'alors une répugnance infurmontable ; il fit
profeffion le 6 Juin 1664. De Perfeigne, il courut
s'enfevelir tout vivant dans la folitude de la Trappe, où femblent en quelque forte s'être éternifés
fa fombre douleur & fon défefpoir religieux ; il y
établit la réforme qu'il projettoit, c'eft-à-dire, l'obfervance de la régle de S. Benoît dans fa pureté
primitive. Parmi toutes les réformes de Cîteaux, il n'y
en a point de plus auftère que celle de la Trappe. On
ne s'arrêtera point fur le détail des foins & des peines
que coûta cette inftitution à l'Abbé de Rancé, fur
la foule d'ennemis qu'il eut à combattre. Cet illuftre
folitaire finit avec le fiécle : il mourut le 20 Octo-
bre 1700 : il avoit foixante-quatorze ans neuf mois
& dix-fept jours, trente-fix ans & quatre mois de
profeffion. Nous avons de lui quelques ouvrages

Quelques ouvrages. Voici les principaux : *La Sainteté des devoirs monaftiques. Les Eclairciffements. Explication fur la Regle
de S. Benoît. Traité abrégé des obligations des Chrétiens. Réflexions Morales fur les quatre Evangiles. Les Inftructions & les
Maximes, &c.*

dont la plûpart ont pour objet les devoirs de la vie
monaſtique ; ſes lectures de prédilection étoient.l'I-
mitation, l'Art de bien mourir du Cardinal Bellar-
min , & les Vies des Peres des Déſerts : ce dernier
livre n'avoit pas ſans doute peu contribué à enflammer la ſombre imagination de ce rigoureux réformateur. On s'eſt reſſouvenu que , dans ſon enfance,
il parloit avec tranſport de la Thébaïde & de ſes ſolitaires , qui ſembloient fouler le monde à leurs
pieds ; on s'eſt encore rappellé que, dans les voyages qu'il avoit faits à Rome pour la réforme de Ci-
teaux, il avoit pris plaiſir à s'enfoncer dans l'obſcu-
rité des Catacombes, & à y nourrir cette mélancolie profonde, où ſe forment en ſilence & d'où s'é-
chappent les grandes penſées & les grandes actions.
Il jouit de ſon vivant de tous les reſpects que l'admiration humaine eſt forcée de rendre à la vertu, ſur-
tout lorſqu'elle prend les traits de la ſingularité &
de l'extraordinaire. En effet , l'état qu'avoit embraſſé l'Abbé de Rancé tient du ſurnaturel. Jac-
ques II, Roi d'Angleterre , la Reine ſon épouſe,
Monſieur, frere du Roi, Mademoiſelle de Guiſe, &c.
pénétrés pour lui de la plus haute vénération, alloient ſouvent le viſiter & l'admirer dans ſa retraite,

&

& ils en revenoient éclairés par ſes conſeils , & fortifiés par ſes conſolations. Ménage diſoit de lui :
Æſurire docet & diſcipulos invenit.

Le nombre des religieux de la Trappe eſt con
ſidérable : on comptoit, en 1765, ſoixante-neuf religieux de chœur , cinquante - ſix freres convers &
neuf freres donnés. Un ſilence éternel eſt le premier des réglements de cette maiſon ; il eſt l'eſprit des ſtatuts , & plus obſervé encore durant la
nuit : il étoit ſi important aux yeux du fondateur
qu'il diſoit à ces pieux ſolitaires , que rompre le ſilence & proférer des blaſphêmes , étoit pour eux le
même crime ; il s'appuyoit de ces paroles de l'Ecclé
ſiaſtique : *ſedebit ſolitarius & tacebit.* Le langage de
la Trappe conſiſte donc moins en des paroles qu'en
des ſignes ; c'eſt là qu'on peut dire que l'on parle
aux yeux bien plus qu'aux oreilles Si quelque religieux eſt forcé de violer cette loi rigide, il ne s'exprime que d'une voix baſſe , & ne dit abſolument
que ce qui eſt néceſſaire : on en a vu à l'agonie porter l'obſervation de la régle au point d'expirer, plutôt que de parler , pour demander des ſecours qui
auroient pu les rendre à la vie. Ils n'ont entr'eux aucune communication ni de bouche ni par écrit. Pour

S

éviter même toute occasion de s'entretenir, jamais deux religieux ne se trouvent seuls, l'un près de l'autre; quelquefois ils vont tenir la conférence dans les bois; ils sortent du chapitre au son de la cloche, un livre à la main, tous accablés de ce silence terrible, & ayant leur supérieur à la tête; ils emploient une heure & demie, que dure cette promenade, à méditer sur les sujets les plus sublimes de la religion, & s'en retournent dans le même ordre au monastere. En quelque lieu qu'ils se rencontrent, ils se saluent en s'inclinant, & ne se prosternent que devant le P. abbé & les étrangers; ils vivent dans une mortification générale des sens. Leurs mets sont apprêtés au sel & à l'eau: ce sont des légumes, des racines, du laitage; ils n'ont à leurs repas pour toute boisson que du cidre ou de la biere très-médiocres; on ne leur

---

Jamais deux Religieux ne se trouvent seuls On lit l'anecdote suivante dans le Curé de Nonancourt, premier auteur d'une Vie de l'Abbé de Rancé. » Deux freres avoient vécu dix à douze ans » à la Trappe sans se connaître; le plus âgé étant à l'article de » la mort, témoigna au P. Abbé, qu'il n'avoit en expirant qu'un » regret, c'étoit d'avoir laissé dans le monde un frere qui cou- » roit des risques pour son salut. L'Abbé, touché de son inquié- » tude, fit venir ce frere devant lui, & lui permit de l'em- » brasser. »

donne jamais de vin au réfectoire, & très rarement à
l'infirmerie ; leur pain approche du pain bis. Ils se
couchent en été à huit heures, & en hyver à sept. Ils
se levent la nuit à deux heures pour aller à matines,
qui finissent ordinairement à quatre heures & un
quart. C'est un spectacle bien imposant que celui de
cinquante ou soixante religieux rassemblés dans les
ténébres, au milieu d'une église éclairée d'une lampe lugubre, tantôt prosternés contre terre, tantôt
debout, sans être appuyés, dans un profond recueillement & ne formant qu'une seule voix, pour publier les louanges de l'Etre Suprême ! Leur chant est
le chant grégorien. Ils travaillent tous les jours
l'espace de trois heures, une heure & demie le matin, & autant l'après-dinée ; ces travaux sont le la-
bourage, les lessives, le soin des écuries, le balaye-
ment des cloîtres ; ils s'occupent aussi à écrire des

C'est un spectacle bien imposant. Qu'on se transporte dans
l'horreur des ténébres, combattue par une lueur sombre, & qu'on
s'imagine entendre tous ces religieux à ¹ fois, accablés de la
frayeur des jugemens éternels, proférer, dans le cri de leur
cœur, ce verset terrible, exterminabitur de populo anima ejus
qui non fecit Deo sacrificium in tempore suo.

livres d'églife, à en relier, à des ouvrages de menui-
ferie, à tourner ; ils font des cuillers de buis, des
corbeilles & des paniers d'ofier. A fept heures, on
fonne la retraite ; chacun va fe mettre au lit,
c'eft-à-dire, fe coucher tout vêtu, fur des ais couverts d'une paillaffe piquée, d'un oreiller rempli de
paille, & d'une couverture fans draps, car jamais ils
ne fe deshabillent. L'ameublement des cellules con-
fifte en une petite table, une chaife de paille, un
petit coffre de bois fans ferrure, & deux treteaux
qui foutiennent l'efpece de lit dont nous venons de
parler.

Les médecins font pour toujours bannis de la
Trappe. Les malades, qui ne font jamais alités, fe
levent tous les jours à trois heures & demie, & fe
couchent à la même heure que la communauté ;
ils affiftent à tous les offices dans le chœur de
l'infirmerie. Le refte de la journée eft employé
à lire, à prier, & à des travaux proportion-
nés à leurs forces ; il ne leur eft pas même permis
de s'appuyer fur leur chaife. Toujours foumis à ce
filence rigoureux, plus effrayant encore la nuit, ils
ne fe parlent jamais, & portent la réferve jufqu'à ne

pas jetter les yeux fur ce qui fe paffe dans l'infirmerie. L'ufage des bouillons à la viande ne s'accorde qu'après quatre ou cinq accès de fiévre, ou
plutôt lorfqu'ils font prêts d'expirer : encore la plûpart regardent-ils comme une faiblesse & comme une
lâcheté d'accepter ce foulagement. Ils gardent jufqu'au dernier foupir le jeune & l'abftinence, vont à
l'églife, appuyés fur les bras de l'infirmier, recevoir
les derniers facremens, & en reviennent dans la
même fituation, pour être étendus fur la cendre &
la paille où ils attendent la mort, entourés de la
communauté. C'eft dans ces moments que l'on a
vu des prodiges d'héroïfme; ce font les mourants
qui font des exhortations, au lieu d'en recevoir : il
faut avouer qu'on ne meurt pas ainfi dans le monde.
On appelle parmi eux fe proclamer, ou dire fes
coulpes, une accufation volontaire & à haute voix
qu'ils font de leurs fautes. Ils fe proclament auffi les
uns les autres réciproquement ; on ne doit point
s'excufer, quand même on feroit innocent. Le but
de cet acte de févérité, où le premier coup d'œil
n'appercevra qu'une fingularité révoltante, eft d'entretenir la profonde humilité qui eft en quelque
forte l'ame de ces religieux. Ils faififfent toutes les

occafions de pratiquer cette vertu ; morts à leur propre volonté, ils obéiffent non-feulement aux fu- périeurs, mais au dernier même de la communauté, dès qu'il fait quelque figne ; ils font fi avides de fouf- frances, qu'ils ajoutent encore des mortifications vo- lontaires à celles de la régle, &, ce qui paraîtra plus étonnant, une douce férénité, le plaifir de l'ame, refpirent fur leurs vifages : on diroit que leur joie croît en proportion de leurs auftérités. Lorfqu'un religieux eft fur le point de faire profeffion, il écrit à fa famille pour renoncer à tous fes biens ; fa profeffion faite, il rompt commerce avec fes amis & même avec fes proches, & il perd entiérement le fouvenir du monde. On ne reçoit rien dans ce mo-

---

Rompt commerce avec fes amis & même avec fes proches. Le Comte de Rofenberg refufa de voir fa mere. Le Chevalier d'Al- bergotti eut une pareille infléxibilité à l'égard d'un de fes amis. Ce qu'il y a de plus fingulier, c'eft que cet ami ne pouvant par- venir à jouir de la préfence du Chevalier, prit le parti d'aug- menter le nombre des folitaires de la Trappe. Malgré ce pro- dige d'amitié, il n'eut pas le fuccès dont il s'étoit flatté : d'Al- bergotti s'obftina toujours à ne point le voir, & même ne leva jamais les yeux fur lui. Voilà bien le comble du parfait détache- ment de foi-même ! Eft-il décidé que la religion ordonne ces facrifices de la nature & du fentiment ?

naftere, qui, fans être riche, trouve encore par une
efpece de récompenfe attachée à la vertu, le
moyen de faire des aumônes immenfes : il vient quelquefois aux portes du couvent jufqu'à quinze cens
pauvres, à qui l'on diftribue des portions, du pain
& même de l'argent. Quand l'abbé apprend la mort
d'un parent de quelque religieux, il le recommande
aux prieres de la communauté, mais fans le défi-
gner, & en difant en général, que le pere, la mere,
&c. d'un des freres eft mort.

A l'égard des hôtes, voici à peu près de quelle
façon ils font reçus : le portier qui eft un des religieux, ouvre la porte, après avoir dit, *Deo gratias*,
fe met à genoux, en s'inclinant profondément, comme
nous l'avons déjà obfervé, fait enfuite entrer dans
une falle, & va avertir le P. Abbé ; celui-ci donne
ordre au religieux chargé de la réception des hôtes, d'aller au-devant d'eux ; il arrive, fe profterne,
les conduit à l'églife, où il leur préfente de l'eau-
benite, les mene à l'appartement qui leur eft deftiné,
& leur fait quelque lecture de piété, après avoir dit
benedicite, par forme de falutation. La table des hôtes
eft fervie de même que celle de ces folitaires : la
feule portion extraordinaire eft un plat d'œufs ; on

ne leur fait jamais manger de poiffon, quoique les étangs en foient remplis; quelquefois on donne du vin aux perfonnes incommodées; on lit pendant le repas l'Imitation, ou quelqu'autre livre de ce genre. Rarement les hôtes font-ils admis au réfeétoire: on craindroit qu'ils ne cauffaffent des diftraétions aux religieux, & qu'ils ne vinffent fouffler l'efprit mondain, fi oppofé à celui qui anime cette affemblée de philofophes chrétiens. J'oubliois de dire qu'en divers endroits du cloître font placées des fentences en vers. On feroit tenté de croire que ces bons religieux ont pouffé la modeftie & le mépris des arts d'agrément, jufqu'à choifir les plus mauvais vers pour ces infcriptions. On en jugera par celle-ci qui eft fur la porte du réfeétoire :

> Quelqu'herbe cuite au fel avec un peu de pain
> Eft le feul mets qu'on fert, en tout tems, fur la table ;
> C'eft bien peu : mais le corps ne fent pas qu'il afaim ,
>   Quand le cœur vit & fe fent plein
> De l'amour d'un objet infiniment aimable.

La Réforme de Sept-Fons, à deux lieues de Bourbon-Lanci, eft, à peu de chofe près, la même que celle de la Trappe ; elle fut établie, dans le dernier fiécle, par Euftache de Beaufort, &c.

Quelques

Quelques perfonnes, qui n'approfondiffent point leurs jugements, s'éleveront avec chaleur contre une inftitution, où la nature humaine paraît toujours en guerre avec elle-même, où elle eft étouffée & anéantie fous les rigueurs exceffives d'une mortification inouie : je prendrai la liberté d'examiner ces plaintes. Sans contredit, la Trappe feroit trop auftere, fi l'on n'y admettoit, comme dans les autres Ordres religieux , que des jeunes gens, qui, par goût ou par oifiveté, embraffent la vie monafti- que : mais c'eft ici en quelque forte un lieu de repos ouvert à des hommes, qui fouvent ont vécu dans le défordre & que pourfuit leur confcience effrayée. Envifagée fous ce point de vue, cette fondation fera donc regardée comme une des plus fages & des plus utiles qu'ait créées l'efprit de légiflation. Écartons

---

Quelques perfonnes. L'Abbé de Rancé eut en effet beaucoup de cenfeurs à combattre ; les murmures augmenterent en 1664. L'Abbé fit affembler fes religieux, & leur ordonna de parler avec franchife fur cette réforme. Ils s'écrièrent tous d'une voix unanime, qu'ils chériffoient leur état,& qu'ils étoient dans la difpofition de s'affujettir à de nouvelles auftérités.

Ouvert à des hommes. Lifez les vies de D. Muce, D. Moyfe &c. dans les Mémoires de quelques religieux de la Trappe, en cinq volumes.

même la piété, & ne nous arrêtons qu'aux lumieres naturelles; il y a eu, de tout tems, chez les Egyptiens, les Grecs, les Romains, chez tous les peuples & dans toutes les religions des afyles expiatoires. Un établiffement, où le crime agité de remords, peut fe jetter dans le fein d'un Dieu confolateur, où l'excès de la pénitence s'efforce d'effacer l'énormité de la faute, où, en un mot, il refte encore au repentir l'efpoir de partager, un jour, la récompenfe de la vertu, un tel établiffement doit attirer la confidération & les refpects de l'humanité. Il va m'échapper une vérité affreufe. Quel homme fur la terre auroit le front d'affurer qu'il pourra ne point devenir coupable, & n'avoir pas befoin de recourir à ce féjour d'expiation ?

Chez les Egyptiens. Les Initiés parmi les Egyptiens, les Grecs, &c. Les poëtes de ces derniers ont confacré les expiations : voyez la piéce intitulée les *Euménides d'Efchile;* on connaît auffi *la Fête des Expiations* chez les Juifs, &c.

LES
AMANS MALHEUREUX,

OU

LE COMTE DE COMMINGE.

D R A M E.

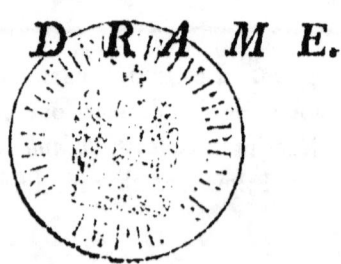

PERSONNAGES.

LE COMTE DE COMMINGE, *Religieux de la Trappe, fous le nom du* FRERE ARSÉNE.

LE FRERE EUTHIME.

LE CHEVALIER D'ORSIGNI.

LE P. ABBÉ DE LA TRAPPE.

RELIGIEUX.

La Scène eſt dans l'Abbaye de la Trappe.

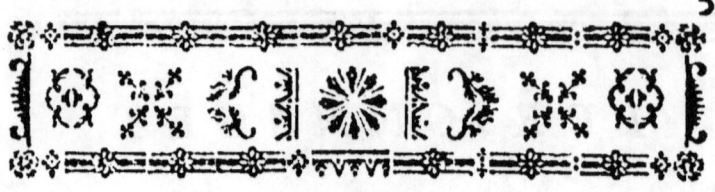

LES
AMANS MALHEUREUX,
OU
LE COMTE DE COMMINGE.

D R A M E.

ACTE PREMIER.

La toile se leve, & laisse voir un souterrain vaste & profond, consacré aux sépultures des religieux de la Trappe ; deux ailes du cloître, fort longues & d perte de vue, y viennent about ; on y descend par deux escaliers de pierres grossiérement taillées & d'une vingtaine de dégrés. Il n'est éclairé que d'une lampe. Au fond s'élève une grande croix, telle qu'on en voit dans nos cimetières, au bas de laquelle est adossé un sépulchre peu élevé, & formé de pierres brutes ; plusieurs têtes de morts amoncelées lient ce monument avec la croix ; c'est le tombeau du célèbre Abbé de Rancé, fondateur de la Trappe. Plus avant, du côté gauche, est une fosse qui paraît nouvellement creusée, sur les bords de laquelle sont une pioche, une pelle, &c. Audevant de la scène, dans un des côtés d main droite est une autre fosse. Sur les deux ailes de ce souterrain se distinguent de distance en distance, & d peu de hauteur de terre, une infinité de petites

croix, qui défignent les fépultures des religieux. On apperçoit au haut
d'un des efcaliers, du côté droit, les cordes d'une cloche. Au bas de la
grande croix, fur les têtes de morts, fe lit cette infcription latine : Co-
gitavi dies antiquos, & annos æternos in mente habui. Au-deffus de
la même croix eft cette autre infcription :

C'eft ici que la Mort & que la Vérité
    Élevent leur flambeau terrible :
C'eft de cette Demeure, au Monde inacceffible,
    Que l'on paffe à l'Éternité.

✧

On peut lire encore, des deux côtés du fouterrain, ces quatre nouvelles
infcriptions.

    Mortel, entends cette Voix qui te crie :
Dans l'existence envain ton orgueil se confie ;
    Peut-etre, frémis de ton sort,
La moitié de ce jour ne sera pas remplie,
Que ta Cendre insensible, a ces Cendres unie,
Dormira pour jamais du sommeil de la Mort.

✧

    Qu'après de vaines connaiffances
Les Efclaves du Siécle empreffés de courir,
Se livrent aux erreurs des Arts & des Sciences :
    Ici l'on apprend à mourir.

✧

Homme aveugle, dont l'ame, au menfonge affervie,
Des fouvenirs du Monde eft encor pourfuivie ;
Que l'afpect de ces Lieux diffipe ton Sommeil ;
    C'eft où finit le Songe de la Vie,
    Où de la Mort commence le Réveil.

✧

    Homme, qui crains de te connaître,
Qui repouffes de toi les horreurs du Tombeau,
    A la lueur de ce pâle flambeau,
Lis ton arrêt : Mourir pour ne jamais renaître.

✧

SCENE PREMIERE.

LE COMTE DE COMMINGE, *seul, sous le nom du* FRERE ARSENE, *nom qu'il garde pendant toute la pièce, est prosterné aux pieds de la croix, & penché sur le tombeau de Rancé. Il se relève, tourne ses regards vers le ciel, & après les avoir jettés de côté & d'autre, il dit:*

DANS cet asyle sombre, à la mort consacré,
Toujours plus criminel, toujours plus déchiré,
Jusqu'à tes pieds, grand Dieu, je traînerai ma chaîne!
Comminge éxiste encore, & brûle au cœur d'Arsène!
Rebelle sous la haire, indocile apostat,
L'homme plus que jamais s'éleve & me combat!

Maître des passions, toi, qui formas mon ame,
Ne peux-tu dans mon sein étouffer cette flamme,
Me vaincre, anéantir ces traits persécuteurs,
Qui, chaque jour, hélas! plus chers, plus enchanteurs
Reviennent de mes sens égarer la faiblesse?

De cercueils entouré, je parle de tendresse!
D'une sainte frayeur mon sang n'est point glacé,
A l'aspect de la tombe où repose Rancé!
Rancé.. qui comme moi.. Que dis-tu téméraire?
Termine comme lui ta vie & ta misere;

Laiſſe-là ſes erreurs ; oſe avoir ſa vertu ;
Oſe imiter Rancé ; mais quand il a vaincu...

    L'imiter... eh ! le puis-je ! un auſtere cilice,
Les larmes, la priere, un éternel ſupplice,
Rien ne ſçauroit détruire un ſouvenir vainqueur :
A Dieu même il diſpute, il enleve mon cœur..
Au milieu de ces morts, ſur ces monceaux de cendre,
Le dirai-je, ô mon Dieu ! pourras-tu bien m'entendre ?
Quel nom va prononcer une mourante voix ?
Adélaïde ſeule .. eſt tout ce que je vois !
Ah ! j'offenſe encor plus ta majeſté ſuprême,
Dieu vengeur, tonne, frappe, elle eſt tout ce que j'aime.

    Et je puis avouer mon infidélité,
Sans que le repentir briſe un cœur révolté !
Je révele à ces murs une ardeur ſi funeſte,
Sans exhaler ici le ſoupir qui me reſte !
Eh ! comment le remord ſuivroit-il cet aveu ?
J'entretiens ma bleſſure, & je nourris mon feu.
Il vit de mes ſoupirs ; il brûle de mes larmes..
D'Adélaïde enfin j'idolâtre les charmes..
Et j'ai cauſé ſes maux ! J'ai fait couler ſes pleurs !
J'ai d'un époux contr'elle excité les fureurs !
Et je dois.. l'oublier ! repouſſer ſon image !
Je l'ai promis à Dieu, que mon parjure outrage :

                                   Et

Et cet amour.. m'enflamme encor plus que jamais.

　Ah! malheureux Comminge! après tant de forfaits,
Tu n'as plus.. qu'à mourir. De tes pleurs arrofée,
Ouverte fous tes pas, & par tes mains creufée,
Ta fofle.. te demande.. Accoutume tes yeux,
Accoutume ton ame à ce fpectacle affreux,
La voilà.. qui t'attend : hâte-toi d'y defcendre,
Cours y cacher un cœur trop fenfible.. trop tendre!
Tous les morts, raffemblés dans ces funébres lieux,
Se lévent de la terre, & m'appellent près d'eux!
Je vous fuis.. je l'éprouve! un Dieu jufte fe venge :
J'ai mérité fes coups!

Il fe rejette aux pieds de la croix, & retombe
dans l'accablement.

―――――――――――――

Par tes mains creufée. Rancé lui-même avoit creufé fa foffe.

V

SCENE II.

LE P. ABBÉ, COMMINGE.

LE P. ABBÉ *descendant avec un grand re-*
cueillement, les bras croisés sur la poitrine, & allant à Comminge tou-
jours aux pieds de la croix, & dans la même situation.

FRERE Arsène?

COMMINGE, *se relevant.*

Qu'entends-je?

Il apperçoit l'Abbé & va, selon la coutume, se prosterner avec
précipitation devant lui.

Mon pere.

LE P. ABBE.

Levez-vous.

Il l'amene au devant du théâtre.

Je viens ouvrir mon cœur
A ces larmes qu'envain cache votre douleur.
De ces sombres ennuis qu'irrite le silence,
Peut-être avec raison notre régle s'offense;
Je pourrois réclamer vos devoirs & mes droits,
De mon autorité faire entendre la voix :
Mais je hais l'appareil d'une vertu sévere:
N'envisagez en moi que l'ami, que le pere,

Que l'homme.. qui fçaura fur vos maux s'attendrir,
Et fenfible avec vous pleurer, & vous fervir.
Dieu moins compatiffant feroit moins adorable.

Il fait encore quelques pas.

Non, la religion n'eft point impitoyable ;
Toujours l'oreille ouverte aux cris du malheureux,
Elle eft prête à verfer fes fecours généreux ;
'Appui de tout mortel que l'infortune opprime,
Dans ce monde, féjour d'injuftice & de crime,
Où fans ceffe combat un Génie inhumain,
C'eft la religion, qui nous prête fa main
Pour foutenir nos pas, pour effuier nos larmes.
O mon fils ! dans mon fein dépofez vos allarmes.
Cinq ans font écoulés, depuis que vos deftins..
Ou plutôt Dieu lui-même.. (il traçoit les chemins,)
Vous offrit comme un port cette enceinte facrée
Que du monde le ciel femble avoir féparée,
Où fe trouvent ces biens, à la terre inconnus,
L'innocence de l'ame, & la paix des vertus ;
Vous n'en jouiffez point ! vos chagrins vous trahiffent;

Séparée. La fituation feule de l'abbaye de la Trappe fuffit
pour infpirer l'amour de la folitude ; les bois, les étangs, les
collines, dont elle eft environnée, femblent la dérober au refte
du monde, &c.

Vous foupirez! vos yeux de larmes fe rempliffent!
Laiffez-les s'épancher dans un cœur paternel ;
Ce fardeau partagé deviendra moins cruel.
Adouciffant pour vous des reglements aufteres ,
Mon choix vous a reçu parmi nos folitaires,
Lorfqu'à peine je fçais votre rang , votre nom.
Eft-il quelques fecrets pour la religion ?
Je vous l'ai déjà dit : la piété fincère
A tous les malheureux ouvre le fanctuaire ;
L'humanité s'affied aux marches de l'autel.

COMMINGE.

Ah ! mon pere,. j'y traîne un fupplice éternel !

LE P. ABBÉ.

Quelque crime éclatant fouilleroit votre vie ?
Aux yeux d'un Dieu fauveur votre remord l'expie;
Pour éteindre fa foudre une larme fuffit.
S'il eft des attentats que la terre punit ,
Et qu'au glaive des loix fa juftice abandonne :
Mon frere, il n'en eft point que le ciel ne pardonne.

COMMINGE.

Je n'ai point à rougir de ces forfaits honteux
Qui portent la baffeffe , ou l'horreur avec eux ;
De femblables excès mon ame eft incapable ;
Je n'ai fait qu'une faute,. elle eft irréparable.

A de cheres erreurs je me suis trop livré ;
D'un perfide poison je me suis enivré ;
Enfin, quel mot m'échappe?. & que vais-je vous dire?
Dans quel lieu?. De l'amour j'ai senti tout l'empire,
Et je le sens encore.. il me brûle.. à l'instant
Où je veux l'étouffer dans ce cœur gémissant..
Oui, j'implore à genoux vos bontés paternelles ;
Oui, je vais vous montrer mes blessures cruelles ;
Vous lirez dans ce cœur.. puissiez-vous le guérir,
Ou du moins le calmer.. & m'aider à mourir !

LE P. ABBÉ, *l'embrassant.*

Parlez, ô mon cher fils, votre ami vous embrasse :
Attendez tout de lui, du pouvoir de la grace ;
Dieu ne laissera point son ouvrage imparfait :
Sa main de votre cœur arrachera ce trait ;
Vos larmes éteindront cette funeste flâme.

COMMINGE, *avec attendrissement.*

C'est donc à l'amitié que va s'ouvrir mon ame !
Dans ces murs où se plaît la simple vérité,
S'il est encor permis à mon humilité
De se représenter le monde & ses chimeres,
Son éclat fugitif, ses grandeurs mensongeres ;
D'en offrir à vos yeux le frivole tableau :
Sçachez que son prestige entoura mon berceau.

La maifon de Comminge où j'ai puifé la vie ,
Arrête au trône feul fa tige enorgueillie ;
Des fonges de la terre , & de faux biens épris ,
Mes ancêtres , des rois furent les favoris ,
Jaloux d'accumuler de vains titres de gloire ,
Teignirent de leur fang le char de la victoire ,
Mériterent des cours ces dons empoifonneurs ,
Que dans le fiécle aveugle on nomme les honneurs.
Mon pere, le foutien, l'amour de fa famille ,
De fon frere avec moi voyoit croître la fille ;
Un fentiment fecret fe méla dans nos jeux :
Adélaïde enfin .. réunit tous mes vœux ;
Sa main avec fon cœur m'alloit être donnée ;
Dejà nous couronnoient les fleurs de l'hymenée ;
L'autel nous attendoit , ou plutôt le tombeau :
Sur nos parents la haine agite fon flambeau ;
L'intérêt, que l'enfer forma dans fa vengeance,
De deux freres détruit l'heureufe intelligence ;
Le fang oppofe envain la force de fes nœuds :
Devenus l'un de l'autre ennemis furieux ,
Ils ne confultent plus que leur couroux barbare ;
La main, qui nous joignoit, pour jamais nous fépare.
Nous tombons, nous pleurons, nous mourons à leurs piés :
Loin du fein paternel nous fommes renvoyés.

On n'entend point les cris de ma mere éperdue ;
De tout ce que j'aimois on m'interdit la vue.
Le hazard me remet des titres ignorés,
Qui nous donnant des biens & des droits affurés,
De mon pere fervoient la fortune & la haine,
De fon frere entrainoient la ruine certaine ;
Je ne balance point. La générofité,
Que dis-je ? l'amour parle : il eft feul écouté.
Ces titres odieux, que ma tendreffe abhorre,
Je les anéantis : la flamme les dévore.
Mon pere en eft inftruit ; le fils eft oublié ;
A fes reffentiments je fuis facrifié.
Accablé des douleurs qu'éprouvoit une amante,
Malgré le défefpoir de ma mere expirante,
Je me vois, fans pitié, conduit dans une tour,
Où s'irritent les feux d'un indomptable amour.
On veut qu'un autre objet difpofe de ma vie,
Qu'infidele & parjure, un autre hymen me lie ;
J'étois libre à ce prix. Mon choix étoit fixé.
Mon pere inéxorable en fut plus offenfé ;
Il épuife fur moi les flots de fa colere,
Rend ma prifon plus dure, empêche qu'une mere,
La mere la plus tendre, & mon unique appui,
Vienne embraffer fon fils, & pleurer avec lui.

Mes maux affermissoient un penchant invincible :
De mes fers délivré, je cherche un cœur sensible ;
Je vole dans les bras de ma mere .. ses pleurs..
M'annoncent d'autres coups, & de nouveaux malheurs.
Vit-elle, m'écriai-je ?.. Et puis-je me promettre ?.
Ma mere, en frémissant, me remet une lettre..
Ah ! mon pere, quels traits ! malgré la voix d'un Dieu,
Qui veut que mes efforts soient vainqueurs de ce feu :
Cette lettre à la fois & terrible, & touchante..
A mes yeux.. à mon ame.. elle est toujours présente.
Je lis : Quand cet écrit tombera dans vos mains,
Il ne sera plus tems de changer nos destins :
Des nœuds, des nœuds cruels me tiendront asservie.
   La liberté, par d'indignes moyens,
   A jamais vous étoit ravie ;
   Il falloit rompre vos liens ;
   Il s'agissoit de vous, de votre vie ;
C'est vous nommer des jours bien plus chers que les miens.
J'ai donc brisé mon cœur, & j'ai trouvé des charmes
A m'imposer un joug, le plus affreux de tous,
   Dont mon amant ne pût être jaloux.
J'ai, pour me déchirer, uni toutes les armes ;
Je fais plus mille fois que d'expirer pour vous :
   Car le trépas finiroit mes allarmes ;
Le Comte d'Ermansay.. cher Comminge.. quels coups !.
Je vous trace ces mots dans des torrens de larmes..

          Dè

Dès demain, devient mon époux !
Ajoûterai-je, hélas ! que dans les bras d'un autre,
Qu'enfin à mes devoirs je prétends obéir ?
Ne me revoir jamais.. m'oublier.. est le vôtre,
　　Et le mien.. fera de mourir.

LE P. ABBÉ.

Quelle chaine de maux ! que la vie a d'orages !
Que ce monde est femé d'écueils & de naufrages !
Suprême providence ! ô Dieu ! par quels chemins
Amenez-vous au port les malheureux humains ?
Vous marchiez, ô mon fils, à l'ombre de fes aîles.

COMMINGE.

Ce Dieu me réfervoit des épreuves nouvelles.
A l'amour, à la rage, au défefpoir livré,
Du feu des paffions embrâfé, dévoré,
Plein du démon cruel qui me pouffe & me guide ;
J'accours, j'arrive aux lieux qu'habite Adélaïde ;
Je la vois : à fes pieds je me jette, & foudain
Préfentant mon épée : » Enfoncez dans mon fein
» Ce fer .. oui, c'eft à vous de m'arracher la vie. »
D'Ermanfay vient, fur moi s'élance avec furie ;
Un femblable tranfport tous deux nous animoit ;
La foif de nous venger tous deux nous enflammoit :
Son époufe s'écrie, & vole entre nos armes ;
Notre courroux s'allume à l'afpect de fes charmes ;

　　　　　　　　　　　　　X

Nous nous portons des coups ; il fait couler mon fang ;
Je m'irrite, le preffe, & lui perce le flanc :
Il tombe.. Adélaïde.. « Eh ! c'eft là ton ouvrage !
Me dit-elle ; » Vas, fuis » des fens je perds l'ufage ;
On m'arréte fanglant, mourant, inanimé ;
Dans un cachot obfcur je me trouve enfermé ;
J'attendois que la mort achevât mon fupplice :
Je préfentois ma tête au fer de la juftice ;
La nuit avoit rempli la moitié de fon cours ;
On ouvre la prifon : « Accepte mon fecours,
» Le tems eft cher, me dit une voix inconnue,
» Sors, c'eft par ton rival que ta chaîne eft rompue.»
Un rival ! Il a fui déjà loin de mes yeux.
Il manquoit le foupçon à mes tourments affreux !
J'emporte dans mon fein cette noire furie,
Tout l'enfer à la fois, l'horrible jaloufie.

LE P. ABBÉ.

De combien de périls l'homme eft environné !
C'eft un rofeau fragile aux vents abandonné.
Vous l'éprouvez, mon fils ! eh quoi ! fi jeune encore.,

COMMINGE.

Le malheur me pourfuit dès ma premiere aurore.
C'eft peu de ces affauts! Un bruit inattendu
M'apprend qu'à la lumière un barbare eft rendu,,

Qu'à des pleurs éternels sa femme est condamnée ;
Aux marches du tombeau, c'est moi qui l'ai traînée !.
Privé d'un bien si cher, égaré, furieux,
Ne connaissant plus rien qui pût flatter mes vœux,
Que la triste douceur, dans le silence & l'ombre,
De nourrir le poison du chagrin le plus sombre,
Je renonce à l'espoir des richesses, des rangs ;
Je quitte mes amis, je quitte mes parens ;
J'abandonne.. une mere ; inconnu, loin du monde,
Je cours ensevelir ma tristesse profonde.
Je cherchois un rocher, quelque désert affreux ;
Il n'étoit point pour moi d'antre assez ténébreux ;
Où je pusse, à mon gré, farouche solitaire,
M'enfoncer, me remplir d'une image trop chere ;
Je me rappelle enfin, par le ciel inspiré,
Qu'il est dans l'univers un séjour révéré,
Qu'habitent la terreur, la sombre pénitence,
Où dans l'austérité, le jeûne & le silence,
Chaque jour entouré des horreurs du tombeau,
Ramene de la mort le lugubre tableau ;
C'étoit-là mon azyle.. Aussi-tôt je m'écrie :
Je fixe dans ce lieu le terme de ma vie ;
Oui, voilà le sépulchre où doivent s'engloutir
Mes larmes, mes ennuis, un fatal souvenir ;

X ij

Ma chere Adélaïde y recevra fans ceffe
Mon hommage fecret, le vœu de ma tendreffe :
Elle y fera le Dieu dans mon cœur adoré..

  J'étois à cet excès par le crime égaré.

 Je viens; vous m'écoutez; cette ardeur, immortelle,
Se cache à vos regards fous l'effet d'un faint zèle ;
Je m'enchaîne à vos loix ; j'appelle à mon fecours
Cette fauffe raifon, phantôme de nos jours,
Cette philofoph'e impuiffante & ftérile,
Qui n'apporte à nos maux qu'un reméde inutile ;
J'éprouve fa faibleffe, & fes fophifmes vains,
Bien loin de les calmer, irritent mes chagrins ;
Mes jours dans la douleur commencent & s'achevent ;
Vers la religion mes triftes yeux fe levent :
Mon efprit éclairé l'embraffe avec tranfport ;
Elle a fait dans mon cœur defcendre le remord,
L'amour d'un Dieu clément, la crainte falutaire :
Elle m'a pénétré du repentir fincère..
Mais, mon pere, ce cœur n'eft point encor foumis ;
J'y fens fe relever de puiffans ennemis ;
J'y fens reffufciter une flamme coupable :
Cet objet féducteur, ce tyran indomptable,
Me combat, me pourfuit, s'attache à tous mes pas ;
Jufques fur cette foffe, où j'attends le trépas ;

Ses traits, ses traits toujours armés de nouveaux charmes
Arrachent mes soupirs, triomphent de mes larmes..
Je penche vers la terre.. ô mon consolateur !
Ne me refusez point votre bras protecteur ;
Daignez me secourir..

LE P. ABBÉ.

Ce n'est pas moi, mon frere,
C'est Dieu qui domptera ce jaloux adversaire.
Il ne souffrira point que, par lui défendu,
Sous un joug criminel vous soyez abbattu :
Dans vos sens désolés il versera le calme.
C'est après le combat que l'on cueille la palme :
Elle attend vos efforts, priez, pressez, pleurez ;
Obstinez-vous à vaincre, & vous triompherez.
L'aveu de vos erreurs & de votre faiblesse
Vous rend encor plus cher, mon frere, à ma tendresse.

Vous n'êtes pas le seul qui gémissiez ici.
Dans l'ombre, dans la mort toujours enseveli,
Le frere Euthime, hélas ! ressent le même trouble ;
Cette nuit de tristesse, & s'accroît, & redouble.
Aux pieds des saints autels, on l'entend soupirer ;
Le tems de son épreuve étoit prè d'expirer ;

Le tems de son épreuve. Le Noviciat.

X iij

Ma main lui préparoit notre chaîne sacrée :
Il meurt, & de ses maux la cause est ignorée..
Souvent il suit vos pas..

COMMINGE.

Dans ce séjour d'effroi,
Il nourrit sa douleur.. il gémit.. près de moi ;
Son ame est du chagrin profondément frappée ;
Ma fosse est quelquefois de ses larmes trempée.
Un mouvement secret me presse de sçavoir
D'où naissent ses ennuis, ce sombre désespoir..
Que d'un vif intérêt je ressens la puissance !
Mais.. soumis à la loi, je m'enchaîne au silence.

LE P. ABBÉ.

Le silence entretient l'esprit religieux :
Rancé nous l'a prescrit. Cependant en ces lieux
Conduit par Dieu peut-être, un étranger demande
Qu'un de nous en secret & le voie, & l'entende.
Au ministère saint dès l'enfance attaché,
Dans les routes du monde à peine j'ai marché :

Notre chaîne sacrée. La Profession où l'on fait des vœux qui engagent.

Je m'enchaîne au silence. Qu'on n'oublie pas que le silence est le premier des statuts de la Trappe.

Du flambeau du malheur & de l'expérience
Plus éclairé que moi, dans ce dédale immenſe,
Vous devez poſſéder les moyens bienfaiſants,
De conſoler le cœur, de combattre les ſens ;
Vous montrerez unDieu,qui toujou:s nous contemple;
Vous convaincrez,mon fils, par votre propre éxemple.
Expoſez les dangers, le troubl:, le tourment
Qui ſuit les paſſions & leur égarement ;
De ces tyrans de l'àme éternelle victime,
Vous pouvez mieux qu'un autre, écarter de l'abîme
Tous ces infortunés qui s'enivrent d'erreurs,
Et courent à la mort par des chemins de fleurs.
Obliger, ètre utile eſt notre loi premiere :
Je romps le frein ſacré qui nous force à nous taire :
Dans ſes épanchements prévenir l'affligé,
Vouloir que de ſes maux le poids ſoit partagé,
Qu'au fond de notre cœur ſon chagrin ſe dépoſe,
Sont les premiers devoirs que le ciel nous impoſe.
Parlez à l'inconnu, tandis qu'à nos autels
Je vais offrir l'encens & les pleurs des mortels.

Comminge ſe proſterne.

Je romps le frein ſacré. Il n'y a que le Pere Abbé qui puiſſe
donner la permiſſion de parler.

X iv

SCENE III.

COMMINGE *feul.*

UN étranger.. le voir.. quelle vûe importune !
Hélas ! fi comme moi courbé fous l'infortune,
Ce mortel.. En eft-il, dans ce trifte univers,
Qui ne fe plaigne point, & qui n'ait fes revers ?
Si, du fort ennemi victime gémiffante,
Il attend qu'une main tendre & compatiffante
Répande dans fon fein ces touchantes douceurs
Dont la pitié foulage & charme les douleurs..
De femblables fecours dépendent-ils d'Arfène ?.
Malheureux !. eft-ce à moi d'adoucir votre peine ?.

SCENE IV.

COMMINGE, LE CHEVALIER D'ORSIGNI.

Pendant que Comminge récite les derniers vers, il fort de l'aile droite du cloître un étranger conduit par un religieux qui, selon l'usage de la Trappe, lui fait des signes pour lui montrer Comminge ; ce religieux le laisse au haut de l'escalier, après s'être prosterné devant lui. Comminge ne voit pas d'Orsigni qui descend, porte ses regards par-tout, s'arrête de tems en tems sur les degrés, & paraît saisi d'une espece de terreur.

D'ORSIGNI, *toujours sur les degrés ;*
& s'arrêtant par intervale en considerant ce souterrain.

JE demeure interdit, accablé, confondu..
Que la religion surpasse la vertu !
Pour les profanes yeux, ciel ! quel tableau terrible !
L'homme ici se détruit, & tente l'impossible ;
Quels objets !

Il lit tout haut les derniers mots d'une des inscriptions.

QUE LA MORT ET QUE LA VÉRITÉ..

Effrayante leçon ! dans ce lieu redouté,
Impérieux effet d'un prodige suprême,
La nature s'éleve au-dessus d'elle-même !

*Il descend à ce dernier vers, s'avance sur le théâtre ; Comminge l'apper-
cevant, court pour se prosterner devant lui ; d'Orsigni l'en empêche
avec vivacité, & lui-même s'incline.*

Que faites-vous, mon pere ? Arrêtez : c'est à nous
De nous humilier, de tomber devant vous !
O nouvel héroïsme ! ô sublime spectacle..
Non, l'humaine vertu ne fait point ce miracle.
La céleste sagesse habite ces tombeaux ;
Puissé-je lui devoir des sentiments nouveaux !
Esclave, vainement échappé de sa chaîne,
Le besoin d'un appui dans ce séjour m'amene;
Depuis près de deux ans , dans un château voisin
Renfermant , loin du monde, un malheureux destin ,
Là , j'e perois du tems & de la solitude,
Qu'ils pourroient adoucir ma triste inquiétude,
Subjuguer un penchant de ma raison vainqueur,
Du trait qui m'a percé guérir enfin mon cœur ;
Plus déchiré, je viens parmi des ames pures
Chercher quelque remede à mes vives blessures,
Contre les sens trompeurs , & leur sédition ,
Implorer le secours de la religion.

Que faites-vous, mon pere ? Il n'y a que le P. Abbé que les
religieux appellent pere. Ils se nomment tous freres : mais la
bienséance peut exiger des gens du monde qu'ils leur donnent
le nom de pere.

COMMINGE, *à ce dernier vers, ayant
observé d'Orsigni avec une attention qui croît toujours, dit à part :*

C'est lui.. c'est d'Orsigni.. De cet époux perfide
Le frere vertueux..

S'adressant à lui avec transport.

Que fait Adélaïde ?.

Vit-elle?. Songe-t-elle ?. *à part* Où m'égaré-je?. cieux !.

D'ORSIGNI, *à son tour examinant
Comminge, dit vivement :*

Vous connaissez.. Ses traits.. le Comte !.

COMMINGE *troublé.*

Dans ces lieux
On dépouille l'orgueil de la faiblesse humaine,
Ces noms.. vous ne voyez que l'humble frere Arsène,
Le dernier des mortels.. & le plus malheureux.

D'ORSIGNI, *toujours le regardant.*

Je ne me trompe point.. j'en dois croire mes yeux..
J'ai peine à revenir de ma surprise extrême..
Ici.. sous cet habit.. lui,; Comminge !.

COMMINGE.

Lui-même;
Lui, qui pour triompher d'un invincible amour,
Venant vivre & mourir dans cet obscur séjour,
Eût voulu se cacher à la nature entiere ;
Lui, qui dans les remords, les larmes, la priere,

Brûle, plus que jamais, de ce coupable feu ;
Lui, qui, dans cet inſtant, parjure envers ſon Dieu..
Hâtez-vous, s'il ſe peut, d'aiouter à mes crimes ;
Réveillez, attiſez des feux illégitimes ;
Enfin.. d'Adélaïde oſez m'entretenir..
Ah ! plutôt.. de mon cœur cherchez à la bannir.
Non.. ne m'en parlez point : je ne veux rien entendre ;
Dites-moi..ſeulement..ne pourriez-vous m'apprendre
Si ſes jours plus ſereins coulent dans le bonheur ?
Ses attraits.. *à part.* où m'engage une honteuſe ardeur ?

D'ORSIGNI, *rapidement.*

Ses attraits ont hélas ! conſervé leur empire :
Vous avez un rival.

COMMINGE.

Que venez-vous de dire ?
Ah ! c'eſt-là cette main dont le fatal ſecours
M'a laiſſé les tourmens attachés à mes jours ;
Nommez-moi le cruel.

D'ORSIGNI.

Vous allez le connaître ;
Vous lui rendrez juſtice, & le plaindrez peut-être.

L'eſpoir avec l'amour de concert m'aveugloit ;
Je touchois à l'autel où l'himen m'appelloit ;

Quand d'avares parents les mains me repousserent,
Que, prêts à se former, mes liens se briserent;
En ces moments, mon frere au comble de ses vœux,
Peu fait pour posseder un bien si précieux,
Venoit de recevoir la foi d'Adélaïde :
Je la vois ; sa beauté, son air noble & timide,
Sa tristesse touchante & sa douce langueur,
Tout présente à mes yeux un objet enchanteur.
Des ennuis de l'amour mon ame pénétrée,
A recevoir ses traits étoit trop préparée.
Sans vouloir m'éclairer sur des troubles nouveaux;
Je cédois au plaisir de parler de mes maux;
Adélaïde apprend & plaint ma destinée;
Sur ce récit sans cesse elle étoit ramenée.
Les auteurs inhumains de l'objet de mes feux,
L'avoient, sourds à ses cris, lié par d'autres nœuds :
»A d'autres nœuds soumise elle est donc bien à plaindre
»S'écrie Adélaïde ; eh ! qu'il est dur de feindre,
»De cacher ses combats, son infidélité !
»Quel horrible tourment que la nécessité
»D'aller porter un cœur, dont un autre a l'hommage,
»Dans les bras d'un époux, que sans doute on outrage !.
A ces mots, quelques pleurs qu'elle cachoit envain,
Pour l'embellir encor s'échappoient dans son sein;

Enfin , je m'apperçois qu'une flamme adultere
Me brule.. que j'aimois la femme de mon frere.
A moi-même en horreur, mes remords m'étoient chers;
La fureur vous amene ; on vous met dans les fers :
Adélaïde alors , les yeux noyés de larmes ,
Et dans tout l'appareil du pouvoir de ses charmes,
Embrasse mes genoux : » A vous seul j'ai recours ;
» Du malheureux Comminge allez sauver les jours ;
» Je vous estime assez, pour vous montrer mon âme ,
» Sçachez quel sentiment..c'est l'amour qui l'enflâme ;
» Je ne vous cache point mon crime, mes malheurs ,
Poursuit-elle , au milieu des sanglots & des pleurs :
» Mais ma funeste erreur ne m'a point aveuglée ,
» Et.. c'est à la vertu que je l'ai révélée ;
» Qu'il soit libre, m'oublie.. & me laisse gémir.
» Mon devoir vous répond que je sçaurai mourir. »
Aussitôt j'interromps : » Vous serez obéie ,
» Madame.. d'un rival je cours sauver la vie. «

    Je fais taire des sens la lâche trahison;
J'écoute l'honneur seul ; j'ouvre votre prison :
Vous en sortez, conduit par d'Orsigni lui-même.
Quel plaisir je goûtois à cet effort suprême !
Que la vertu nous touche , & qu'elle a de douceurs !
Je reviens. » J'ai fermé la source de vos pleurs ,

» Madame, il eſt ſauvé ; pour toute récompenſe,
» C'eſt moi qui vous demande un éternel ſilence.
» J'ai pu vous offenſer : mais un pur ſentiment
» M'obtiendra le pardon de l'erreur d'un moment » ;

De ce feu criminel mon ame étoit remplie ;
Je retombois toujours ; ma raiſon affaiblie
Me livroit à regret de pénibles combats
Qui laiſſoient mon courage, & ne me domptoient pas ;
Cependant j'ai ſçu fuir ; hélas ! fuite inutile !
Mon amour me ſuivoit daus mon nouvel aſyle.
Il faut en triompher, & c'eſt de mon rival
Que j'attends le ſuccès d'un combat inégal.
Que la religion, de mes ſens ſouveraine,
Me conſóle par lui, m'éclaire & me ſoutienne.

COMMINGE.

Généreux d'Orſigni.. Que m'avez-vous appris ?
Ah ! de tant de vertu vous me voyez ſurpris.
C'eſt moi, dont vous devez appuyer la faibleſſe ;
C'eſt à moi d'immoler.. ma coupable tendreſſe.
Oui, la religion nous prête des ſecours.
Mais à la voix du ciel je réſiſte toujours ;
Mon bras paraît s'armer contre le bras ſuprême ;
Je le fçais, je l'offenſe, & trahis Dieu lui-même,

Lorſque dans ce moment, d'Adélaïde enfin..
Je n'en parlerai plus. Tout me perce le ſein ;
Tout bleſſe un cœur ſenſible, & fait ſaigner ſa plaie !
Il eſt dans ce ſéjour un mortel qui s'eſſaye
'A porter le fardeau d'un joug trop rigoureux ;
Peut-être, comme nous, c'eſt quelque malheureux
Qui, d'un fatal penchant victime infortunée,
.Vient cacher en ces murs ſa triſte deſtinée !
Je ne ſçais.. ſes ſoupirs.. ſes longs gémiſſemens
Excitent ma pitié, redoublent mes tourmens ;
Il ſemble me chercher, & fuit pourtant ma vue !
Mon ame en ſa faveur n'eſt pas moins prévenue.
Je voudrois m'éclairer ſur ce ſombre chagrin :
Mais un deſir preſſant me ſollicite envain :
Un ſilence éternel doit nous fermer la bouche,
Et jamais..

Un Mortel qui s'eſſàye Le Noviciat.

SCENE V.

SCENE V.

COMMINGE, D'ORSIGNI, LE FRERE EUTHIME.

Ce dernier, sur la fin de la scène précédente, descend de l'escalier au côté gauche ; il semble marcher avec peine : il apperçoit Comminge, leve ses deux mains vers le ciel, les laisse retomber en les joignant, en met ensuite une contre son cœur, s'arrête comme accablé de douleur, continue à descendre & fait quelques pas sur la scène. On ne peut voir le visage de ce religieux, sa tête étant ensevelie dans son habillement.

COMMINGE *l'appercevant.*

LE voici. Que son aspect me touche !
Devois-je être, ô mon Dieu ! percé de nouveaux coups ?

Euthime traîne ses pas vers la fosse de lui à Comminge.

D'ORSIGNI, *jettant les yeux sur lui*

Où va-t-il ?

COMMINGE.

Vers ma fosse.

D'ORSIGNI.

O ciel ! que dites-vous ?

C'est..

COMMINGE, *en montrant sa fosse.*

Oui, voilà le terme où les malheurs finissent,
Où des songes trop vains hélas ! s'évanouissent ;

X

C'eſt là, qu'en peu de jours, peut-être en cet inſtant..

(La vie eſt pour Comminge un fardeau ſi péſant !)

Je vais enſevelir vingt-ſix ans de miſeres..

Euthime conſidere la foſſe de Comminge avec une attention qui ſemble partir du cœur, leve les mains au ciel, les étend vers cette foſſe, & les rejoignant enſuite, tourne ſes regards vers Comminge.

'Ainſi la loi l'ordonne à tous nos ſolitaires ;

D'une main courageuſe ils doivent ſe former

Cet aſyle.. *Avec attendriſſement.*

   Où le cœur ne pourra plus aimer !

Je prépare le mien.. Voici celui d'Euthime,

  Il montre la foſſe d'Euthime, qui eſt au côté droit ; au-devant du théâtre.

De cet infortuné..

  Comminge l'obſerve toujours, il le voit prenant la pioche ſur les bords de la foſſe.

  Quel ſentiment l'anime ?

Penſe-t-il m'épargner ces horribles travaux ?

  D'ORSIGNI, *le regardant auſſi.*

Il reſſent votre peine ! il partage vos maux !

   COMMINGE.

Cet inſtrument de mort..

  Euthime a voulu pluſieurs fois ſe ſervir de cet inſtrument, autant de fois il lui eſt échappé des mains.

   A ſes efforts échappe !

  EUTHIME, *l'a laiſſé enfin tomber en pouſſant un profond gémiſſement.*

'Ah !

   COMMINGE.

Quel gémiſſement !

D'ORSIGNI, *avec transport.*

Que cet accent me frappe ! .

Ne pourriez-vous sçavoir ?

COMMINGE.

Euthime fait quelques pas au-devant de Comminge.

Il vient ! .

Comminge va au-devant de lui : mais Euthime après s'être tourné
du côté de Comminge, jette un long soupir, & se retire.
Comminge lui dit avec douleur :

Vous me quittez ! .

Ciel ! je trahis mes vœux .. le silence ..

A d'Orsigni, qui veut suivre Euthime.

Restez.

Euthime monte lentement par le même escalier ; lorsqu'il est près de l'aile
en face de cet escalier, il se retourne encore pour regarder Comminge,
leve les mains au ciel, & sort.

SCENE VI.

COMMINGE, D'ORSIGNI.

COMMINGE, *arrêtant toujours d'Orsigni*
qui veut suivre Euthime.

Non..ne le suivez point ; nos loix ne us le défendent,

Et.. *Il revient au-devant du théâtre.*

Que mes derniers pleurs devant vous se répandent.

Toujours plus attendri pour cet infortuné,

A pénétrer son sort, toujours plus entraîné,

Y ij

Un mouvement confus m'inquiéte.. m'agite ;
Le malheur qui me fuit, & s'accroit, & s'irrite.
D'Orſigni.. laiſſez-moi.. puis-je vous ſecourir ?
Je ne puis.. que donner l'exemple de mourir.

D'ORSIGNI.

Connaiſſez d'Orſigni : c'eſt peu qu'il ſe combatte,
Qu'il s'obſtine à ſoumettre un penchant qui le flatte ;
A de plus grands efforts je ſçaurai m'aſſervir :
Malgré vous.. malgré moi, je ſçaurai vous ſervir ;
Je dompte ma faibleſſe, & l'honneur ſeul me guide,
Par un fidele écrit je veux qu'Adélaïde
Sçache..

COMMINGE, *avec vivacité.*

Que je me meurs..

D'ORSIGNI, *auſſi vivement.*

Que vous l'aimez .

COMMINGE.

O Dieu !

Qu'avez-vous dit ? qui ? moi ? j'entretiendrois ce feu !
Et vous l'exciteriez, quand vous devez l'éteindre !
Eſt-ce vous, d'Orſigni, que ma vertu doit craindre ?
Et j'oſe encor l'entendre, & ne le quitte pas !
Ote-moi de ſes yeux, Dieu, viens guider mes pas.

Il fait quelques pas pour ſe retirer de la ſcène.

D'ORSIGNI.

Eh ! le trahiriez-vous , lorſqu'auprès d'une mere..

COMMINGE, *revenant, & avec tranſport.*

Elle vous eſt connue ! Elle voit la lumiere !

D'ORSIGNI.

Elle n'a point encor dans la tombe ſuivi
Votre pere..

COMMINGE.

Ta main , ô ciel ! me l'a ravi..

D'ORSIGNI.

Dépouillé de ſa haine & d'un courroux ſévère ;
Le repentir tardif a fermé ſa carrière :
Ce pere, alors ſenſible , ignorant votre ſort,
En regrettant un fils , s'accuſoit de ſa mort ;
De votre mere enfin qui gémit dans les larmes ,
La ſeule Adélaïde adoucit les allarmes.

COMMINGE.

Ma mere.. Adélaïde..

D'ORSIGNI.

Uniſſent leurs douleurs.
Qui peut vous retenir ? Allez ſécher leurs pleurs :
C'eſt à moi de chérir ce ſéjour de triſteſſe ;
Sans doute Adélaïde écoutant la tendreſſe..

COMMINGE.

Vous voulez m'égarer, appéfantir mes fers!

D'ORSIGNI.

Pourriez-vous ignorer que depuis quatre hivers,
Cet objet d'une flamme à tous les deux fi chere,
A vu rompre fes nœuds ; que la mort de mon frere.

COMMINGE, *avec transport.*

Adélaïde..

D'ORSIGNI.

Eft libre.

COMMINGE, *avec défespoir.*

Et je fuis enchainé !

Après une longue peuse.

Grand Dieu ! fuis-je à tes yeux affez infortuné ?
Je pourrois à fes pieds lui dire que je l'aime ;
Qu'elle eft de mes deftins la maîtreffe fuprême ;
Qu'à l'adorer toujours je mettrois mon bonheur ;
Que jamais mon amour ne fortit de mon cœur !

A d'Orfigni avec fureur.

Retirez-vous, cruel ; fuyez de ma préfence ;
Que ne me laifliez-vous mon heureufe ignorance ?
Vous venez redoubler mon fupplice infernal ;
De femblables bienfaits font dignes d'un rival.

D'ORSIGNI.

Quoi ! ces liens facrés..

COMMINGE, *toujours avec fureur.*

Ma chaîne eſt éternelle !

Chaque inſtant la reſſerre & la rend plus cruelle ;

Contraint dans mon tourment, à cacher mes douleurs,

A repouſſer ma plainte, à dévorer mes pleurs,

Ne pouvant eſpérer que la fin d'une vie

De crimes, de remords trop long-tems pourſuivie.

Et plus coupable encore à mon dernier ſoupir :

Voilà tout ce que m'offre un horrible avenir !

Dans ce gouffre effrayant tout mon eſprit s'abîme !

Et.. je ne vois qu'un Dieu qui frappe ſa victime !

A d'Orſigni.

Barbare ! . Quelle mort va déchirer mon ſein !

Depuis quatre ans entiers combattant mon deſtin.

J'ai reculé ce terme affreux, épouvantable,

Où devoit m'accabler un joug inſupportable,

Où l'amour.. où l'eſpoir.. où l'eſpoir pour jamais

Devoit fuir de ce cœur conſumé de regrets ;

Enfin, depuis un an, la colere céleſte

M'a fait ſerrer ces nœuds.. ces nœuds que je déteſte ;

Et quand je ſuccombois ſous ce péſant fardeau,

Mes pas ſont retenus aux portes du tombeau..

Et j'y vais retomber plus malheureux encore !

Elle eſt libre, elle m'aime.. ô ciel !. & je l'adore.

Oui, tous mes sens sont pleins de ce fatal amour :
Je le dis à la nuit, je le redis au jour ;
Oui, ce feu me dévore, il embrâse mon âme ;
Envain l'honneur, le ciel s'opposent à ma flâme :
Les loix, l'honneur, le ciel, rien ne peut m'arrêter ;
Je me livre aux transports, qui viennent m'agiter ;
Je me livre à l'amour, qui m'a brûlé sans cesse ;
Toutes les passions échauffent mon yvresse ..
Ah ! que votre pitié pardonne au désespoir ;
Ne m'abandonnez pas. Je veux encor vous voir..
Vous parler.. Dans ce lieu.. Que d'Orsigni décide
Si je dois.. Je n'entends, ne vois qu'Adélaïde.

        D'ORSIGNI, *en se retirant,*

Que je le plains, hélas !

SCENE VII.

COMMINGE, *seul.*

    L'ENFER est dans mon cœur..
Je ne me connais plus .. Arme-toi, Dieu vengeur,
Contre un cher ennemi.. que toujours j'idolâtre ;
Ce n'est pas trop de toi, grand Dieu, pour le combattre.

      Fin du premier Acte.

ACTE II.

SCENE PREMIERE.

COMMINGE, *feul , defcend dans une fituation qui annonce fa douleur ; il s'avance fur la fcène , refte quelque tems dans un profond accablement , & dit :*

QUEL nuage de mort s'étend autour de moi ?
Sçais-je ce que je veux ? Sçais-je ce que je doi ?
En cés murs d'Orfigni revient & va m'entendre :
Eh ! quel eft mon efpoir ? Et que dois-je prétendre ?

Rejetter mes liens ! rompre des fers facrés !
Violer des ferments à l'autel confacrés !.
Et ce vœu de mon cœur , le vœu de la nature ,
Ce ferment folemnel d'une tendreffe pure ,
N'ont-ils pas précédé ces ferments odieux ?
L'homme eft-il un efclave enchaîné par les cieux ?
Pour fa faibleffe eft-il quelque joug volontaire ?
Des humains malheureux le bienfaiteur , le pere ,

Ce Dieu qui nous créa, que nous devons chérir,
Comme un fombre tyran verroit avec plaifir
Le trait de la douleur déchirer fon image,
Une éternelle mort détruire fon ouvrage !
Mes larmes nourriroient fa jaloufe fureur,
Et mes tourmens feroient fa gloire & fa grandeur !
Ce feroit le fervir, lui rendre un digne hommage,
Que d'épuifer mes jours dans un long efclavage !.
Non. Je reprens mes droits : l'aveugle humanité
Ne doit former de vœux que pour la liberté ;
N'avons nous pas affez d'entraves & de chaînes ?
Eft-ce à nous d'augmenter le fardeau de nos peines ?
Lié par des ferments.. ils font tous oubliés :
J'adore Adélaïde, & je vole à fes piés ;
Qu'un moment je la voye, & tous mes maux s'effacent,
Ses charmes, fi puiffants, dans mon cœur fe retracent ;
Si le ciel s'offenfoit du retour de mes feux,
Il fçauroit les éteindre, & triompheroit d'eux...

    Pourfuis, lâche Comminge : outrage un Dieu fuprême ;
'A l'audace, au parjure ajoûte le blafphéme.
'Apoftat facrilége, où vient de t'emporter
Un amour infenfé, que tu ne peux dompter ?
Tu parles de brifer les nœuds qui t'afferviffent !
Tes fens à la baffeffe, au crime t'enhardiffent !

Si ce phantôme vain, qui fascine les yeux,

Qui n'a de la vertu que l'éclat spécieux,

Si l'honneur t'arrachoit ta promesse frivole,

Réponds, oserois-tu manquer à ta parole ?

Et la religion, tous les peuples des cieux,

Un Dieu même aux autels, un Dieu reçut tes vœux,

Et tu les trahirois ! . Ce Dieu prêt à t'absoudre,

S'il ne peut te toucher, ne crains-tu pas sa foudre ?

Sur ta tête coupable entend-tu ces éclats ?

Vois sortir, vois monter des gouffres du trépas,

Ces spectres ténébreux.. Toutes ces pâles Ombres

Me lancent.. Quels regards & menaçants & sombres !

Du fond de ce sépulchre, une lugubre voix..

Il s'ouvre .. Quel objet ! C'est Rancé que je vois !

Lui.. qui vient me couvrir du feu de sa colere !

Il s'éleve .. arrêtez, arrêtez, ô mon pere !

Il parle ! . » Malheureux, où vas-tu t'égarer ?

» D'entre les bras de Dieu tu veux te retirer ?

» Tu veux rompre ces nœuds qu'il a serrés lui-même !

» Penses-tu détourner le mortel anathême ?

» A ton oreille envain ton arrêt retentit !

» Le ciel t'a rejetté ; tremble ; l'enfer rugit :

» Il demande sa proie, & déjà la dévore.

Que faut-il ? . Repousser l'image que j'adore !

Arracher de mon cœur un penchant immortel !

Oublier un objet.. qui vient avec le ciel

Partager mon hommage, & disputer mon ame !

Que dis-je ? Adélaïde.. elle seule m'enflâme ;

Tu tonnes, Dieu jaloux ! eh bien : j'obéirai..

A tes loix asservi, j'oublierai .. je mourrai..

SCENE II.
COMMINGE, D'ORSIGNI.

Sur la fin de la dernière scène, on voit d'Orsigni descendre de l'escalier au côté droit avec une lettre à la main ; il lève quelquefois les yeux au ciel, les laisse retomber sur cet écrit, annonce la plus profonde douleur, & vient sur la scène.

COMMINGE, *appercevant d'Orsigni, fait quelques pas au-devant de lui.*

D'Orsigni.. Mais d'où vient ce trouble.. ces allarmes..

D'Orsigni a toujours les yeux attachés sur sa lettre, & avance sur le théâtre.

Ses yeux sur un écrit.. qu'il trempe de ses larmes !

avec transport

Ah! parlez, d'Orsigni.. Tous mes sens déchirés..

Parlez.. Adélaïde.. à ce nom vous pleurez !

D'ORSIGNI, *le regardant avec attendrissement.*

Comminge..Ah!malheureux!. le ciel.. *à part.* fuyons sa vue.

COMMINGE, *avec transport.*

Achevez d'enfoncer le poignard qui me tue..

Vous ne répondez point ! . je vous entends gémir !

D'ORSIGNI, *avec une profonde douleur.*

Nous n'avons plus tous deux, Comminge, qu'à mourir..

A part. Mais quel est mon dessein ? Mon amitié fidelle

Doit plutôt lui cacher cette affreuse nouvelle.

Avec hauteur.

Laisse-moi dans les pleurs ; ces chagrins.. sont pour moi.

COMMINGE.

Ces vains déguisements redoublent mon effroi.

Tout ce que j'aime.. ô Dieu ! donnez-moi cette lettre,

D'ORSIGNI.

La pitié dans tes mains ne doit point la remettre.,

Je t'épargne des maux..

COMMINGE.

Je veux m'en pénétrer.

D'ORSIGNI.

C'est à moi de souffrir.

COMMINGE.

C'est à moi d'expirer.

D'ORSIGNI, *à part.*

Qu'ai-je fait ? Et j'irois.. je ne puis m'y résoudre ;

Je ne puis le frapper du dernier coup de foudre !..

A Comminge.

N'abbaisse plus les yeux sur ce triste univers :

Tu n'y verrois, hélas ! que d'effrayants revers..

Faifant quelques pas pour fe retirer.

Adieu, Comminge..adieu.

COMMINGE, *furieux de douleur, &*
s'oppofant à la fortie de d'Orfigni.

Non, cruel, non, barbare..

Je lirai cet écrit..

D'ORSIGNI, *s'arrêtant.*

Le défefpoir l'égare !

Si tu m'aimes, permets..

COMMINGE.

Je n'écoute plus rien.

D'ORSIGNI.

Tu me perces le cœur !

COMMINGE.

Tu déchires le mien.

D'Orfigni veut fe retirer;
Comminge embraffe fes genoux.

Donne-moi..me quitter !. A tes pieds je me jette.

D'ORSIGNI, *le relevant avec vivacité ;*
& l'embraffant.

Tu vois trop ma douleur.. elle n'eft point muette.

Avec une douleur animée.

Que me demandes-tu ?

COMMINGE, *avec impétuofité.*

La fin de mes malheurs,

Le trépas, cette lettre.

D'ORSIGNI *la lui donnant avec la*
même vivacité.

Eh bien ! prends, lis, & meurs.

COMMINGE *lit.*

Grace à notre recherche, à la fin moins ſtérile,
Nous avons découvert votre nouvel aſyle.

Hélas ! puiſſiez-vous y goûter,

Vainqueur des paſſions, un deſtin plus tranquille !

Quels coups nous allons vous porter !

Depuis un an, ſçachez que du ſort pourſuivie..

Après s'être arrachée aux lieux qu'elle habitoit..;

De ſon amant l'ame toujours remplie ..

Victime du chagrin qui la perſécutoit.,

Adélaïde .. a terminé .. ſa vie..

*Comminge tombe évanoüi ſur une des ſépultures des religieux : on ſe
rappellera qu'elles ſont un peu élevées de terre.*

D'ORSIGNI, *voulant le relever;*

Comminge ! . ô mon ami ! . comment le ſoulager ?
Dans ce ſéjour ..

SCENE III.

COMMINGE, D'ORSIGNI, LE P. ABBÉ.

LE P. ABBÉ, *descendu de l'escalier au
côté droit, & arrivé sur la scène.*

SÇACHONS pourquoi cet étranger..

D'ORSIGNI, *soutenant Comminge ;
& appercevant le P. Abbé.*

'Ah! mon pere! accourez.. daignez.. Comminge expire..
Cette lettre..

Elle est à terre, aux pieds de Comminge.

L'amour.. que puis-je, hélas! vous dire?

COMMINGE, *se relevant en quelque
sorte du sein de la mort, voyant le Pere Abbé, s'écrie :*

Elle est morte, mon pere! *& il retombe,*

LE P. ABBÉ *allant l'embrasser, &
le soutenir.*

Écoutez un ami,

Qui de votre infortune avec vous a gémi ;
La piété console, & n'est que la nature
Ardente à secourir, plus sensible, plus pure ;
Contre l'adversité je viens vous appuyer ;
De vos pleurs attendri, je viens les essuyer.

D'ORSIGNI

D O R S I G N I, *au-devant du théâtre.*

Quoi ! la religion eſt ſi compatiſſante,
Elle, que tout m'oſſroit terrible & menaçante !
On la redoute ailleurs, prompte à nous allarmer.
Ah ! mortels, c'eſt ici qu'on apprend à l'aimer.

LE P. ABBÉ.

Des humaines erreurs que la ſuite eſt cruelle !

A Comminge qu'il tient embraſſé.

Ne vous refuſez pas à mes ſoins, à mon zèle ;
Revenez, à ma voix, de cet accablement.

C O M M I N G E *ſe relevant un peu.*

Je l'ai perdue ! Enfer, as-tu d'autre tourment ?

Et il retombe encore.

LE P. ABBÉ, *à d'Orſigni.*

Permettez qu'en ſecret un moment..

D'Orſigni veut ſe retirer.

C O M M I N G E, *ſe relevant avec fureur.*

Qu'il demeure ;
Mon pere, qu'à ſes yeux je gémiſſe, je meure ;
Tous mes crimes encor ne lui ſont pas connus :
Il m'avoit ſuppoſé quelque ombre de vertus ;
Il pourroit m'eſtimer : de ſon erreur extrême
Qu'il ſoit déſabuſé.. que d'Orſigni.. vous-même..

Z

Que l'enfer , que le ciel , que l'univers entier
Apprennent des forfaits , qu'on ne peut expier ;
Qu'une ame sans remords devant vous se déploye :
Oui , dans ce même instant , où le ciel me foudroye ,
Je formois le projet .. tous mes liens rompus ..
J'allois porter mon cœur aux pieds .. elle n'est plus ! .
Et ce Dieu m'en punit.

D'Orsigni sort.

Vous me quittez ? .

Au P. Abbé.

Mon pere,

Vous n'empêcherez point qu'il ferme ma paupiere ?

SCENE IV.

COMMINGE, LE P. ABBÉ.

LE P. ABBÉ.

C'EST à mes seuls regards que vous devez offrir
Les blessures d'un cœur. .

COMMINGE, *toujours sur cette sépul-*
ture , & avec une espece de fureur.

Que rien ne peut guérir.
Mon pere , c'en est fait. Qu'il me réduise en poudre ,
Ce Dieu , qui s'est vengé : j'attends ici sa foudre.

Il embrasse la terre avec transport.

LE P. ABBÉ.

Ah ! malheureux Arsène ! ah ! mon fils , connaiffez
Ce Dieu qui vous entend , & que vous offenfez :
Sans doute, contre vous s'armant de fon tonnerre ,
Il peut de fa juftice épouvanter la terre ,
Expofer à nos yeux dans votre châtiment,
Du célefte courroux l'éternel monument ;
Il peut vous accabler de fa grandeur terrible :
Mais ce Dieu. . C'eft un pere indulgent & fenfible ;
Et vous en abufez , enfant dénaturé !

COMMINGE, *dans la même fituation,*

Mon pere ! . Ah ! loin de moi , ce Dieu s'eft retiré ;
Il m'ôte Adélaïde.
Il dit ces mots en pleurant.

LE P. ABBÉ.

Et vous ofez , mon frere ,
Élever jufqu'à lui votre voix téméraire !
Dans vos impiétés vous accufez le ciel !
Rendez grace plûtôt à fon bras paternel ;
Que dis-je ? Vous pleurez l'objet qu'il vous enleve ;
Il frappe Adélaïde. Et qui conduit le glaive ?
Qui l'immole ? homme aveugle, ouvre les yeux : c'eft toi,
C'eft toi , qui trahiffant ta promeffe, ta foi ,

Transfuge des autels , pour marcher vers l'abîme,
Courois te rendre au monde , à la fange du crime ;
Ce Dieu, qui d'un regard perce l'immenfité ,
Les profondeurs du tems & de l'éternité ,
Il a lu dans ton cœur, dans fes plis infidelles,
En a développé les trames criminelles ;
Il t'a vû prêt enfin à rompre tes fermens :
Il te ravit l'auteur de tes égaremens ;
Sa clémence laffée à l'homme t'abandonne.
S'il t'échappe des pleurs , que le ciel te pardonne ;
Qu'ils implorent ta grace , & celle de l'objet..
Par la voix du devoir je vous parle à regret ;
Donnez-moi votre bras. .

Il relève Comminge qui fait des efforts , & s'appuie
fur le bras du P. Abbé.

COMMINGE.

Qu'exigez-vous, mon pere ?

J'allois fur cette tombe achever ma mifere ;
Pourquoi me rappeller à ce jour que je fuis ?
Nommez-moi criminel : je fçais que je le fuis ;
Mais cet objet , mon pere. . il n'étoit point coupable ;
J'ai fait tous fes malheurs : le ciel inexorable
'Auroit dû fur moi feul appéfantir fes coups ,
Et fur Adélaïde il les réunit tous ! .

LE P. ABBÉ.

Respectez ses décrets ; adorez ses vengeances,
Et souffrez.

COMMINGE.

Il a mis le comble à mes souffrances.
Je ne le cache point : irois-je vous tromper ?
Son bras du coup mortel est venu me frapper.
Je crains peu le trépas : je le vois d'un œil ferme,
Comme de mes malheurs le remede & le terme.
Mais ce que je redoute, est un Dieu courroucé.
Retirez donc le trait, dans mon cœur enfoncé ;
Je frémis de le dire, Adélaïde est morte,
Et sur Dieu cependant, plus que jamais l'emporte :
Voilà le seul objet qui me suit au tombeau.
A la pâle clarté de ce triste flambeau,
C'est elle que je vois, plus séduisante encore ;
Aux autels prosterné, c'est elle que j'adore :
D'autant plus accablé de ma funeste erreur,
Que même le remord n'entre plus dans mon cœur.

LE P. ABBÉ.

Qu'un espoir courageux vous flatte & vous anime ;
Criez à votre Dieu du profond de l'abîme :
D'un honteux esclavage il brisera les fers.
Le créateur des cieux, le souverain des mers,

Qui fait taire d'un mot les bruyantes tempêtes,
Enchaîne avec les vents la foudre fur nos têtes,
Sçaura rendre le calme à vos fens agités :
Mais le zèle conflant obtient feul fes bontés.
Voulez-vous réveiller dans votre ame impuiffante
Ces fublimes élans, cette flamme agiffante,
Qui nous porte à l'amour de la divinité ?
Qu'en toute fon horreur à vos yeux préfenté
Le trépas vous infpire un effroi falutaire;
Éclairez-vous toujours du flambeau funéraire ;
Plus docile à nos loix, achevez de creufer
Cette foffe, où l'argile ira fe dépofer.
Tremblez que cet efprit, qui furvit à nous-même,
Dans fes deftins nouveaux n'emporte l'anathème ;
Frémiffez : contemplez l'arbitre fouverain,
Sur cette foffe affis, la balance à la main ;
Le pere a difparu : vous voyez votre juge ;
· Il prononce. . Où fera, mortel, votre refuge ?

En lui montrant fa foffe.

C'eft donc là que penché fous le glaive d'un Dieu,
C'eft là que vous devez enfevelir ce feu,

Qui fait taire d'un mot. Imperavit ventis & mari, & facta eft tranquillitas magna.

Qu'il faut que votre cœur se soumette, se brise,
Sur vos devoirs cruels, que la mort vous instruise..
Avec ce maître affreux je vous laisse..

Il fait quelques pas pour se retirer:

COMMINGE *l'arrêtant, & vivement,*

Un moment,

Mon pere.. cet Euthime irrite mon tourment ;
Tantôt je l'ai revu.. je résiste avec peine
Au desir de sçavoir quel sujet le ramene,
Ici.. sur mes pas même.. il semble partager
Mes chagrins, mes travaux.. il veut les soulager ;
Sur ma fosse il levoit une main défaillante,
Et sa main retomboit toujours plus languissante ;
Lui serois-je connu ? . pourquoi ces pleurs ? . sçachez
Dans quelle sombre nuit ses destins sont cachés.
De moi-même étonné.. quel sentiment me guide ?
Qui peut m'intéresser après Adélaïde ?

LE P. ABBÉ.

Eh quoi ! toujours ce nom ? je remplirai vos vœux ;.
Je vais enfin lever ce voile ténébreux ;
Euthime m'appprendra quelle raison puissante
Rappelle à vos côtés sa douleur gémissante ;
Je vous en instruirai. Son état est touchant !
Au matin de ses jours, il penche à son couchant !

Z iv

On craint que le poifon de la mélancolie
N'ait bientôt confumé le refte de fa vie.

COMMINGE, *avec emportement.*

Ah ! ce revers manquoit à mon malheureux fort !

LE P. ABBÉ.

Dans ces tombeaux , mon frere, étudiez la mort ;
Je vous l'ai dit : cherchez fon horreur ténébreufe..
C'eft l'école de l'homme.

Il fait encore quelques pas pour fortir.

COMMINGE *allant à lui.*

Ame fi généreufe,

Où regne la nature avec la piété ,
Où Dieu fe fait fentir dans toute fa bonté ,
Puifqu'il n'eft point permis d'entretenir l'idée . .
D'un fi cher fouvenir mon ame eft poffédée !
Que du moins (je n'implore , hélas ! que la pitié)
Mes pleurs puiffent couler au fein de l'amitié !
Faut-il que tout entier le fentiment s'immole ?
Et le ciel défend-t-il qu'un ami me confole ?
Mon pere.. d'Orfigni foulageoit ma douleur..
Qu'il revienne..

LE P. ABBÉ *le ferrant contre fon fein.*

Eft-ce à vous à douter de mon cœur ?

Me suis-je à votre égard montré dur, inflexible?
Et pour être chrétien, doit-on être insensible ?
Ne connaîtrez-vous point, exempt de passion,
Le véritable esprit de la religion ?
Le tendre sentiment compose son essence ;
Le tendre sentiment établit sa puissance ;
Si Dieu n'eût point aimé, suivrions-nous sa loi ?
C'est l'amour qui soumet la raison à la foi..
Vous verrez votre ami,

Comminge se prosterne devant le P. Abbé.

SCENE V.

COMMINGE *seul, & revenant au-devant du théâtre.*

Que mes maux sont horribles !
Eh! qu'il est de tourments pour les ames sensibles!
Combien de fois on meurt avant que d'expirer !
Tout m'attendrit, m'afflige, & vient me déchirer !
Cet Euthime.. Ah ! Comminge, écarte les allarmes ;
Dans tes yeux presque éteints est-il encor des larmes?
Sous le froid de la mort prêt à s'anéantir,
Ton cœur au sentiment pourroit-il se r'ouvrir ?
J'ai tout perdu !. C'est moi que le tombeau dévore!
C'est moi.. qui ne suis plus! ô mon Dieu que j'implore,

Tu veux.. que je l'oublie! ô comble de douleurs!
Tu prétends lui ravir jusqu'à mes derniers pleurs !
Et ce suprême effort.. n'est point en ma puissance.
Pardonne, Dieu vengeur, je sçais que je t'offense ;
Je voudrois.. t'obéir..

*Il court au tombeau de Rancé, l'embrasse
avec vivacité, & y répand des larmes.*

Ah ! donne-moi ton cœur.

Toi, qui des passions pus te rendre vainqueur,
Rancé.. tu sçus aimer ; tu connus la tendresse :
Tu sçauras.. comme il faut surmonter sa faiblesse.
Ta vertu, que le ciel prit soin de soutenir,
De l'objet le plus cher dompta le souvenir ;
Du pied de son cercueil, sur sa cendre fumante,
Tu t'élevas à Dieu, qui frappoit ton amante :
Je n'ai point ton courage.. Ah! viens à mon secours ;
Viens, subjugue un tyran.. qui l'emporte toujours.
Contre un cœur révolté, Rancé, tourne tes armes ;
D'Adélaïde en moi combats, détruis les charmes;
L'ai-je pu dire, hélas !. je retombe à ce nom ;
Prête-moi.. tout l'appui de la religion.
Mes larmes vainement inonderoient ta tombe !
Aimas-tu comme moi ?. Sous mes maux je succombe.

*Il est penché sur le tombeau, aux pieds de la croix
& dans un profond accablement.*

SCENE VI.
COMMINGE, EUTHIME.

*Euthime descend de l'escalier au côté droit ; c'est de ce même côté que Com-
minge a les deux mains & la tête appuyées sur le tombeau ; il est donc assez
naturel qu'il ne voye pas Euthime, qui n'apperçoit point aussi Comminge.
Euthime se traîne jusqu'à sa fosse ; on se souviendra qu'elle est sur le devant
du théâtre à droite ; ce religieux qui a toujours la tête enfoncée dans son
habillement, examine long-tems son dernier asyle ; il gémit, il y tend
les deux mains qu'il leve ensuite au ciel ; il quitte ce lieu de la scène, fait
quelques pas pour se retirer, apperçoit Comminge, paraît troublé, va à
lui, s'en écarte, revient enfin ; Comminge qui ne l'a pas vû, se leve, &
passe au côté gauche du théâtre, près de sa fosse ; Euthime court prendre
sa place. Il a remarqué que Comminge avoit laissé échapper des pleurs sur le
tombeau : il y demeure dans la même situation où l'on a vu Comminge.*

COMMINGE *se levant, comme on vient de le*
dire, & allant vers sa fosse.

ALLONS nous acquitter d'un barbare devoir.
Qu'ai-je dit ? Le trépas n'est-il point mon espoir ?

Il prend la pioche.

Terre, mon seul asyle, à ton sein qui m'appelle,
Puis-je rendre assez-tôt ma substance mortelle ?
Ce cœur, par vingt tyrans, déchiré, dévoré,
Pourroit-il assez-tôt être au néant livré ?

*Il enfonce la pioche, creuse la terre, & trouve de la résistance. Pendant
ce tems Euthime donne des baisers au tombeau ; on diroit qu'il veut
recueillir dans son cœur les larmes de Comminge.*

Tu m'oppofes, ô terre, un rocher inflexible !

Ouvre-toi fous mes coups.. à mes pleurs fois fenfible..

En pleurant.

De tes flancs amollis.. je ne veux qu'un tombeau.

Il arrache des pierres, qu'il jette fur le bord de la foffe ; il s'arrête ap-
puyé fur la pioche, & continue.

Éprouvé, chaque jour, par un tourment nouveau,

Aurois-je à regretter une vie importune ?

Hélas ! dès le berceau j'ai connu l'infortune,

Les maux les plus cruels, les fupplices du cœur :

L'éxiftence pour moi ne fut que la douleur.

Il creufe encore la terre, laiffe la pioche, prend entre fes mains un crâne,
le confidere avec une attention tendreufe.

De cet être animé par un rayon célefte,

De l'homme malheureux voilà donc ce qui refte !

Ils ont aimé fans doute . . . & leur cœur ne fent plus !

Il laiffe, avec un figne d'effroi & de douleur, tomber ce crâne, qui va
rouler du côté d'Euthime. Comminge a fon front appuyé fur les deux
mains : il refte quelque tems dans ce fombre accablement. Euthime foit
un mouvement de terreur d l'afpect de cette tête, & il reprend la même
attitude. Comminge revenu à lui, pourfuit :

Ciel ! foutiens mes efprits de douleur abbattus.

Euthime fe releve, tourne les yeux vers le ciel, met la main fur fon cœur,
& refemble dans la même fituation. Comminge prend la pelle, jette la
terre de côté & d'autre, met les pieds dans fa foffe, la confidere avec
cette mélancolie profonde, le caractere de l'ame pénétrée.

Que j'ofe de ma cendre envifager la place..

Là.. je ne ferai plus.. C'eft dans ce court efpace

Que tout s'anéantit.. tout .. jufques à l'efpoir ;
C'eſt ici .. que l'amour n'aura plus de pouvoir,
Qu'Adélaïde enfin .. je vis .. je brûle encore ;
Je ſens.. qu'Adélaïde eſt tout ce que j'adore.

Il laiſſe tomber la pelle, tombe lui-même dans une attitude d'abbattement ſur le coin de la foſſe qui regarde le tombeau : par-là il peut être vû du ſpectateur ; Euthime qui continue d'n'être pas apperçu de Comminge, fait quelques pas vers lui, revient, donne des marques de douleur, retourne & demeure une main appuyée ſur le tombeau.

Pardonne-moi, grand Dieu, c'eſt mon dernier ſoupir ;
Pour la derniere fois laiſſe-moi me remplir
De cet objet .. qu'il faut que je te ſacrifie !
Pardonne, ſi malgré le ferment qui me lie,
J'ai gardé, dans un ſein qui nourrit ſon ardeur,

Il tire de ſon ſein le portrait d'Adélaïde. Euthime eſt parvenu juſqu'au près de Comminge, & met ſon mouchoir à ſes yeux ; il écoute Comminge avec intérêt.

Cette image ſi chere.. attachée à mon cœur :
Eut-on pu l'en ôter, ſans m'arracher la vie ?

Il attache les yeux ſur le portrait.

Voilà.. voilà les traits.. que l'on veut que j'oublie !
Effacés par mes pleurs.. à mes yeux ſi préſents..
Sur la religion.. ſur le ciel ſi puiſſants !
A Dieu même.. à Dieu même, oui je t'ai préférée,
Tu m'enflammes encore, ô femme idolâtrée.

Du cœur le plus épris , & le plus malheureux..

Il couvre le portrait de baisers & de larmes.

Ma chere Adélaïde.. emporte tous mes vœux..

*Euthime les deux mains étendues vers Comminge , qui toujours
ne le voit pas , & comme prêt à s'écrier.*

Le dernier sentiment de l'esprit qui m'anime.

EUTHIME, *avec un cri.*

Ah ! Comte de Comminge !

Il se retire avec une espece de précipitation.

COMMINGE *remettant avec vivacité le
portrait dans son sein , & frappé d'étonnement.*

A ces accents ! *Il se retourne.*

Euthime !.

Il m'a nommé !.

Euthime se retire vers l'escalier de l'aîle droite.

Sa voix .. cruel .. vous me fuyez !.

Il va à lui.

Rien ne peut m'arrêter .. que j'expire à vos piés.

*Euthime avance le bras pour empêcher
Comminge d'approcher.*

Quoi ! vous me repoussez !

Il demeure interdit.

Son empire m'étonne !

*Euthime a monté déjà quelques marches, il roule les deux mains appuyées
sur les genoux , dans l'attitude d'une personne qui pleure.*

Il pleure !.

*Comminge avec impétuosité allant à Euthime , & déjà
sur une des marches.*

Je sçaurai..

EUTHIME *se relevant, & lui faisant*

signe toujours de la main pour qu'il n'avance pas.

Reftez .. Le ciel l'ordonne.

Euthime acheve de monter avec peine, tournant
souvent la tête.

COMMINGE *demeurant interdit sur*
le degré.

Dieu lui-même commande ! il enchaîne mes pas ! .

Quel filence obftiné , que je ne comprens pas !

Il se retourne vers Euthime qui eft au haut de l'escalier ; ce dernier joint
les mains , semble s'adresser au ciel, regarde encore Comminge , pousse
un profond gémissement , est prêt de quitter la scène.

Euthime .. cher Euthime .. il gémit ! & m'évite..

Comminge monte encore quelques degrés pour aller vers Euthime ;
& dit avec des larmes :

Euthime .. écoutez-moi .. qu'un feul mot. . .

Il suit long-tems des yeux Euthime, qui disparaît enfin, après s'être en-
core retourné & avoir regardé Comminge en levant les mains au ciel,
& mettant la main sur son cœur.

Il me quitte ! .

SCENE VII.

COMMINGE *seul, descendant.*

CEs sons..ces sons touchans..dans mon ame ont porté..
Trop chere illusion !. frappé de tout côté..
Ma douleur, mon tourment, mon désespoir redouble !
Tout ce qui m'environne augmente encor ce trouble..

Il va vers le tombeau.

O Dieu qui me punis, que j'offense toujours,
Précipite la fin de mes malheureux jours ;
O Dieu.. soulage-moi du fardeau de mon être.

Il a une main appuyée sur le tombeau.

SCENE VIII.

COMMINGE, D'ORSIGNI *avec précipitation ; descendant par l'escalier du côté gauche, & accourant à Comminge.*

COMMINGE *allant au-devant de d'Orsigni, avec transport.*

IL me connait !

D'ORSIGNI, *avec la même vivacité.*

Euthime, en ce moment peut-être,
'A son terme arrivé..

COMMINGE.

COMMINGE, *effrayé.*

Vous dites ?

D'ORSIGNI.

A l'inftant ,

J'ai vu ce malheureux que l'on traînoit mourant

Aux lieux , où la pitié d'une main bienfaifante

S'empreffe à foulager la nature fouffrante.

COMMINGE , *avec douleur , & faifant quelques pas.*

Je te perdrois ! Euthime !

D'ORSIGNI.

A travers fa pâleur ,

J'ai faifi quelques traits. . ils ont troublé mon cœur ;

Comminge. . il faut le voir.

COMMINGE.

Je le verrai fans doute.

Courons. . ce cœur , hélas ! n'a plus rien qu'il redoute,

Il fort.

D'ORSIGNI.

Je fuis vos pas .

Aux lieux où la pitié. L'infirmerie.

A a

SCENE IX.

D'ORSIGNI, *seul.*

O Ciel ! prens pitié de ses maux !
S'il n'est point en ces lieux, où donc est le repos ?

Fin du second Acte.

ACTE III.

SCENE PREMIERE.

COMMINGE *descendant avec précipitation*, & D'ORSIGNI *le suivant avec le même empressement.*

COMMINGE *encore sur les degrés.*

No<small>N</small>, ne me suivez point.

Il est descendu sur la scène.

D'ORSIGNI.

Sous ces voûtes funèbres,
Que venez-vous chercher ?

COMMINGE.

Les plus noires ténèbres.
S'il étoit sur la terre un séjour plus affreux,
J'y précipiterois les pas d'un malheureux.
Dans la nuit de la mort que ma douleur se cache ;
A me persécuter tout conspire & s'attache ;
Tout se plaît à blesser ma sensibilité.
Je ne puis m'arracher à la fatalité !

A a ij

Que je reconnais bien cet infernal Génie,
Appliqué fans relâche à tourmenter ma vie,
Et qui, dès mon berceau s'abbreuvant de mes pleurs,
Emporte mes deftins de malheurs en malheur. !
Acharné fur fa proie avec perféverance..
Jouis cruel ; ta rage a comblé ma fouffrance !

D'ORSIGNI.

Quoi ! toujours entouré de l'ombre des tombeaux ;
Loin de les adoucir, vous irritez vos maux !
Aimant à vous nourrir de fiel & d'amertume,
Vous-même entretenez l'ennui qui vous confume !

COMMINGE.

Euthime.. vous fçavez quel trouble en fa faveur,
Quel pouvoir inconnu femble entraîner mon cœur,
Qu'après Adélaïde, il eft le feul, peut-être,
Pour qui le fentiment dans mon ame ait pu naître ;
Cet Euthime.. que j'aime, & je ne fçais pourquoi..
Refufe de me voir .. Il s'éloigne de moi !
Malgré mon défefpoir, ma priere, mes larmes,
Il veut à mes regards dérober fes allarmes !
On dit même, & je tremble à ce nouveau chagrin,
Que fes jours languiffants approchent de leur fin :
S'il m'étoit enlevé .. que m'impórte fa vie ?
Que dis-je, ô ciel ? La mienne à fon fort eft unie,

Mais, d'Orsigni, d'où vient cet intérêt puissant ?

Seroit-ce du malheur le suprême ascendant,

Et des infortunés le cœur facile & tendre,

Plus que les autres cœurs, cherche-t-il à s'étendre ?

Goûterions-nous enfin de secrettes douceurs

A confier nos maux, à déposer nos pleurs ?

La peine partagée est-elle plus légere ?

Ou ce ciel, de qui l'homme éprouve la colere,

Que les plus malheureux souvent touchent le moins ;

Met-il le sentiment au rang de nos besoins ?

Euthime . . à mes côtés je le revois sans cesse ;

Il me cherche, me fuit.. dans quel trouble il me laisse !

D'ORSIGNI.

Comme vous j'ai senti la même émotion.

COMMINGE.

Et tout vient ajouter à cette impression.

Qu'est-ce que le secours de la raison humaine !

Qu'on doit peu nous vanter sa lueur incertaine !

Ce débile flambeau, qu'allume un souffle saint,

Le moindre événement l'obscurcit, ou l'éteint ;

Avec nos sens flétris nos esprits s'affaiblissent.

A mes propres regards mes frayeurs m'avilissent ;

J'eusse autrefois d'un songe écarté les erreurs,

J'ouvre aujourd'hui mon ame à ces vaines terreurs ;

Tant l'infortune change & peut dégrader l'être ;
Que l'orgueil a nommé l'image de son maître !

Lorsque l'astre du jour brille au plus haut des cieux,
La règle nous permet d'appeller sur nos yeux
D'un sommeil passager les douceurs consolantes ;
La mort même abbaissoit mes paupieres pesantes ;
Dans le sein du repos j'essayois d'assoupir
Les tortures d'un cœur fatigué de gémir :
Quel songe m'a frappé de tristesse & de crainte !

J'errois dans les détours d'une lugubre enceinte,
Qu'à sillons redoublés le tonnerre éclairoit ;
Sous mes pas chancellants la terre s'entr'ouvroit ;
Je m'avance, égaré, dans des plaines désertes :
De la destruction elles étoient couvertes ;
Du fond de noirs tombeaux, antiques monuments,
J'entendois s'échapper de longs gémissements ;
Dans les débris épars de ces vieux mausolées,
Je voyois se traîner des Ombres désolées ;
D'un lamentable écho ces champs retentissoient ;
Des monceaux de cercueils jusqu'aux cieux s'entassoient :
On eut dit que ces bords, haïs de la nature,
Étoient du monde entier la vaste sépulture.

La règle nous permet. On se rappellera que les Religieux de
la Trappe ont permission de se reposer quelques moments l'après-
dîner.

Tout à l'oreille, aux yeux , au cœur , à tous les sens
Portoit l'affreuse mort , & ses traits déchirants.
A la sombre lueur d'une torche sanglante ,
J'apperçois une femme éperdue & tremblante,
En vêtemens de deüil , les bras levés au ciel ,
Dans les pleurs , succombant sous un trouble mortel.,
Aussi-tôt la pitié m'attendrit & me guide :
J'accours , je vois. . je vole aux pieds d'Adélaïde .
Et n'embrasse , effrayé , qu'un tombeau gémissant.
Sous les habits d'Euthime , un spectre menaçant
S'éleve , se découvre , à mes regards présente. .
Quelle image ! la mort cause moins d'épouvante :
D'un tourbillon de feux il étoit entouré ;
On pouvoit voir son cœur , de flammes dévoré.
» Arrête , m'a-t-il dit d'une voix douloureuse;
» Cruel ! ma destinée est assez malheureuse.
» Puissé-je dans ces feux, qui s'éteindront un jour ;
» Expier les erreurs d'un criminel amour,
» Et bientôt appaiser les célestes vengeances !
» Pleure, il est encor tems , répare tes offenses..
» Tu vois Adélaïde. » A ces mots expirans,
Il lance dans mon sein un de ses traits brûlants ;
» Je t'attends, poursuit-il. » Je m'écrie : il retombe ;
Et rentre , en murmurant , dans la nuit de la tombe,
La foudre y suit le spectre , & l'enfer a mugi.

SCENE II.

COMMINGE, D'ORSIGNI;
QUATRE RELIGIEUX.

Ces quatre Religieux paraissent au sortir de l'aile droite du cloître, au côté de l'escalier ; ils prennent successivement une des cordes de la cloche, en se prosternant l'un devant l'autre, & en disant :

PREMIER RELIGIEUX,
d'une voix sourde & lugubre.

Mourir.

D'ORSIGNI, *entendant les sons funèbres de cette cloche, qui sonne depuis ce moment jusqu'à la fin de la pièce.*

Quels sons ! qu'entends-je ?

COMMINGE *effrayé & regardant ces Religieux.*

Il se meurt ! d'Orsigni.

SECOND RELIGIEUX,
en observant ce que nous venons de dire.

Mourir.

TROISIÉME RELIGIEUX,

Mourir.

QUATRIÉME RELIGIEUX.

Mourir.

Ces quatre Religieux se retirent ; la cloche est censée avoir d'autres cordes que tirent dans le cloître d'autres Religieux qu'on ne voit pas.

D'ORSIGNI.

Quels accents ! quelle image !

COMMINGE.

Je n'en puis plus douter. Vous voyez notre usage,
Lorsqu'un de nous expire.

SCENE III.

COMMINGE, D'ORSIGNI, LE P. ABBÉ
*suivi de deux religieux dont l'un a son mouchoir sur les yeux, l'autre
paraît pénétré de tristesse.*

LE P. ABBÉ.

Epargnez ces regrets ;
Allez du lit funèbre ordonner les apprêts.

Les deux religieux sortent, & remontent tristement.

COMMINGE *l'appercevant, court à lui ;
emporté par la douleur, & oubliant de se prosterner suivant l'usage.*

Euthime..

LE P. ABBÉ *d'un ton attendri*
Va mourir.

COMMINGE.
Va mourir .. Ah ! mon pere !

LE P. ABBÉ.
Tout le pleure, & moi-même.. ô triste ministere !

COMMINGE, *du ton de la plus vive
douleur.*

O mon pere ! avec lui que ne puis-je expirer !
Eh ! je croyois n'avoir qu'une mort à pleurer !

Du lit funèbre. Qu'on n'oublie point que ces religieux, lorsqu'ils sont près d'expirer, sont étendus sur la cendre & la paille,

A part.

Pardonne, Adélaïde.. Oui , j'ignore moi-même
Quel mouvement.. je céde à ma douleur extrême.

Au P. Abbé.

Pour jamais enlevé.. je ne le verrai plus !

D'ORSIGNI.

Qu'il a fçu me toucher ! que mes fens font émus !

LE P. ABBÉ.

Dans cette enceinte fombre il doit bientôt defcendre ,
Rempli de notre efprit, pour mourir fur la cendre.

COMMINGE, *au P. Abbé.*

Vous fçavez..

LE P. ABBÉ.

Ses chagrins doivent fe dévoiler.

COMMINGE, *avec précipitation.*

Nous apprendrons , mon pere..

LE P. ABBÉ.

Euthime va parler :
Je le fçais de lui-même , & pour grace derniere,
Il demande , affranchi de notre loi févere ,
Qu'un grand fecret, dit-il, dans fon cœur retenu,
Échappe à fa douleur, & foit enfin connu.

COMMINGE.

à part.

Un grand fecret ! mon trouble à chaque inftant augmente.

D'ORSIGNI, *a part.*

Quels rapports..quels foupçons que ma faibleffe enfante !

SCENE IV.

COMMINGE, D'ORSIGNI, LE P. ABBÉ,
DES RELIGIEUX.

Deux rangs de religieux defcendent les bras croifés fur la poitrine, & dans un grand accablement, par les deux efcaliers. Chacun fait une genu-flexion devant la croix, & une autre devant l'Abbé ; enfuite ils vont fe remettre à leur place des deux côtés de la fcène ; les deux colonnes font en face l'une de l'autre, le P. Abbé eft au milieu ; fur un des côtés du théâtre font Comminge & d'Orfigni, tous deux accablés de la plus vive douleur, & paraiffant inquiets fur ce que doit révéler Euthime. La cloche fonne toujours, de façon pourtant qu'elle ne couvre pas la voix.

LE P. ABBÉ, *aux religieux:*

OUE chacun prenne place & m'écoute.

Les religieux fe rangent, comme on l'a dit, à côté l'un de l'autre, & dans une trifteffe recueillie. On frappe la tablette des mourants felon l'ufage de la Trappe.

La mort

Sur un de nous s'arrête, & va finir fon fort ;
Le frere Euthime touche à ce moment terrible
Où nous attend l'arrêt d'un juge incorruptible ;
Et l'homme, quel qu'il foit, eft toujours criminel :
Réuniffons nos voix ; jufqu'au thrône éternel,
Portons avec ardeur la fervente priere :
Du féjour bienheureux elle ouvre la barriere,

Des pièges infernaux peut feule garantir,

Prête un pouvoir touchant aux pleurs du repentir,

De Dieu qui va frapper fufpend, éteint la foudre,

Et défarmant fon bras, le force à nous abfoudre.

Pour Euthime implorons tous les fecours du ciel;

Que cet infortuné, vainqueur d'un corps mortel,

Plein de ce feu facré que l'efpérance allume,

Au calice de mort boive fans amertume,

Et que fon ame en paix, rejettant fes liens,

S'élance au fein d'un Dieu, la fource des vrais biens.

Il fe tourne de côté ainfi que tous les religieux, en face de la croix, & adreffe cette prière que lui feul prononce, les religieux ne difant tout haut que le dernier mot.

PRIERE.

Dieu fuprême, daigne m'entendre :

Que l'efprit immortel s'enflamme de ton feu ;

Rends à la terre une mortelle cendre.

Mon ame reconnaît, aime, & bénit un Dieu.

TOUS LES RELIGIEUX *répètent à la fois ce dernier mot.*

Un Dieu !

LE P. ABBÉ *continuant.*

Mon ame en toi feul fe confie :

Écarte les dangers qui m'attendent au port ;

A l'homme, qu'a trompé le fonge de la vie,

Grand Dieu, fais fupporter la mort.

Tous les RELIGIEUX *répetent,*

La mort !

LE P. ABBÉ *poursuit.*

Ouvre, ô mon Dieu, les portes éternelles ;
Que je me plonge au sein des miracles divers,
Créés par tes mains immortelles !
L'espérance, la foi m'emportent sur leurs aîles ;
Dieu puissant, sous mes pas viens fermer les enfers.

Tous les RELIGIEUX.

Les enfers !

LE P. ABBÉ *continue.*

Brise un joug que la matiere impose ;
Romps les fers de l'humanité ;
Tout est marqué du sceau de la mortalité ;
Tout fuit, comme un torrent dans son cours emporté :
C'est en toi seul, ô mon Dieu, que repose
L'éternité.

Tous les RELIGIEUX.

L'éternité !

SCENE V.

COMMINGE, D'ORSIGNI, LE P. ABBÉ, LES RELIGIEUX.

Quatre nouveaux religieux, dont deux portent une espece d'urne de terre grossiere & remplie de cendre, l'autre a sous son bras de la paille.

LE QUATRIEME RELIGIEUX,
au P. Abbé, & d'une voix basse & pénétrée.

LE frere Euthime approche.

LE P. ABBÉ.

Empressons-nous, mes freres ;

A préparer ce lit, terme de nos miseres :
Euthime a demandé que son œil expirant
Pût contempler sa fosse à son dernier instant.

Il est accompagné de ces quatre nouveaux religieux, il prend dans une coquille qu'on lui présente avec cette urne, de la cendre, la laisse tomber en levant les yeux au ciel, & en disant :

Esprits consolateurs, entourez cette cendre.

Les quatre religieux forment une croix de cendre qu'ils couvrent de paille ; elle est sur le devant du théâtre à gauche, distante de la fosse d'Euthime ; les deux colonnes de religieux dépassent cette cendre, de façon que Comminge sera vis-à-vis d'Euthime, lorsqu'il sera placé.

Et sur ce lit de mort mes mains doivent l'étendre !

COMMINGE.

O spectacle touchant ! je ne pourrai jamais..

LE P. ABBÉ, *à Comminge.*

A votre rang placé, modérez ces regrets,
Frere Arsène, & fongez que le ciel s'en offenfe.

Comminge dans l'accablement, va prendre fa place parmi les religieux :
il eft le fecond de la colonne droite ; d'Orfigni eft quelques pas plus
haut que les religieux, & un peu plus de côté, de façon qu'il ne cache
ni les religieux, ni Comminge.

A d'Orfigni.

Et vous, fur qui veilloit l'œil de la Providence,
Qu'elle même a fans doute en ces murs amené,
Vous, d'un monde trompeur, toujours environné,
Vous avez vu mourir ces héros de la guerre,
Dont le fafte impofant peut éblouir la terre,
Ces fages, dont l'orgueil eft le faible foutien . .

D'ORSIGNI *appercevant Euthime qui defcend.*

O ciel !

LE P. ABBÉ.

Vous allez voir comme meurt un chrétien.

SCENE VI. & derniere.

COMMINGE, D'ORSIGNI, LE P. ABBÉ,
LES RELIGIEUX , EUTHIME *foutenu par deux*
religieux , un troifième le fuit avec un crucifix à la main.

LE P. ABBÉ, *voyant Euthime:*

A d'Orfigni.

IL fe montre à nos yeux.

A Euthime , au-devant duquel il va;

Venez, venez, mon frere ,

Mériter de la grace une mort falutaire.

EUTHIME *avançant fur le théâtre , toujours.*
foutenu par les deux religieux, & fe traînant au lit de cendre;

C'eft-là que j'attendrai l'arrêt de mon trépas !

Au P. Abbé.

O mon pere ! daignez me prêter votre bras.

Le P. Abbé l'aide, & l'étend fur la cendre : l'un des deux religieux qui le
foutiennent fe retire. Derriere lui refte toujours le religieux qui porte
le crucifix ; Euthime demande au P. Abbé qui eft à fes côtés :

Suis-je près de ma foffe ?

COMMINGE *le regardant avec atten-*
tion & à part.

A fa voix .. à fa vue ..

LE P. ABBÉ, *à Euthime.*

La voici.

Il la lui montre;

D'ORSIGNI.

D'ORSIGNI, *à part.*

Quelle erreur féduit mon ame émue !

EUTHIME, *regardant fa foffe.*

Mon courage incertain demande à s'affermir ;
Soutenons ce fpectacle. . il apprend à mourir.

*On fe fouviendra qu'Euthime doit avoir une voix languiffante
& affaiblie.*

Vous me l'avez permis. *Au P. Abbé.* Le malheureux Euthime
Peut , rempli des tranfports du zèle qui l'anime ,
Révéler des fecrets , qui du jour éclairés ,
Rendront Dieu plus vifible à ces lieux révérés ;
A ces ames , du monde & des fens détachées..
Oui , vous verrez fon bras , par des routes cachées ;
Me tirer des enfers , pour me conduire au port.

Que ma bouche, ô mon Dieu, par un fuprême effort
Puiffe offrir de ta gloire une preuve éclatante !
Ranime en fa faveur cette voix expirante !
Que mon dernier foupir s'arrête , pour montrer
Ce que peut faire un Dieu , qui veut nous infpirer !

LE P. ABBÉ.

Ah ! fa grace eft fur nous toujours prête à defcendre ;
Sur nous toujours fes dons font prêts à fe répandre.

B b

C'eſt nous, c'eſt nous, ingrats, qui repouſſant ſa main;
Contre le ciel armés, lui fermons notre ſein.

EUTHIME, *au religieux qui le ſoutient;*
Il eſt un peu élevé, & ſouvent appuyé ſur ſon bras droit.

Daignez me ſoutenir. *Aux religieux.*

Vertueux ſolitaires,
Vous avez cru ma foi, ma piété ſincères,
Que digne enfin du nom que vous m'avez donné;
J'étois par un ſaint zèle aux autels entraîné:
Il faut vous détromper. Contemplez dans Euthime
Des déſordres du cœur la honteuſe victime;
Vous voyez .. une femme.

Comminge à ce mot laiſſe échapper toute l'expreſſion de l'étonnement &
de la curioſité, mouvements qui toujours augmentent.

LE P. ABBÉ.

Une femme, en ce lieu!

EUTHIME.

Qui vécut pour le monde, & veut mourir pour Dieu.
Oui, je ſuis, je l'avoue, une femme coupable,
Et la plus criminelle, & la plus miſérable..
Dont la religion conſolera la ſin.
Comminge, entends, regarde, & reconnais enfin

Celle qui prit, hélas ! un fol amour pour guide. .
Celle qui t'égara. . qui vient. .

À ce dernier mot, elle se leve encore un peu plus ; & sa tête moins enfoncée dans son habillement laisse distinguer ses traits.

C O M M I N G E *avec un cri, allant se précipiter à genoux auprès d'Euthime, & paraissant vouloir lui prendre la main.*

Adélaïde !

D'O R S I G N I.

Ciel !

E U T H I M E *à Comminge, & le repoussant de la main.*

Elle-même. Arrête.

C O M M I N G E, *à ses pieds.*

Adélaïde . . non . .

Aux religieux qui veulent le relever.

A ses pieds je mourrai. .

LE P. ABBÉ, *à Comminge.*

Que la religion. .

C O M M I N G E *dans la même situation, avec la fureur de la douleur, & en pleurant.*

Je n'en ai plus.

E U T H I M E.

Comminge, ah ! si je te suis chere ,
N'offense point le ciel. .

C O M M I N G E.

Il comble ma misere.

Bb ij

EUTHIME.

Il nous aime, il nous frappe.. Écoute, & leve-toi.

Comminge se leve, va tomber dans les bras de seu religieux, & est plongé dans le plus grand accablement. Les mouvements de d'Orsigni sont moins marqués que ceux de Comminge; ce dernier n'est point caché par les religieux : il est entr'eux & Euthime. Le P. Abbé est plus sur le devant du théâtre.

Je dois un grand exemple, & tout l'attend de moi.

Que dumoins mon trépas puisse expier ma vie !.

A d'Orsigni avec surprise & attendrissement.

Vous aussi, dans ces murs !

Aux religieux, en leur montrant Comminge, & après une longue pause,

Voilà d'un culte impie

Le trop fatal objet.. & que j'ai trop chéri ;

Pour qui Dieu tant de fois fut oublié.. trahi !

Dès mon premier soupir, Comminge eut ma tendresse ;

Nous remplissions nos cœurs d'une profane ivresse ;

Tout, la terre, le ciel loin de nous avoient fui ;

En montrant Comminge.

Il n'adoroit que moi, je n'adorois que lui ;

Notre ame aux passions étoit abandonnée ;

Enfin, à mon amant j'allois être enchaînée :

L'intérêt divisa nos parents furieux ;

Les flambeaux de l'hymen, qui brilloient à nos yeux,

Tout prêts de s'allumer, à leur voix s'éteignirent ;

Malheureux pour jamais, leurs mains nous désunirent.

J'aurois dû réprimer à force de vertu
Un penchant par le ciel sans doute combattu :
J'entretins ma faiblesse. A tous les maux en butte :
De ce pas imprudent je courus à ma chute ;
Au bonheur de Comminge, il falloit m'immoler,
Que d'un hymen forcé le joug vint m'accabler :
Je cherchai pour l'objet de ce nœud respectable
Un mortel.. qui jamais ne me parut aimable,
Dont le choix odieux rassurât mon amant,
Et fût pour ma tendresse un éternel tourment ;
Je trouvai ce mari.. qui devoit me déplaire.
Un tel lien, mon Dieu ! méritoit ta colere,
Et j'en ai ressenti les terribles effets !
Malheureuse ! l'amour m'enivroit à longs traits,
Cette ardeur insensée avoit peine à se taire :
Je laissois s'élever une flamme adultere ;
Je trahissois l'hymen : je portois dans ses bras
Un cœur, qui chérissoit ses secrets attentats.
Eh ! voilà ce qu'étoit une femme infidelle
Qui s'armoit des dehors d'une vertu rebelle !
Ils n'en imposoient point aux regards d'un époux ;
Il n'écouta bientôt que ses transports jaloux ;
A venger ses affronts sa fureur animée
Dans un cachot me traîne, & m'y tient renfermée ;

Le cruel. . d'un Dieu jufte il étoit l'inftrument !
Mais, loin d'ouvrir les yeux fur mon égarement,
Loin qu'un remords heureux excitât mes allarmes,
C'étoit à mon amant.. que je donnois mes larmes.

COMMINGE *quittant avec vivacité les bras des deux religieux, & allant ferrer dans les fiens le P. Abbé, avec un fombre défefpoir qui ne lui permet de s'écrier qu'après quelques inftants.*

Ah ! mon pere !   *Le P. Abbé le tient ferré contre fon fein.*

EUTHIME.

La mort m'affranchit de mes nœuds,
Enleve mon époux : Comminge a tous mes vœux;
Je cours le demander aux lieux de fa naiffance ;
Depuis longtems fa mere accufoit fon abfence :
Nous mélons nos regrets. Par la voix des douleurs,
Dieu quelquefois appelle & vient s'ouvrir les cœurs ;
Le mien le repouffoit. D'un trait profond bleffée,
Comminge revenoit fans ceffe à ma penfée ..
Que la raifon, l'honneur, de mon ame étoient loin !
Sa mere.. je la quitte, & n'ayant de témoin
Qu'une femme au fecret par l'intérêt liée,
De ma mort la nouvelle eft partout publiée ;
Je prens des vêtements à mon fexe interdits ;
Je cherche mon amant fous ces nouveaux habits ;

D'un ami, qui toujours lui demeura fidelle,
Le nom, à mon efprit tout-à-coup fe rappelle ;
Le féjour qu'il habite eft non loin de ces lieux :
J'y vole.. A ce tranfport reconnaiffez les cieux :
D'un fentiment qu'envain combattoit ma faibleffe,
L'attrait impérieux me domine, me preffe,.
Subjugue l'amour même, & me force d'entrer
Dans votre temple, où Dieu paraiffoit m'attirer ;
Parmi toutes ces voix qui chantent fes louanges,
Qui s'élevent à lui fur les aîles des anges,
Je diftingue une voix.. un fon accoutumé
A pénétrer un cœur toujours plus enflammé :
Par un fonge impofteur je crois être trompée ;
J'approche.. de quels traits je demeure frappée !
Je découvre à travers les outrages du tems,
Et de l'auftérité les fillons pénitens..
Je revois.. cet objet.. d'une immortelle fiamme,
Ce féducteur fi cher.. le maître de mon ame ;
Je pouffe un cri d'effroi, de furprife, d'amour ;
Toutes les paffions m'agitent tour à tour ;
'Auffitôt, (contemplez jufqu'où l'homme s'égare,
Quand d'un cœur corrompu le défordre s'empare.)
Je conçois le projet.. je veux ravir à Dieu
Une ame qu'il fembloit échauffer de fon feu.

Faible mortelle ! ofer me croire fon égale !
Ofer être d'un Dieu l'orgueilleufe rivale !
Je m'informe, j'apprens. . Comminge à vos autels
Venoit d'être enchaîné par des nœuds éternels,
Le jour même. . où le ciel dans ce féjour m'amene.

COMMINGE *s'arrachant des bras du*
P. Abbé, & avec une fombre fureur.

Ai-je affez, Dieu vengeur, raffafié ta haine ?

Il fait quelques pas fur la fcène, égaré de douleur.

LE P. ABBÉ.

Rendez grace à ce Dieu qui ne vous punit pas.

Il va à lui, & avec tendreffe :

Eft-ce à toi d'augmenter le nombre des ingrats,
Toi qu'il a par bonté tiré du précipice,
Que fon bras paternel difpute à fa juftice ?
A de pareils tranfports tu peux t'abandonner !
Viens, mon fils. .

Il lui tend les bras, & le ferre contre fon cœur.

Dieu toujours eft prêt à pardonner.

Comminge en pleurant retombe dans le fein du P. Abbé.

EUTHIME.

Après tant de tourments, de recherches, d'allarmes,
Je retrouvois enfin cet objet de mes larmes ;
A des yeux inquiets Comminge étoit rendu :
Mais. . pour un cœur épris l'amant étoit perdu.

O vous, à qui mes cris alloient porter la guerre,
Vous n'avez point fur moi lancé votre tonnerre !
Vous vouliez employer ce déteftable amour,
Pour retenir mes vœux dans ce divin féjour :
Tant vos deffeins profonds aux yeux humains fe cachent !
Pour m'arrêter ici que de liens m'attachent !
Vingt fois ces murs par moi furent abandonnés :
Autant de fois mes pas y furent ramenés ;
Quitter des lieux fi chers ! c'eft pour moi le ciel même,
Où refpire, où demeure.. où mourra ce que j'aime.
Puis-je m'en arracher ? près de lui je vivrai ;
L'air qui vient l'animer, je le refpirerai ;
S'il faut, s'il faut lui taire à quel point je l'adore,
Renfermer mes foupirs, l'ardeur qui me dévore,
Du moins.. je l'entendrai.. je le verrai toujours.

J'exhalois dans mon fein ces coupables difcours ;
L'amour.. a décidé. J'accours à vous, mon pere ;
Vous ne m'effrayez point par votre regle auftere :
Comminge la fuivoit. Cette brûlante ardeur
Paraît l'emportement d'une fainte ferveur :
Dieu feul, Dieu feul connaît la perfidie humaine !
Enfin vous m'admettez à l'eſſai d'une chaîne..
Je lui tends les deux mains, Comminge la portoit.
Eh, mon pere, quel cœur parmi vous habitoit !

Il faut qu'à vos regards tout entier ce cœur s'ouvre ;

Que de tous mes forfaits le tiſſu ſe découvre :

Miſérable ! on croyoit que c'étoit l'Éternel

Qui me tenoit ſans ceſſe attachée à l'autel :

Un homme .. y recevoit mon ſacrilége hommage !

C'étoit d'un homme, ô Dieu, que j'encenſois l'image !

C'étoit là ton rival ! c'étoit là ton vainqueur !

Que dis-je ? Il n'étoit point d'autre Dieu pour mon cœur !

LE P. ABBÉ.

'Ainſi dans nos liens, captifs opiniâtres,

Les paſſions encor nous rendent idolâtres !

Inſenſés ! hors Dieu ſeul, qui mérite nos vœux ?

EUTHIME *montrant* Comminge.

Compagne de ſes pas, ſûre que dans ces lieux

L'un & l'autre verroient finir leur triſte vie,

Qu'auprès de lui ma cendre y ſeroit recueillie,

Pouvant à ſes côtés & pleurer & gémir,

Du bonheur de l'aimer pouvant enfin jouir,

Sans retour, ſans eſpoir, je me croyois heureuſe..

Qu'eut inſpiré de plus une ardeur vertueuſe ?

Je me diſſimulois qu'une ſombre langueur

Sur mes jours répandue, en deſſéchoit la fleur..

Je mourois.. pour Comminge. A ma foſſe entraînée,

Je n'y déplorois point ma triſte deſtinée ;

Peu fenfible à ma fin, je difois feulement :

Là, je ne pourrai plus adorer mon Amant !

C'eft fur fa foffe, hélas ! que je portois mes larmes ;

C'eft-là que s'attachoient mes mortelles allarmes ;

Ardente à partager fes pénibles travaux,

Pour l'aider, j'oubliois ma langueur & mes maux ;

Encor même aujourd'hui, d'une main frémiffante,

J'effayois d'entr'ouvrir cette foffe effrayante,

Où Comminge.. mon cœur a trahi mon deffein,

Et l'inftrument funèbre eft tombé de ma main.

  Vous ferez étonnés qu'avec tant de faibleffe,

Avec tous les tranfports de l'amoureufe ivreffe,

Une femme ait dompté ce mouvement puiffant,

Qu'elle ait pu reprimer le defir fi preffant

De fe faire connaître au tyran de fon ame ;

Ce n'eft point la vertu qui repouffoit ma flamme :

C'étoit, c'étoit l'amour, la crainte de troubler

Des jours qui m'ont paru dans la paix s'écouler ;

Je penfois que ce Dieu, qu'aujourd'hui je révère,

Attachoit mon amant par un culte fincère,

Que les pleurs de Comminge, & fes profonds ennuis

De la religion étoient les heureux fruits.

Bornée au feul plaifir de le voir, de l'entendre,

Combien de fois mes pas, ma voix, ce cœur trop tendre,

Ont-ils été, grand Dieu, tout prêts de me trahir ?
Mais.. j'aimois trop Comminge.. & je pouvois mourir,

COMMINGE.

Et je n'expire pas dans des torrens des larmes !

Au P. Abbé en pleurant.

Mon pere .. mon ami..

LE P. ABBÉ, *d'un ton touchant,*
& revenant Comminge dans ses bras.

Moderez ces allarmes..

Soyez chrétien.

EUTHIME.

Enfin le bras même d'un Dieu
Guidoit mes pas tremblants, me poussoit vers ce lieu ;
Comminge de ses pleurs arrosoit cette tombe ;
Il la quitte : soudain je me traine, & j'y tombe,
Et dans mon sein mourant ces pleurs sont recueillis..
Je ne peux résister à mes sens attendris ;
En vain l'amour m'arrète, à lui-même s'oppose :
De ces vives douleurs je veux sçavoir la cause.
J'entens.. je vois Comminge.. en ses mains un portrait..
Je sçais.. tous ses tourments.. & que j'en suis l'objet ;
Mon ame, un cri m'échappe.. & je suis expirante.

D'ORSIGNI *à part, sur le devant du théâtre.*

Frappé d'étonnement, de douleur, d'épouvante..

Je fuccombe..

Comminge fe retir... ... emportement des bras du P. Abbé, & fait quelques pas fur l... fcène.

EUTHIME *à Comminge , & d'un ton pénétré.*

Où vas-tu ?

COMMINGE *livré à l'extrême défef-poir , & au milieu des religieux qui l'entourent.*

Chercher quelque fecours
Qui me délivre enfin de mes maux , de mes jours ,
D'une éxiftence , ô Dieu ! de rage confumée ;
De cent coups de poignard percer . .

Il met avec ... ureur la main fur fon cœur.

EUTHIME, *avec un profond atten-driffement.*

Tu m'as aimée ?

COMMINGE *revenant près d'Euthime.*

Si je t'aime !

EUTHIME,

Demeure , & connais le remord.

Comminge obéit , refte immobile , les mains contre le front , & accablé.

Ma vie a fait tes maux : profite de ma mort.

Aux religeux.

Vous fçavez mes forfaits : apprenez-en la peine.

Succombant tout à coup fous la main fouveraine,

Mes yeux fe font ouverts : j'ai vu mes attentats ;

J'ai vu Dieu fur Comminge appéfantir fon bras ,

Punir ce malheureux , dont je fuis la complice ;

Qu'ai-je dit ? J'ai tout fait , éternelle juftice :

Daigne lui pardonner . . c'eft moi qui dois fouffrir.

A Comminge.

J'ai demandé que Dieu pour toi me fit mourir :

Il éxauce mes vœux. Ma tendreffe plus pure

D'expier nos forfaits te preffe , te conjure :

Comminge . . cher amant . . quel mot m'eft échappé !

J'irrite encor ce Dieu , qui par moi t'a frappé ;

Ne pleure point ma fin ; ne pleure que ma vie ;

Ah ! plutôt que ton cœur . . il le faut . . qu'il m'oublie ;

Remplis-toi de Dieu feul : à fa voix obéis . .

Et que ton repentir de ma mort foit le prix ;

Dis , me le promets-tu ?

COMMINGE *tombe proflerné à côté
d'Adélaïde ; il pleure fur fa main qu'elle lui préfente.*

Ma chere Adélaïde !

EUTHIME.

Ne te refufe pas à la main qui te guide :

Que la religion t'enflamme déformais ;
Promets-moi ce retour..

COMMINGE *troublé.*

Le ciel.. oui.. je promets..

Avec des sanglots.

De t'aimer.. de mourir.

EUTHIME *retirant sa main & avec*
trouble.

Laiffe - moi.. je dois craindre..

Comminge se releve, & va tomber dans les bras des religieux qui le fou-
tiennent. Euthime mettant la main fur son cœur.

Il n'eft donc que la mort qui puiffe, ô ciel, l'éteindre !

Au P. Abbé.

Mon pere, contre moi j'implore votre appui ;
Si j'oubliai mon Dieu, que j'expire pour lui !
Dans un cœur déchiré n'eft-il pas tems qu'il règne ?
Je veux n'aimer.. que lui. *A d'Orfigni.*

Que l'amitié me plaigne,

D'Orfigni ; vous voyez l'effet des paffions,
Le jour affreux qui naît de leurs illufions.

Aux religieux.

Vous, que je n'oferois nommer encor mes freres ;
Pour Euthime uniffez vos regrets, vos prieres ;
Je n'eus point vos vertus : je fçus les refpecter.

Au P. Abbé.

Me feroit-il permis, hélas ! de fouhaiter

En montrant Comminge.

Qu'un jour l'humanité réunît notre cendre ?

Quels vœux j'ose former ! en mon sein viens descendre,

O mon Dieu ; sois vainqueur à ce dernier moment ;

A briser mes liens borne mon châtiment.

Étendrois-tu plus loin ta suprême vengeance ?

Anéantis ce cœur .. cet amour .. qui t'offense ;

Viens .. effacer des traits.

Au religieux qui porte le crucifix.

Donnez . . & que mes pleurs..

Elle baise le crucifix avec transport.

Au P. Abbé.

Mon pere.. approchez-vous.. Dieu ! Comminge.. je meurs,

COMMINGE *allant se jetter sur le corps d'Adélaïde.*

Elle expire !   *La cloche cesse de sonner.*

D'ORSIGNI *allant à lui.*

Comminge ! .

LE P. ABBÉ *allant aussi à lui.*

O malheureux Arsène !

D'ORSIGNI *voulant l'arracher de dessus le corps d'Adélaïde.*

Cher Comminge !

LE P. ABBÉ.

O mon fils ! , que je ressens sa peine !

Aux religieux.

Aux religieux.

Le premier fentiment de la religion

Eſt d'écouter la voix de la compaſſion ;

De ſecourir le faible , & même le coupable.

Montrant Comminge.

'Adouciſſons l'horreur du deſtin qui l'accable ;

Et du ſein de la mort cherchons à le tirer.

Quelques religieux s'avancent pour l'arracher à cette ſituation.

COMMINGE *ſe relevant, & en pleurant.*

'Adélaïde .. *Les religieux font des efforts pour le relever.*

Rien ne peut m'en ſéparer.

Il retombe , on parvient cependant à le relever.

Cruels ! vous empêchez que mon tourment fiñiſſe .;

Il va ſe précipiter dans la foſſe préparée pour Adélaïde.

Que cet aſyle affreux du moins nous réuniſſe..

Il tombe les deux bras étendus ſur un des bords de la foſſe.

Enſeveli près d'elle ...

D'ORSIGNI.

Il cède à ſes douleurs !

LE P. ABBÉ.

Que la pitié l'arrache à ce lieu de terreurs ;

C c

MÉMOIRES
DU COMTE
DE COMMINGE.

JE n'ai d'autre deſſein, en écrivant les Mémoires de ma vie, que de rappeller les plus petites circonſtances de mes malheurs, & de les graver encore, s'il eſt poſſible, plus profondément dans mon ſouvenir.

La Maiſon de Comminge, dont je ſors, eſt une des plus illuſtres du royaume. Mon biſaïeul, qui avoit deux garçons, donna au cadet des terres conſidérables au préjudice de l'aîné, & lui fit prendre le nom de Marquis de Luſſan. L'amitié des deux freres n'en fut point altérée; ils voulurent même que leurs enfans fuſſent élevés enſemble : mais cette éducation commune, dont l'objet étoit de les unir, les rendit, au contraire, ennemis preſqu'en naiſſant.

Mon pere, qui étoit toujours ſurpaſſé dans ſes exercices par le Marquis de Luſſan, en conçut une jalouſie qui devint bientôt de la haine; ils avoient ſouvent des diſputes; & comme mon pere étoit toujours l'aggreſſeur, c'étoit lui qu'on puniſſoit. Un jour qu'il s'en plaignoit à l'Intendant de notre maiſon : Je vous donnerai, lui dit cet homme, les moyens d'abaiſſer l'orgueil de M. de Luſſan; tous les biens qu'il poſſede, vous appartiennent par une ſubſtitution, & votre grand-pere n'a pu en diſpoſer. Quand vous ſerez le maître, ajouta-t-il, il vous ſera aiſé de faire valoir vos droits.

Ce diſcours augmenta encore l'éloignement de mon pere pour ſon couſin; leurs diſputes devenoient ſi vives qu'on fut obligé de les ſéparer; ils paſſerent pluſieurs années ſans ſe voir, pendant leſquelles ils furent tous deux mariés. Le Marquis de Luſſan n'eut qu'une fille de ſon mariage, & mon pere n'eut auſſi que moi.

A peine fut-il en poſſeſſion des biens de la maiſon, par la mort de mon grand-pere, qu'il voulut faire uſage des avis qu'on lui avoit donnés; il chercha tout ce qui pouvoit établir ſes droits; il rejetta pluſieurs propoſitions d'accommandement; il intenta un procès, qui n'alloit pas moins qu'à dépouiller le Marquis de Luſſan de tout ſon bien. Une malheureuſe rencontre qu'ils eurent un jour à la chaſſe, acheva de les rendre irréconciliables. Mon pere, toujours vif & plein de ſa haine, lui dit des choſes piquantes ſur l'état où il prétendoit le réduire : le Marquis, quoique naturellement d'un caractere doux, ne put s'empêcher de répondre; ils mirent l'épée à la main. La fortune ſe déclara pour M. de Luſſan; il déſarma mon pere, & voulut l'obliger à demander la vie. Elle me ſeroit odieuſe, ſi je te la devois, lui dit mon pere. Tu me la devras malgré toi, répondit M. de Luſſan, en lui jettant ſon épée, & en s'éloignant.

Cette action de généroſité ne toucha point mon pere; il ſembla au contraire que ſa haine étoit augmentée par la double victoire que ſon ennemi avoit remportée ſur lui; auſſi continua-t-il avec plus de vivacité que jamais les pourſuites qu'il avoit commencées.

Les choſes étoient en cet état, quand je revins des voyages qu'on m'avoit fait faire après mes études.

Peu de jours après mon arrivée, l'Abbé de R... parent de ma mere, donna avis à mon pere que les titres, d'où dépendoit le gain de ſon procès, étoient dans les archives de l'Abbaye de R... où une partie des papiers de notre maiſon avoit été tranſportée pendant les guerres civiles.

Mon pere étoit prié de garder un grand ſecret, de venir luimême chercher ſes papiers, ou d'envoyer une perſonne de confiance à qui on pût les remettre.

Sa ſanté, qui étoit alors mauvaiſe, l'obligea à me charger de cette commiſſion; après m'en avoir exaggeré l'importance : Vous allez, me dit-il, travailler pour vous plus que pour moi; ces biens vous appartiendront : mais quand vous n'auriez nul intérêt, je vous crois aſſez bien né pour partager mon reſſentiment, & pour m'aider à tirer vengeance des injures que j'ai reçues.

Je n'avois nulle raiſon de m'oppoſer à ce que mon pere deſiroit de moi : auſſi l'aſſurai-je de mon obéiſſance.

Après m'avoir donné toutes les inſtructions qu'il crut néceſfaires, nous convinmes que je prendrois le nom de Marquis de Longaunois, pour ne donner aucun foupçon dans l'Abbaye où Madame de Luſſan avoit pluſieurs parens ; je partis accompagné d'un vieux domeſtique de mon pere, & de mon valet-de-chambre. Je pris le chemin de l'Abbaye de R... Mon voyage fut heureux : je trouvai, dans les archives, les titres qui établiſſoient inconteſtablement la ſubſtitution dans notre maiſon ; je l'écrivis à mon pere, & comme j'étois près de Bagnieres, je lui demandai la permiſſion d'y aller paſſer le temps des eaux. L'heureux ſuccès de mon voyage lui donna tant de joie qu'il y conſentit.

J'y parus encore ſous le nom de Marquis de Longaunois ; il auroit fallu plus d'équipage que je n'en avois pour ſoutenir la vanité de celui de Comminge ; je fus mené, le lendemain de mon arrivée, à la fontaine. Il regne dans ces lieux une gayeté & une liberté qui diſpenſent de tout cérémonial ; dès le premier jour, je fus admis dans toutes les parties de plaiſir ; on me mena dîner chez le Marquis de la Vallette qui donnoit une fête aux Dames ; il y en avoit déjà quelques-unes d'arrivées, que j'avois vues à la fontaine, & à qui j'avois débité quelques galanteries que je me croyois obligé de dire à toutes les femmes. J'étois près d'une d'elles, quand je vis entrer une femme bien faite, ſuivie d'une fille, qui joignoit à la plus parfaite régularité des traits, l'éclat de la plus brillante jeuneſſe. Tant de charmes étoient encore relevés par ſon extrême modeſtie ; je l'aimai dès ce premier moment, & ce moment a décidé de toute ma vie. L'enjouement que j'avois eu juſques-là diſparut ; je ne pus plus faire autre choſe que la ſuivre & la regarder ; elle s'en apperçut, & en rougit. On propoſa la promenade ; j'eus le plaiſir de donner la main à cette aimable perſonne. Nous étions aſſez éloignés du reſte de la compagnie, pour que j'euſſe pu lui parler : mais moi qui, quelques momer auparavant, avois toujours eu les yeux attachés ſur elle, à peine oſai-je les lever quand je fus ſans témoin. J'avois dit juſques-là à toutes les femmes même plus que je ne ſentois : je ne ſçus plus que me taire, auſſitôt que je fus véritablement touché.

Nous rejoignimes la compagnie, ſans que nous euſſions prononcé un ſeul mot ni l'un ni l'autre. On ramena les Dames chez elles, & je revins m'enfermer chez moi. J'avois beſoin d'être ſeul pour jouir de mon trouble & d'une certaine joie, qui, je crois, accompagne toujours le commencement de l'a-

mour. Le mien m'avoit rendu si timide, que je n'avois osé demander le nom de celle que j'aimois; il me sembloit que ma
curiosité alloit trahir le secret de mon cœur. Mais que devins-
je, quand on me nomma la fille du Comte de Lussan ? Tout
ce que j'avois à redouter de la haine de nos peres se présenta à
mon esprit : mais de toutes les réflexions la plus accablante fut
la crainte que l'on n'eût inspiré à Adélaïde, (c'étoit le nom
de cette belle fille,) de l'aversion pour tout ce qui portoit le
mien. Je me sçus bon gré d'en avoir pris un autre; j'espérois
qu'elle connaîtroit mon amour, sans être prévenue contre moi,
& que, quand je lui serois connu moi-même, je lui inspirerois
du moins de la pitié.

Je pris donc la résolution de cacher ma véritable condition,
encore mieux que je n'avois fait, & de chercher tous les moyens
de plaire : mais j'étois trop amoureux pour en employer d'autre
que celui d'aimer; je suivois Adélaïde par-tout; je souhaitois,
avec ardeur, une occasion de lui parler en particulier ; &
quand cette occasion tant desirée s'offroit, je n'avois plus la
force d'en profiter. La crainte de perdre mille petites libertés
dont je jouissois, me retenoit, & ce que je craignois encore plus,
c'étoit de déplaire.

Je vivois de cette sorte, quand, nous promenant un soir avec
toute la compagnie, Adélaïde laissa tomber, en marchant, un
brasselet où tenoit son portrait ; le Chevalier de Saint-Odon,
qui lui donnoit la main, s'empressa de le ramasser, & après
l'avoir regardé assez longtems, le mit dans sa poche; elle le
lui demanda d'abord avec douceur : mais comme il s'obstinoit
à le garder, elle lui parla avec beaucoup de fierté; c'étoit un
homme d'une jolie figure, que quelque aventure de galanterie, où il avoit réussi, avoit gâté. La fierté d'Adélaïde ne le
déconcerta point : pourquoi, lui dit-il, Mademoiselle, voulez-
vous m'ôter un bien que je ne dois qu'à la fortune ? J'ose espérer, ajouta-t-il en s'approchant de son oreille, que quand mes
sentimens vous seront connus, vous voudrez bien consentir au
présent qu'elle vient de me faire. Et sans attendre la réponse
que cette déclaration lui auroit sans doute attirée, il se retira.

Je n'étois pas alors auprès d'elle ; je m'étois arrêté un peu
plus loin avec la Marquise de la Vallette ; quoique je ne la
quittasse que le moins qu'il me fût possible, je ne manquois à
aucune des attentions, qu'exigeoit le respect infini que j'avois

pour elle : mais comme je l'entendis parler d'un ton plus animé qu'à l'ordinaire, je m'approchai ; elle contoit à sa mere, avec beaucoup d'émotion, ce qui venoit d'arriver. Madame de Lussan en fut aussi offensée que sa fille ; je ne dis mot, je continuai même la promenade avec les Dames ; & aussi-tôt que je les eus remises chez elles, je fis chercher le Chevalier : on le trouva chez lui ; on lui dit de ma part que je l'attendois dans un endroit qui lui fut indiqué : il y vint. Je suis persuadé, lui dis-je en l'abordant, que ce qui vient de se passer à la promenade, est une plaisanterie ; vous êtes un trop galant homme pour vouloir garder le portrait d'une femme malgré elle. Je ne sçais, me répliqua-t-il, quel intérêt vous pouvez y prendre : mais je sçais bien que je ne souffre pas volontiers des conseils. J'espére, lui dis-je, en mettant l'épée à la main, vous obliger de cette façon à recevoir les miens. Le Chevalier étoit brave ; nous nous battimes quelque tems avec assez d'égalité : mais il n'étoit pas animé comme moi par le desir de rendre service à ce qu'il aimoit. Je m'abandonnai sans ménagement ; il me blessa légerement en deux endroits ; il eut à son tour deux grandes blessures ; je l'obligeai de demander la vie, & de me rendre le portrait. Après l'avoir aidé à se relever, & l'avoir conduit dans une maison, qui étoit à deux pas de là, je me retirai chez moi, où, après m'être fait panser, je me mis à considérer le portrait, à le baiser mille & mille fois. Je sçavois peindre assez joliment ; il s'en falloit cependant beaucoup que je fusse habile : mais dequoi l'amour ne vient-il pas à bout ? J'entrepris de copier ce portrait ; j'y passai toute la nuit, & j'y réussis si bien, que j'avois peine moi-même à distinguer la copie de l'original. Cela me fit naître la pensée de substituer l'un à l'autre ; j'y trouvois l'avantage d'avoir celui qui avoit appartenu à Adélaïde, & de l'obliger, sans qu'elle le sçût, à me faire la faveur de porter mon ouvrage. Toutes ces choses sont considérables quand on aime, & mon cœur en sçavoit bien le prix.

Après avoir ajusté le brasselet de façon que mon vol ne put être découvert, j'allai le porter à Adélaïde. Madame de Lussan me dit sur cela mille choses obligeantes. Adélaïde parla peu ; elle étoit embarrassée : mais je voyois, à travers cet embarras, la joie de m'être obligée, & cette joie m'en donnoit à moi-même une bien sensible. J'ai eu dans ma vie quelques-uns de ces momens délicieux, & si mes malheurs n'avoient été que des malheurs ordinaires, je ne croirois pas les avoir trop achetés.

Cette petite aventure me mit tout-à-fait bien auprès de Madame de Luſſan ; j'étois toujours chez elle ; je voyois Adélaïde à toutes les heures, & quoique je ne lui parlaſſe pas de mon amour, j'étois ſûr qu'elle le connaiſſoit, & j'avois lieu de croire que je n'étois pas haï. Les cœurs auſſi ſenſibles que les nôtres s'entendent bien vîte : tout eſt expreſſif pour eux.

Il y avoit deux mois que je vivois de cette ſorte, quand je reçus une lettre de mon pere qui m'ordonnoit de partir. Cet ordre fut un coup de foudre ; j'avois été occupé tout entier du plaiſir de voir & d'aimer Adélaïde. L'idée de m'en éloigner me fut toute nouvelle ; la douleur de m'en ſéparer, les ſuites du procès qui étoit entre nos familles, ſe préſenterent à mon eſprit avec tout ce qu'elles avoient d'odieux. Je paſſai la nuit dans une agitation que je ne puis exprimer. Après avoir fait cent projets, qui ſe détruiſoient l'un l'autre, il me vint tout d'un coup dans la tête de brûler les papiers que j'avois entre les mains, & qui établiſſoient nos droits ſur les biens de la maiſon de Luſſan. Je fus étonné que cette idée ne me ſût pas venue plutôt ; je prévenois par-là les procès que je craignois tant ; mon pere qui y étoit très-engagé, pouvoit, pour les terminer, conſentir à mon mariage avec Adélaïde : mais quand cette eſpérance n'auroit point eu lieu, je ne pouvois conſentir à donner des armes contre ce que j'aimois. Je me reprochai même d'avoir gardé ſi longtems quelque choſe dont ma tendreſſe m'auroit dû faire faire le ſacriſice beaucoup plutôt. Le tort que je faiſois à mon pere ne m'arrêta pas ; ſes biens m'étoient ſubſtitués, & j'avois eu une ſucceſſion d'un frere de ma mere, que je pouvois lui abandonner, & qui étoit plus conſidérable que ce que je lui faiſois perdre.

En falloit-il davantage pour convaincre un homme amoureux ? Je crus avoir droit de diſpoſer de ces papiers ; j'allai chercher la caſſette qui les renfermoit ; je n'ai jamais paſſé de moment plus doux, que celui où je les jettai au feu. Le plaiſir de faire quelque choſe pour ce que j'aimois, me raviſſoit. Si elle m'aime, diſois-je, elle ſçaura quelque jour le ſacrifice que je lui ai fait : mais je le lui laiſſerai toujours ignorer, ſi je ne puis toucher ſon cœur. Que ferois-je d'une reconnaiſſance qu'on ſeroit fâché de me devoir ? Je veux qu'Adélaïde m'aime, & je ne veux pas qu'elle me ſoit obligée.

J'avoue cependant que je me trouvai plus de hardieſſe pour lui parler ; la liberté que j'avois chez elle, m'en fit naître l'occaſion dès le même jour.

Je vais bientôt m'éloigner de vous, belle Adélaïde, lui dis-je; vous souviendrez-vous quelquefois d'un homme dont vous faites toute la destinée ? Je n'eus pas la force de continuer ; elle me parut interdite ; je crus même voir de la douleur dans ses yeux. Vous m'avez entendu, repris-je : de grace répondez-moi un mot. Que voulez-vous que je vous dise, me répondit-elle ? Je ne devrois pas vous entendre, & je ne dois pas vous répondre. A peine se donna-t-elle le tems de prononcer ce peu de paroles; elle me quitta aussitôt, & quoique je pusse faire dans le reste de la journée, il me fut impossible de lui parler ; elle me fuyoit, elle avoit l'air embarrassé : que cet embarras avoit de charmes pour mon cœur ! Je le respectai ; je ne la regardois qu'avec crainte ; il me sembloit que ma hardiesse l'auroit fait repentir de ses bontés.

J'aurois gardé cette conduite si conforme à mon respect & à la délicatesse de mes sentimens, si la nécessité où j'étois de partir ne m'avoit pressé de parler ; je voulois, avant que de me séparer d'Adélaïde, lui apprendre mon véritable nom. Cet aveu me coûta encore plus que celui de mon amour. Vous me fuyez, lui dis-je : eh ! que serez-vous quand vous sçaurez tous mes crimes, ou plutôt tous mes malheurs? Je vous ai abusée par un nom supposé ; je ne suis point ce que vous me croyez : je suis le fils du Comte de Comminge. Quoi ! s'écria Adélaïde, vous êtes notre ennemi ! c'est vous, c'est votre pere, qui poursuivez la ruine du mien ! Ne m'accablez point, lui dis-je, d'un nom si odieux. Je suis un amant prêt à tout sacrifier pour vous ; mon pere ne vous fera jamais de mal; mon amour vous assure de lui.

Pourquoi, me répondit Adélaïde, m'avez-vous trompée ? Que ne vous montriez-vous sous votre véritable nom ? Il m'auroit averti de vous fuir. Ne vous repentez pas de quelque bonté que vous avez eue pour moi, lui dis-je en lui prenant la main que je baisai malgré elle. Laissez-moi, me dit-elle, plus je vous vois, & plus je rends inévitables les malheurs que je crains.

La douceur de ces paroles me pénétra d'une joie, qui ne me montra que des espérances. Je me flattai que je rendrois mon pere favorable à ma passion; j'étois si plein de mon sentiment, qu'il me sembloit que tout devoit sentir & penser comme moi. Je parlai à Adélaïde de mes projets, en homme sûr de réussir.

Je ne sçais pourquoi, me dit-elle, mon cœur se refuse aux espérances que vous voulez me donner; je n'envisage que des malheurs, & cependant je trouve du plaisir à sentir ce que je sens pour vous; je vous ai laissé voir mes sentimens; je veux bien que vous les connaissiez : mais souvenez-vous que je sçaurai, quand il le faudra, les sacrifier à mon devoir.

J'eus encore plusieurs conversations avec Adélaïde avant mon départ; j'y trouvois toujours de nouvelles raisons de m'applaudir de mon bonheur; le plaisir d'aimer & de connaître que j'étois aimé, remplissoit tout mon cœur; aucun soupçon, aucune crainte, pas même pour l'avenir, ne troubloit la douceur de nos entretiens. Nous étions sûrs l'un de l'autre, parce que nous nous estimions, & cette certitude, bien loin de diminuer notre vivacité, y ajoutoit encore les charmes de la confiance La seule chose, qui inquiétoit Adélaïde, étoit la crainte de mon pere. Je mourrois de douleur, me disoit-elle, si je vous attirois la disgrace de votre famille; je veux que vous m'aimiez : mais je veux surtout que vous soyez heureux. Je partis enfin, plein de la plus tendre & de la plus vive passion qu'un cœur puisse ressentir, & tout occupé du dessein de rendre mon pere favorable à mon amour.

Cependant il étoit informé de tout ce qui s'étoit passé à Bagnieres. Le domestique qu'il avoit mis près de moi avoit des ordres secrets de veiller sur ma conduite; il n'avoit laissé ignorer ni mon amour, ni mon combat contre le Chevalier de Saint-Odon. Malheureusement le Chevalier étoit fils d'un ami de mon pere : cette circonstance, & le danger où il étoit de sa blessure, tournoient encore contre moi. Le domestique, qui avoit rendu un compte si exact, m'avoit dit beaucoup plus heureux que je n'étois; il avoit peint Madame & Mademoiselle de Lussan remplies d'artifice, qui m'avoient connu pour le Comte de Comminge, & qui avoient eu dessein de me séduire.

Plein de ces idées, mon pere naturellement emporté, me traita à mon retour avec beaucoup de rigueur; il me reprocha mon amour, comme il m'auroit reproché le plus grand crime. Vous avez donc la lâcheté d'aimer mes ennemis, me dit-il ! & sans respect pour ce que vous me devez, & pour ce que vous vous devez à vous-même, vous vous liez avec eux ! que sçai-je même, si vous n'avez point fait quelque projet plus odieux encore.

Oui, mon pere, lui dis-je en me jettant à ses pieds, je suis coupable : mais je le suis malgré moi. Dans ce même moment, où je vous demande pardon, je sens que rien ne peut arracher de mon cœur cet amour qui vous irrite ; ayez pitié de moi, j'ose vous le dire, ayez pitié de vous ; finissez une querelle qui trouble le repos de votre vie ; l'inclination que la fille de M. de Lussan & moi avons pris l'un pour l'autre, aussitôt que nous nous sommes vûs, est peut-être un avertissement que le ciel vous donne. Mon pere, vous n'avez que moi d'enfant : voulez-vous me rendre malheureux ? Et combien mes malheurs me seront-ils plus sensibles encore, quand ils seront votre ouvrage ! Laissez-vous attendrir pour un fils, qui ne vous offense que par une fatalité dont il n'est pas le maître.

Mon pere qui m'avoit laissé à ses pieds, tant que j'avois parlé, me regarda longtems avec indignation. Je vous ai écouté, me dit-il enfin, avec une patience dont je suis moi-même étonné, & dont je ne me serois pas cru capable : aussi c'est la seule grace que vous devez attendre de moi ; il faut renoncer à votre folie, ou à la qualité de mon fils ; prenez votre parti sur cela, & commencez par me rendre les papiers dont vous êtes chargé ; vous êtes indigne de ma confiance.

Si mon pere s'étoit laissé fléchir, la demande qu'il me faisoit, m'auroit embarrassé : mais sa dureté me donna du courage. Ces papiers, lui dis-je, ne sont plus en ma puissance ; je les ai brulés ; prenez pour vous dédommager les biens qui me sont déjà acquis. A peine eus-je le tems de prononcer ce peu de paroles : mon pere furieux vint sur moi l'épée à la main, il m'en auroit percé sans doute, car je ne faisois pas le plus petit effort pour l'éviter, si ma mere ne fut entrée dans le moment. Elle se jetta entre nous : que faites-vous, lui dit-elle ? Songez-vous que c'est votre fils ? Et me poussant hors la chambre, elle m'ordonna d'aller l'attendre dans la sienne.

Je l'attendis longtems ; elle vint enfin. Ce ne fut plus des emportemens & des fureurs que j'eus à combattre : ce fut une mere tendre, qui entroit dans mes peines, qui me prioit avec des larmes, d'avoir pitié de l'état où je la réduisois. Quoi ! mon fils, me disoit-elle, une maitresse & une maitresse que vous ne connaissez que depuis quelques jours, peut l'emporter sur une mere ! Hélas ! Si votre bonheur ne dépendoit que de moi, je sacrifierois tout pour vous rendre heureux. Mais vous avez un pere, qui veut être obéi ; il est prêt à prendre les résolutions les plus violentes contre vous. Voulez-vous m'accabler

de douleur ? Étouffez une passion qui nous rendra tous malheu‑
reux.

Je n'avois pas la force de lui répondre ; je l'aimois tendre‑
ment : mais l'amour étoit plus fort dans mon cœur. Je voudrois
mourir, lui dis‑je, plutôt que vous déplaire, & je mourrai,
si vous n'avez pitié de moi. Que voulez‑vous que je fasse ? Il
m'est plus aisé de m'arracher la vie, que d'oublier Adélaïde ;
pourquoi trahirois‑je les sermens que je lui ai faits ? Quoi ?
Je l'aurois engagée à me témoigner de la bonté, je pourrois me
flatter d'en être aimé, & je l'abandonnerois ! Non , ma mere,
vous ne voulez pas que je sois le plus lâche des hommes.

Je lui contai alors tout ce qui s'étoit passé entre nous : elle
vous aimeroit, ajoutai‑je, & vous l'aimeriez aussi ; elle a vo‑
tre douceur ; elle a votre franchise ; pourquoi voudriez‑vous
que je cessasse de l'aimer ? Mais, me dit‑elle, que prétendez‑
vous faire ? Votre pere veut vous marier, & veut, en atten‑
dant, que vous alliez à la campagne ; il faut absolument que
vous paraissiez déterminé à lui obéir. Il compte vous faire par‑
tir demain avec un homme qui a sa confiance ; l'absence sera
peut‑être plus sur vous que vous ne croyez ; en tout cas n'irri‑
tez pas M. de Comminge par votre résistance ; demandez du
tems. Je ferai de mon côté tout ce qui dépendra de moi pour
votre satisfaction. La haine de votre pere dure trop longtems ;
quand sa vengeance auroit été légitime , il la pousseroit trop
loin : mais vous avez eu un très‑grand tort de brûler les pa‑
piers ; il est persuadé que c'est un sacrifice que Madame de
Lussan a ordonné à sa fille d'exiger de vous. Ah ! m'écriai‑je,
est‑il possible qu'on puisse faire cette injustice à Madame de
Lussan ! Bien loin d'avoir exigé quelque chose , Adélaïde
ignore ce que j'ai fait, & je suis bien sûr qu'elle auroit em‑
ployé , pour m'en empêcher, tout le pouvoir qu'elle a sur
moi.

Nous primes ensuite des mesures ma mere & moi, pour que
je pusse recevoir de ses nouvelles. J'osai même la prier de m'en
donner d'Adélaïde, qui devoit venir à Bordeaux. Elle eut la
complaisance de me le promettre, en exigeant que si Adélaïde
ne pensoit pas pour moi, comme je le croyois , je me soumet‑
trois à ce que mon pere souhaiteroit. Nous passâmes une partie
de la nuit dans cette conversation , & dès que le jour parut ,
mon conducteur me vint avertir qu'il falloit monter à cheval.

La terre, où je devois passer le tems de mon exil, étoit dans

les montagnes, à quelques lieues de Bagnieres, de forte que je
fis la même route que je venois de faire. Nous étions arrivés
d'assez bonne heure le second jour de notre marche, dans un
village où nous devions passer la nuit. En attendant l'heure du
souper, je me promenois dans le grand chemin, quand je vis
de loin un équipage, qui alloit à toute bride, & qui versa très-
lourdement à quelques pas de moi. Le battement de mon cœur
m'annonça la part que je devois prendre à cet accident; je volai
à ce carosse; deux hommes qui étoient descendus de cheval, se
joignirent à moi pour secourir ceux qui étoient dedans; on s'attend bien que c'étoit Adélaïde & sa mere; c'étoit effectivement
elles. Adélaïde s'étoit fort blessée au pied; il me sembla cependant que le plaisir de me revoir ne lui laissoit pas sentir son
mal.

Que ce moment eut de charmes pour moi! Après tant de
douleurs, après tant d'années, il est présent à mon souvenir.
Comme elle ne pouvoit marcher, je la pris entre mes bras;
elle avoit les siens passés au tour de mon col, & une de ses
mains touchoit à ma bouche; j'étois dans un ravissement qui
m'ôtoit presque la respiration. Adélaïde s'en apperçut; sa pu-
deur en fut allarmée; elle fit un mouvement pour se dégager
de mes bras. Hélas! Qu'elle connaissoit peu l'excès de mon
amour! J'étois trop plein de mon bonheur, pour penser qu'il
y en eût quelqu'un au-delà.

Mettez-moi à terre, me dit-elle d'une voix basse & timide:
je crois que je pourrai marcher. Quoi! lui répondis-je, vous
avez la cruauté de m'envier le seul bien que je goûterai peut-
être jamais. Je serrois tendrement Adélaïde, en prononçant
ces paroles; elle ne dit plus mot, & un faux pas que je fis, l'obligea de reprendre sa premiere attitude.

Le cabaret étoit si près, que j'y fus bientôt; je la portai sur
un lit, tandis qu'on mettoit sa mere, qui étoit beaucoup plus
blessée qu'elle, dans un autre. Pendant qu'on étoit occupé auprès de Madame de Lussan, j'eus le tems de conter à Adélaïde
une partie de ce qui s'étoit passé entre mon pere & moi; je
supprimai l'article des papiers brûlés, dont elle n'avoit aucune
connaissance: je ne sçai même si j'eusse voulu qu'elle l'eût sçu.
C'étoit, en quelque façon, lui imposer la nécessité de m'aimer, & je voulois devoir tout à son cœur. Je n'osai lui peindre
mon pere tel qu'il étoit; Adélaïde étoit vertueuse: je sentois
que pour se livrer à son inclination, elle avoit besoin d'espé-

rer que nous ferions unis un jour; j'appuyai beaucoup fur la
tendreffe de ma mere pour moi, & fur fes favorables difpofi-
tions. Je priai Adélaïde de la voir. Parlez à ma mere, me dit-
elle; elle connaît vos fentimens; je lui ai fait l'aveu des miens;
j'ai fenti que fon autorité m'étoit néceffaire pour me donner la
force de les combattre, s'il le faut, ou pour m'y livrer fans
fcrupule; elle cherchera tous les moyens pour amener mon
pere à propofer encore un accommodement; nous avons des
parens communs que nous ferons agir. La joie que ces efpé-
rances donnoient à Adélaïde, me faifoit fentir encore plus vivement mon malheur. Dites moi; lui répondis-je en lui prenant la main, que fi nos peres font inéxorables, vous aurez
quelque pitié pour un malheureux. Je ferai ce que je pourrai,
me dit-elle, pour regler mes fentimens fur mon devoir: mais
je fens que je ferai très-malheureufe, fi ce devoir eft contre
vous.

Ceux qui avoient été occupés à fecourir Madame de Luffan,
s'approcherent alors de fa fille, & interrompirent notre converfation. Je fus au lit de la mere, qui me reçut avec bonté;
elle me promit de faire tous fes efforts pour réconcilier nos
familles; je fortis enfuite pour les laiffer en liberté; mon conducteur, qui m'attendoit dans ma chambre, n'avoit pas daigné
s'informer de ceux qui venoient d'arriver, ce qui me donna la
liberté de voir encore un moment Adélaïde avant que de partir.
J'entrai dans fa chambre dans un état plus aifé à imaginer qu'à
repréfenter; je craignois de la voir pour la derniere fois. Je
m'approchai de la mere; ma douleur lui parla pour moi,
bien mieux que je n'euffe pu faire; auffi en reçus-je encore
plus de marques de bonté que le foir précédent. Adélaïde étoit
à un autre bout de la chambre; j'allai à elle d'un pas chance-
lant: je vous quitte, ma chere Adélaïde; je répétai la même
chofe deux ou trois fois; mes larmes que je ne pouvois retenir, lui dirent le refte; elle en répandit auffi. Je vous montre
toute ma fenfibilité, me dit-elle; je ne m'en fais aucun reproche; ce que je fens dans mon cœur autorife ma franchife,
& vous méritez bien que j'en aye pour vous; je ne fçai quelle
fera votre deftinée; mes parens décideront de la mienne. Et
pourquoi nous affujettir, lui répondis-je, à la tyrannie de nos
peres? Laiffons-les fe haïr, puifqu'ils le veulent, & allons dans
un coin du monde, jouir de notre tendreffe, & nous en faire un
devoir. Que m'ofez-vous propofer, me répondit-elle? Voulez-
vous

Vous me faire repentir des sentimens que j'ai pour vous? Ma tendresse peut me rendre malheureuse, je vous l'ai dit: mais elle ne me rendra jamais criminelle. Adieu, ajoûta-t-elle, en me tendant la main, c'est par notre constance & par notre vertu que nous devons tacher de rendre notre fortune meilleure: mais, quoi qu'il nous arrive, promettons-nous de ne rien faire qui puisse nous faire rougir l'un de l'autre. Je baisois, pendant qu'elle me parloit, la main qu'elle m'avoit tendue; je la mouillois de mes larmes; je ne suis capable, lui dis-je enfin, que de vous aimer, & de mourir de douleur.

J'avois le cœur si serré, que je pus à peine prononcer ces dernieres paroles. Je sortis de cette chambre; je montai à cheval, & j'arrivai au lieu où nous devions dîner, sans avoir fait autre chose que de pleurer; mes larmes couloient, & j'y trouvois une espece de douceur: quand le cœur est véritablement touché, il sent du plaisir à tout ce qui lui prouve à lui-même sa propre sensibilité.

Le reste de notre voyage se passa comme le commencement, sans que j'eusse prononcé une seule parole. Nous arrivames le troisieme jour dans un château bâti auprès des Pyrenées; on voit à l'entour, des pins, des cyprès, des rochers escarpés & arides, & on n'entend que le bruit des torrens qui se précipitent entre les rochers. Cette demeure si sauvage me plaisoit, par cela même qu'elle ajoûtoit encore à ma mélancolie; je passois les journées entieres dans les bois; j'écrivois, quand j'étois revenu, des lettres où j'exprimois tous mes sentimens: cette occupation étoit mon unique plaisir. Je les lui donnerai un jour, disois-je: elle verra par-là à quoi j'ai passé le tems de l'absence: J'en recevois quelque-fois de ma mere; elle m'en écrivit une qui me donnoit quelque espérance; hélas! c'est le dernier moment de joie que j'aye ressenti: elle me mandoit que tous nos parens travailloient à raccommoder notre famille, & qu'il y avoit lieu de croire qu'ils y réussiroient.

Je fus ensuite six semaines sans recevoir des nouvelles. Grand Dieu! De quelle longueur les jours étoient pour moi! J'allois dès le matin sur le chemin par où les messagers pouvoient venir; je n'en revenois que le plus tard qu'il m'étoit possible, & toujours plus affligé que je ne l'étois en partant; enfin je vis de loin un homme qui venoit de mon côté; je ne doutai point qu'il ne vint pour moi, & au lieu de cette impatience que j'avois quelques momens auparavant, je ne sentis plus que de

D d

la crainte ; je n'ofois avancer ; quelque chofe me retenoit ;
cette incertitude, qui m'avoit femblé fi cruelle, me paraiffoit
dans ce moment un bien que je craignois de perdre.

Je ne me trompois pas : les lettres, que je reçus par cet homme qui venoit effectivement pour moi, m'apprirent que mon
pere n'avoit voulu entendre à aucun accommodement ; & pour
mettre le comble à mon infortune, j'appris encore que mon
mariage étoit arrêté avec une fille de la Maifon de Foix, que
la nôce devoit fe faire dans le lieu où j'étois, que mon pere
viendroit lui-même, dans peu de jours, pour me préparer à ce
qu'il defiroit de moi.

On juge bien que je ne balançai pas un moment fur le parti
que je devois prendre. J'attendis mon pere avec affez de tranquillité ; c'étoit même un adouciffement à ma malheureufe fituation, d'avoir un facrifice à faire à Adélaïde ; j'étois fûr qu'elle
m'étoit fidelle ; je l'aimois trop pour en douter : le véritable
amour eft plein de confiance.

D'ailleurs ma mere, qui avoit tant de raifons de me détacher
d'elle, ne m'avoit jamais rien écrit qui pût me faire naître le
moindre foupçon. Que cette conftance d'Adélaïde ajoûtoit de
vivacité à ma paffion ! Je me trouvois heureux quelquefois que
la dureté de mon pere me donnât lieu de lui marquer combien
elle étoit aimée. Je paffai les trois jours, qui s'écoulerent jufqu'à
l'arrivée de mon pere, à m'occuper du nouveau fujet que j'allois
donner à Adélaïde, d'être contente de moi ; cette idée, malgré
ma trifte fituation, rempliffoit mon cœur d'un fentiment qui ap-
prochoit prefque de la joie.

L'entrevue de mon pere & de moi, fut de ma part pleine
de refpect, mais de beaucoup de froideur, & de la fienne,
de beaucoup de hauteur & de fierté. Je vous ai donné le
tems, me dit-il, de vous repentir de vos folles, & je viens
vous donner le moyen de me les faire oublier. Répondez, par
votre obéiffance, à cette marque de ma bonté, & préparez-vous
à recevoir, comme vous devez, Monfieur le Comte de Foix, &
Mademoifelle de Foix fa fille, que je vous ai deftinée ; le mariage fe fera ici ; ils arriveront demain avec votre mere, & je ne
les ai dévancés que pour donner les ordres néceffaires. Je fuis bien
fâché, Monfieur, dis-je à mon pere, de ne pouvoir faire ce que
vous fouhaitez : mais je fuis trop honnête homme pour époufer
une perfonne que je ne puis aimer ; je vous prie même de trouver bon que je parte d'ici tout à l'heure ; Mademoifelle de Foix,
quelque aimable qu'elle puiffe être, ne me feroit pas changer

de résolution, & l'affront que je lui fais en deviendroit plus sensible pour elle, si je l'avois vue. Non, tu ne la verras point, me répondit-il avec fureur : tu ne verras pas même le jour ; je vais t'enfermer dans un cachot, destiné pour ceux qui te ressemblent. Je jure qu'aucune puissance ne sera capable de t'en faire sortir, que tu ne sois rentré dans ton devoir ; je te punirai de toutes les façons, dont je puis te punir ; je te priverai de mon bien ; je l'assurerai à Mademoiselle de Foix pour lui tenir, autant que je le puis, les paroles que je lui ai données.

Je fus effectivement conduit dans le fond d'une tour ; le lieu où l'on me mit, ne recevoit qu'une faible lumiere d'une petite fenétre grillée, qui donnoit dans une des cours du château. Mon pere ordonna qu'on m'apportât à manger deux fois par jour, & qu'on ne me laissât parler à personne. Je passai dans cet état les premiers jours avec assez de tranquillité, & même avec une sorte de plaisir. Ce que je venois de faire pour Adélaïde m'occupoit tout entier, & ne me laissoit presque pas sentir les incommodités de ma prison : mais quand ce sentiment fut moins vif, je me livrai à toute la douleur d'une absence qui pouvoit être éternelle ; mes réflexions ajoûtoient encore à ma peine ; je craignois qu'Adélaïde ne fût forcée de prendre un engagement. Je la voyois entourée de rivaux empressés à lui plaire ; je n'avois pour moi que mes malheurs ; il est vrai qu'auprès d'Adélaïde c'étoit tout avoir : aussi me reprochois-je le moindre doute, & lui en demandois-je pardon comme d'un crime. Ma mere me fit tenir une lettre, où elle m'exhortoit à me soumettre à mon pere, dont la colere devenoit tous les jours plus violente ; elle ajoûtoit qu'elle en souffroit beaucoup elle-même, que les soins qu'elle s'étoit donnés pour parvenir à un accommodement, l'avoient fait soupçonner d'être d'intelligence avec moi.

Je fus très-touché des chagrins que je causois à ma mere : mais il me sembloit que ce que je souffrois moi-même m'excusoit envers elle. Un jour que je rêvois, comme à mon ordinaire, je fus retiré de ma rêverie par un petit bruit qui se fit à ma fenêtre ; je vis tout de suite tomber un papier dans ma chambre ; c'étoit une lettre ; je la décachetai avec un saisissement qui me laissoit à peine la liberté de respirer : mais que devins-je après l'avoir lue ! voici ce qu'elle contenoit :

» Les fureurs de M. de Comminge m'ont instruite de tout ce » que je vous dois. Je sçais ce que votre générosité m'avoit laissé

» ignorer ; je fçais l'affreufe fituation où vous êtes, & je n'ai,
» pour vous en tirer, qu'un moyen qui vous rendra peut-être
» plus malheureux : mais je le ferai auffi bien que vous, & c'est-
» là ce qui me donne la force de faire ce qu'on éxige de moi.
» On veut, par mon engagement avec un autre, s'affurer que
» je ne pourrai être à vous ; c'est à ce prix que M. de Com-
» minge met votre liberté. Il m'en coûtera peut-être la vie, &
» fûrement tout mon repos : n'importe, j'y fuis réfolue. Vos
» malheurs, votre prifon, font aujourd'hui tout ce que je vois.
» Je ferai mariée dans peu de jours au Marquis de Bénavidès.
» Ce que je connais de fon caractère m'annonce tout ce que
» j'aurai à fouffrir : mais je vous dois du moins cette efpece de
» fidélité de ne trouver que des peines dans l'engagement que je
» vais prendre. Vous, au contraire, tâchez d'être heureux ; vo-
» tre bonheur feroit ma confolation. Je fens que je ne devrois
» point vous dire tout ce que je vous dis ; fi j'étois véritable-
» ment généreufe, je vous laifferois ignorer la part que vous
» avez à mon mariage ; je me laifferois foupçonner d'inconf-
» tance ; j'en avois formé le deffein : je n'ai pu l'exécuter ; j'ai
» befoin, dans la trifte fituation où je fuis, de penfer que du-
» moins mon fouvenir ne vous fera pas odieux. Hélas ! Il ne
» me fera pas bien-tôt permis de conferver le vôtre ; il faudra
» vous oublier, il faudra du moins y faire mes efforts. Voilà de
» toutes mes peines celle que je fens le plus ; vous les aug-
» menterez encore, fi vous n'évitez avec foin les occafions de
» me voir & de me parler. Songez que vous me devez cette
» marque d'eftime ; & fongez combien cette eftime m'eft chere,
» puifque de tous les fentimens que vous aviez pour moi, c'est
» le feul qu'il me foit permis de vous demander. «

Je ne lus cette fatale lettre que jufqu'à ces mots : » On veut,
» par mon engagement avec un autre, s'affurer que je ne pour-
» rai être à vous. « La douleur dont ces paroles me pénétrerent, ne me permit pas d'aller plus loin. Je me laiffai tomber
fur un matelas qui compofoit tout mon lit ; j'y demeurai plufieurs heures fans aucun fentiment, & j'y ferois peut-être mort,
fans le fecours de celui qui avoit foin de m'apporter à manger.
S'il avoit été effrayé de l'état où il me trouvoit, il le fut bien
davantage de l'excès de mon défefpoir, dès que j'eus repris la
connaiffance. Cette lettre que j'avois toujours tenue pendant
ma faibleffe & que j'avois enfin achevé de lire, étoit baignée de
mes larmes, & je difois des chofes qui faifoient craindre pour
ma raifon.

Cet homme, qui jufques-là avoit été inacceffible à la pitié, ne put alors fe défendre d'en avoir ; il condamna le procédé de mon pere ; il fe reprocha d'avoir exécuté fes ordres ; il m'en demanda pardon. Son repentir me fit naître la penfée de lui propofer de me laiffer fortir feulement pour huit jours, lui promettant qu'au bout de ce tems-là, je viendrois me remettre entre fes mains ; j'ajoûtai tout ce que je crus capable de le déterminer : attendri par mon état, excité par fon intérêt & par la crainte que je ne me vengeaffe un jour des mauvais traitemens que j'avois reçus de lui, il confentit à ce que je voulois, avec la condition qu'il m'accompagneroit.

J'aurois voulu me mettre en chemin dans le moment : mais il fallut aller chercher des chevaux, & l'on m'annonça que nous ne pourrions en avoir que pour le lendemain. Mon deffein étoit d'aller trouver Adélaïde, de lui montrer tout mon défefpoir, & de mourir à fes pieds, fi elle perfiftoit dans fes réfolutions ; il falloit, pour exécuter mon projet, arriver avant fon funefte mariage, & tous les momens que je différois, me paroiffoient des fiécles. Cette lettre que j'avois lue & relue, je la lifois encore ; il fembloit qu'à force de la lire, j'y trouverois quelque chofe de plus. J'examinois la date ; je me flattois que le temps pouvoit avoir été prolongé : elle fe fait un effort, difois-je ; elle faifira tous les prétextes pour différer. Mais puis-je me flatter d'une fi vaine efpérance, reprenois-je ? Adélaïde fe facrifie pour ma liberté ; elle voudra en hâter le moment. Hélas ! Comment a-t-elle pu croire que la liberté fans elle, fût un bien pour moi ? Je retrouverai par-tout cette prifon dont elle veut me tirer. Elle n'a jamais connu mon cœur ; elle a jugé de moi comme des autres hommes ; voilà ce qui me perd. Je fuis encore plus malheureux que je ne croyois, puifque je n'ai pas même la confolation de penfer que du moins mon amour étoit connu.

Je paffai la nuit entiere à faire de pareilles plaintes. Le jour parut enfin ; je montai à cheval avec mon conducteur ; nous avions marché une journée fans nous arrêter un moment, quand j'apperçus ma mere, dans le chemin, qui venoit de notre côté ; elle me reconnut, & après m'avoir montré fa furprife de me trouver là, elle me fit monter dans fon carroffe. Je n'ofois lui demander le fujet de fon voyage ; je craignois tout dans la fituation où j'étois, & ma crainte n'étoit que trop bien fondée. Je venois

D d iij

mon fils, me dit-elle, vous tirer moi-même de prifon : votre
pere y a confenti Ah ! m'écriai-je, Adélaïde eft mariée : ma
mere ne me répondit que par fon filence. Mon malheur, qui
étoit alors fans remède, fe préfenta à moi dans toute fon horreur ; je tombai dans une efpece de ftupidité, & à force de
douleur, il me fembloit que je n'en fentois aucune.

Cependant mon corps fe reffentit bientôt de l'état de mon
efprit. Le friffon me prit, que nous étions encore en carroffe ;
ma mere me fit mettre au lit, je fus deux jours fans parler,
& fans vouloir prendre aucune nourriture ; la fiévre augmenta,
& on commença le troifieme à défefperer de ma vie. Ma mere
qui ne me quittoit point, étoit dans une affliction inconcevable ; fes larmes, fes prieres, & le nom d'Adélaïde qu'elle em-
ployoit, me firent enfin réfoudre à vivre. Après quinze jours
de la fiévre la plus violente, je commençai à être un peu mieux.
La premiere chofe que je fis, fut de chercher la lettre d'A-
délaïde ; ma mere, qui me l'avoit ôtée, me vit dans une fi
grande affliction, qu'elle fut obligée de me la rendre ; je la
mis dans une bourfe qui étoit fur mon cœur, où j'avois déjà
mis fon portrait ; je l'en retirois pour la lire toutes les fois que
j'étois feul.

Ma mere, dont le caractere étoit tendre, s'affligeoit avec
moi ; elle croyoit d'ailleurs qu'il falloit céder à ma trifteffe, &
laiffer au tems le foin de me guérir.

Elle fouffroit que je lui parlaffe d'Adélaïde ; elle m'en parloit quelquefois : & comme elle s'étoit apperçue que la feule
chofe qui me donnoit de la confolation, étoit l'idée d'être aimé, elle me conta qu'elle même avoit déterminé Adélaïde à
fe marier. Je vous demande pardon, mon fils, me dit-elle,
du mal que je vous ai fait ; je ne croyois pas que vous y fuffiez
fi fenfible ; votre prifon me faifoit tout craindre pour votre
fanté, & même pour votre vie. Je connaiffois d'ailleurs l'humeur inflexible de votre pere, qui ne vous rendroit jamais la
liberté, tant qu'il craindroit que vous puffiez époufer Mademoifelle de Luffan : je me réfolus de parler à cette généreufe
fille ; je lui fis part de mes craintes ; elle les partagea ; elle
les fentit peut-être encore plus vivement que moi ; je la vis
occupée à chercher les moyens de conclure promptement fon
mariage. Il y avoit long-tems que fon pere offenfé des procé-
dés de M. de Comminge, la preffoit de fe marier : rien n'a-
voit pu l'y déterminer jufques là. Sur qui tombera votre choix,

lui demandai-je ? Il ne m'importe, me répondit-elle ; tout n'est égal, puisque je ne puis être à celui à qui mon cœur s'étoit destiné.

Deux jours après cette conversation, j'appris que le Marquis de Bénavidès avoit été préféré à ses concurrens ; tout le monde en fut étonné, & je le sus comme les autres.

Bénavidès a une figure désagréable, qui le devient encore davantage par son peu d'esprit, & par l'extrême bizarrerie de son humeur : j'en craignis les suites pour la pauvre Adélaïde ; je la vis, pour lui en parler, dans la maison de la Comtesse de Gerlande, où je l'avois vûe. Je me prépare, me dit-elle, à être très-malheureuse : mais il faut me marier ; & depuis que je sçais que c'est le moyen de délivrer Monsieur votre fils, je me reproche tous les momens que je diffère. Cependant ce mariage que je ne fais que pour lui, sera peut-être la plus sensible de ses peines ; j'ai voulu du moins lui prouver par mon choix, que son intérêt étoit le seul motif qui me déterminoit. Plaignez-moi ; je suis digne de votre pitié, & je tâcherai de mériter votre estime par la façon, dont je vais me conduire avec M. de Bénavidès. Ma mere m'apprit encore qu'Adélaïde avoit sçu, par mon pere même, que j'avois brûlé nos titres ; il le lui avoit reproché publiquement le jour qu'il avoit perdu son procès ; elle m'a avoué, me disoit ma mere, que ce qui l'avoit le plus touchée, étoit la générosité que vous aviez eue de lui cacher ce que vous aviez fait pour elle. Nos journées se passoient dans de pareilles conversations, & quoique ma mélancolie fut extrême, elle avoit cependant je ne sçai quelle douceur inséparable, dans quelque état que l'on soit, de l'assurance d'être aimé.

Après quelques mois de séjour dans le lieu où nous étions, ma mere reçut ordre de mon pere de retourner auprès de lui ; il n'avoit presque pris aucune part à ma maladie ; la maniere dont il m'avoit traité, avoit éteint en lui tout sentiment pour moi. Ma mere me pressa de partir avec elle : mais je la priai de consentir que je restasse à la campagne, & elle se rendit à mes instances.

Je me retrouvai encore seul dans mes bois ; il me passa dès-lors dans la tête d'aller habiter quelque solitude, & je l'aurois fait, si je n'avois été retenu par l'amitié que j'avois pour ma mere ; il me venoit toujours en pensée de tâcher de voir Adélaïde : mais la crainte de lui déplaire m'arrêtoit.

Après bien des irréfolutions, j'imaginai que je pourrois dumoins tenter de la voir, fans en être vu.

Ce deffein arrêté, je me déterminai d'envoyer à Bordeaux,
pour fçavoir où elle étoit, un homme qui étoit à moi depuis
mon enfance, & qui m'étoit venu retrouver pendant ma maladie : il avoit été à Bagnieres avec moi ; il connaiffoit Adélaïde ;
il me dit même qu'il avoit des liaifons dans la maifon de Bénavidès.

Après lui avoir donné toutes les inftructions dont je pus m'a-
vifer, & les lui avoir répétées mille fois, je le fis partir ; il apprit, en arrivant à Bordeaux, que Bénavidès n'y étoit plus, qu'il
avoit emmené fa femme, peu de tems après fon mariage, dans
des terres qu'il avoit en Bifcaye. Mon homme qui fe nommoit
Saint-Laurent, me l'écrivit, & me demanda mes ordres ; je lui
mandai d'aller en Bifcaye, fans perdre un moment. Le défir de
voir Adélaïde s'étoit tellement augmenté, par l'efpérance que
j'en avois conçue, qu'il ne m'étoit plus poffible d'y réfifter.

Saint-Laurent demeura près de fix femaines à fon voyage ; il
revint au bout de ce temps-là ; il me conta qu'après beaucoup
de peines & de tentatives inutiles, il avoit appris que Bénavidès avoit befoin d'un architecte, qu'il s'étoit fait préfenter fous
ce titre, & qu'à la faveur de quelques connaiffances, qu'un de
fes oncles qui éxerçoit cette profeffion lui avoit autrefois données, il s'étoit introduit dans la maifon. Je crois, ajoûta-t-il,
que Madame de Bénavidès m'a reconnu : du moins me fuis-je
apperçu qu'elle a rougi la premiere fois qu'elle m'a vû. Il me
dit enfuite qu'elle menoit la vie du monde la plus trifte & la
plus retirée, que fon mari ne la quitoit prefque jamais, qu'on
difoit dans la maifon qu'il en étoit très-amoureux, quoiqu'il ne
lui en donnât d'autre marque que fon extrême jaloufie, qu'il
la portoit fi loin, que fon frere n'avoit la liberté de voir Madame de Bénavidès, que quand il étoit préfent.

Je lui demandai qui étoit ce frere : il me répondit que c'é-
toit un jeune homme, dont on difoit autant de bien que l'on
difoit de mal de Bénavidès, qu'il paraiffoit fort attaché à fa belle
fœur. Ce difcours ne fit alors nulle impreffion fur moi ; la trifte
fituation de Madame de Bénavidès, & le défir de la voir m'occupoient tout entier. Saint-Laurent m'affura qu'il avoit pris toutes les mefures pour m'introduire chez Bénavidès ; il a befoin
d'un peintre, me dit-il, pour peindre un appartement ; je lui ai
promis de lui en mener un : il faut que ce foit vous.

Il ne fut plus queſtion que de regler notre départ. J'écrivis à ma mere, que j'allois paſſer quelque tems chez un de mes amis, & je pris avec Saint-Laurent le chemin de la Biſcaye. Mes queſtions ne finiſſoient point ſur Madame de Bénavidès ; j'euſſe voulu ſçavoir juſqu'aux moindres choſes de ce qui la regardoit. Saint-Laurent n'étoit pas en état de me ſatisfaire : il ne l'avoit vûe que très-peu. Elle paſſoit les journées dans ſa chambre, ſans autre compagnie que celle d'un chien qu'elle aimoit beaucoup ; cet article m'intéreſſa particulierement ; ce chien venoit de moi ; je me flattai que c'étoit pour cela qu'il étoit aimé. Quand on eſt bien malheureux, on ſent toutes ces petites choſes qui échapent dans le bonheur ; le cœur, dans le beſoin qu'il a de conſolation, n'en laiſſe perdre aucune.

Saint-Laurent me parla encore beaucoup de l'attachement du jeune Bénavidès pour ſa belle-ſœur ; il ajoûta qu'il calmoit ſouvent les emportemens de ſon frere, & qu'on étoit perſuadé que, ſans lui, Adélaïde ſeroit encore plus malheureuſe ; il m'exhorta auſſi à me borner au plaiſir de la voir, & à ne faire aucune tentative pour lui parler. Je ne vous dis point, continua-t-il, que vous expoſeriez votre vie, ſi vous étiez découvert ; ce ſeroit un faible motif pour vous retenir : mais vous expoſeriez la ſienne. C'étoit un ſi grand bien pour moi de voir du moins Adélaïde, que j'étois perſuadé de bonne foi que ce bien me ſuffiroit : auſſi me promis-je à moi-même, & promis-je à Saint-Laurent encore plus de circonſpection qu'il n'en exigeoit.

Nous arrivames après pluſieurs jours de marche qui m'avoient paru pluſieurs années ; je fus préſenté à Bénavidès qui me mit auſſi-tôt à l'ouvrage ; on me logea avec le prétendu architecte, qui de ſon côté devoit conduire des ouvriers. Il y avoit pluſieurs jours que mon travail étoit commencé, ſans que j'euſſe encore vû Madame de Bénavidès : je la vis enfin un ſoir paſſer ſous les fenêtres de l'appartement où j'étois, pour aller à la promenade ; elle n'avoit que ſon chien avec elle ; elle étoit négligée ; il y avoit dans ſa démarche un air de langueur ; il me ſembloit que ſes beaux yeux ſe promenoient ſur tous les objets, ſans en regarder aucun. Mon Dieu que cette vue me cauſa de trouble ! Je reſtai appuyé ſur la fenêtre, tant que dura la promenade. Adélaïde ne revint qu'à la nuit. Je ne pouvois plus la diſtinguer, quand elle repaſſa ſous ma fenêtre ; mais mon cœur ſavoit que c'étoit elle.

Je la vis la feconde fois dans la chapelle du château. Je me plaçai de façon, que je la puiffe regarder pendant tout le temps qu'elle y fut, fans être remarqué. Elle ne jetta point les yeux fur moi ; j'en devois être bien aife, puifque j'étois fûr que fi j'en étois reconnu, elle m'obligeroit à partir : cependant je m'en affligeai ; je fortis de cette chapelle avec plus de trouble & d'agitation que je n'y étois entré. Je ne formois pas encore le deffein de me faire connaître : mais je fentois que je n'aurois pas la force de réfifter à une occafion, fi elle fe préfentoit.

La vue du jeune Bénavidès me donnoit auffi une efpece d'inquiétude ; il me traitoit malgré la diftance qui paraiffoit être entre lui & moi, avec une familiarité dont j'aurois dû être touché : je ne l'etois cependant point : fes agrémens & fon mérite, que je ne pouvois m'empêcher de voir, retenoient ma reconnaiffance ; je craignois en lui un rival ; j'appercevois dans toute fa perfonne, une certaine trifteffe paffionnée qui reffembloit trop à la mienne, pour ne pas venir de la même caufe, & ce qui acheva de me convaincre, c'eft qu'après m'avoir fait plufieurs queftions fur ma fortune : vous êtes amoureux, me dit-il ; la mélancolie où je m'apperçois que vous êtes plongé, vient de quelques peines de cœur ; dites-le-moi : fi je puis quelque chofe pour vous, je m'y employerai avec plaifir ; tous les malheureux en général ont droit à ma compaffion : mais il y en a d'une forte que je plains encore plus que les autres.

Je crois que je remerciai de très-mauvaife grace Dom Gabriel, (c'étoit fon nom) des offres qu'il me faifoit. Je n'eus cependant pas la force de nier que je fuffe amoureux : mais je lui dis que ma fortune étoit telle, qu'il n'y avoit que le temps qui pût lui apporter quelque changement. Puifque vous pouvez en attendre quelqu'un, me dit-il, je connais des gens encore plus à plaindre que vous.

Quand je fus feul, je fis mille réflexions fur la converfation que je venois d'avoir ; je conclus que Dom Gabriel étoit amoureux, & qu'il l'étoit de fa belle-fœur ; toutes fes démarches, que j'éxaminois avec attention, me confirmerent dans cette opinion : je le voyois attaché à tous les pas d'Adélaïde, la regarder des mêmes yeux dont je la regardois moi-même. Je n'étois cependant pas jaloux : mon eftime pour Adélaïde éloignoit ce fentiment de mon cœur. Mais pouvois-je m'empêcher de craindre que la vûe d'un homme aimable, qui lui rendoit des soins, même des services, ne lui fit sentir d'une maniere plus fâcheuse encore pour moi, que mon amour ne lui avoit causé que des peines ?

J'étois dans cette disposition, lorsque je vis entrer, dans le lieu où je peignois, Adélaïde menée par Dom Gabriel. Je ne sçais, lui disoit-elle, pourquoi vous voulez que je voye les ajustemens qu'on fait à cet appartement : vous sçavez que je ne suis pas sensible à ces choses là. J'ose esperer, lui dis-je, Madame, en la regardant, que si vous daignez jetter les yeux sur ce qui est ici, vous ne vous repentirez pas de votre complaisance. Adélaïde frapée de mon son de voix, me reconnut aussi-tôt ; elle baissa les yeux quelques instans, & sortit de la chambre sans me regarder, en disant que l'odeur de la peinture lui faisoit mal.

Je restai confus, accablé de la plus vive douleur : Adélaïde n'avoit pas daigné même jetter un regard sur moi ; elle m'avoit refusé jusqu'aux marques de sa colere. Que lui ai-je fait, disois-je ? Il est vrai que je suis venu ici contre ses ordres : mais si elle m'aimoit encore, elle me pardonneroit un crime qui lui prouve l'excès de ma passion. Je concluois ensuite que puisqu'Adélaïde ne m'aimoit plus, il falloit qu'elle aimât ailleurs ; cette pensée me donna une douleur si vive & si nouvelle, que je crus n'être malheureux que de ce moment. Saint-Laurent, qui venoit de temps en temps me voir, entra & me trouva dans une agitation qui lui fit peur. Qu'avez-vous, me dit-il ? Que vous est-il arrivé ? Je suis perdu, lui répondis-je : Adélaïde ne m'aime plus. Elle ne m'aime plus, répétai-je, est-il bien possible ? Hélas ! que j'avois tort de me plaindre de ma fortune avant ce cruel moment ! Par combien de peines, par combien de tourmens ne rachetterois-je pas ce bien que j'ai perdu, ce bien que je préferois à tout, ce bien, qui au milieu des plus grands malheurs, remplissoit mon cœur d'une si douce joie !

Je fus encore long-tems à me plaindre, sans que Saint-Laurent pût tirer de moi la cause de mes plaintes : il sçut enfin ce qui m'étoit arrivé. Je ne vois rien, dit-il, dans tout ce que vous me contez, qui doive vous jetter dans le désespoir où vous êtes. Madame de Bénavidès est sans doute offensée de la démarche que vous avez faite de venir ici : elle a voulu vous en punir, en vous marquant de l'indifférence. Que sçavez-

vous même , fi elle n'a point craint de fe trahir, fi elle vous
eût regardé ? Non, non, lui dis-je, on n'eſt point fi maître
de foi, quand on aime ; le cœur agit feul dans un premier
mouvement. Il faut , ajoutai-je, que je la voye; il faut que
je lui reproche fon changement. Hélas ! Après ce qu'elle a
fait, devoit-elle m'ôter la vie d'une maniere fi cruelle ? Que
ne me laiſſoit-elle dans ma priſon ? J'y étois heureux, puiſque je croyois être aimé.

Saint-Laurent, qui craignoit que quelqu'un ne me vît dans
l'état où j'étois, m'emmena dans la chambre où nous couchions.
Je paſſai la nuit entiere à me tourmenter ; je n'avois pas un fentiment qui ne fût auſſi-tôt détruit par un autre ; je condamnois
mes ſoupçons ; je les reprenois ; je me trouvois injuſte de vouloir qu'Adélaïde conſervât une tendreſſe qui la rendoit malheureuſe ; je me reprochois dans ces momens de l'aimer plus
pour moi que pour elle. Si je n'en ſuis plus aimé , diſois-je
à Saint-Laurent, fi elle en aime un autre, qu'importe que je
meure ? Je veux tâcher de lui parler : mais ce fera feulement
pour lui dire un dernier adieu. Elle n'entendra aucuns reproches de ma part : ma douleur, que je ne pourrai lui cacher ,
les lui fera pour moi.

Je m'affermis dans cette réſolution ; il fut conclu que je
partirois auſſi-tôt que je lui aurois parlé ; nous en cherchames
les moyens. Saint-Laurent me dit qu'il falloit prendre le temps
que Dom Gabriel iroit à la chaſſe, où il alloit aſſez ſouvent,
& celui où Bénavidés feroit occupé à fes affaires domeſtiques,
auxquelles il travailloit certains jours de la femaine.

Il me fit promettre, que pour ne faire naître aucun ſoupçon,
je travaillerois comme à mon ordinaire, & que je commencerois
à annoncer mon départ prochain.

. Je me remis donc à mon ouvrage. J'avois , preſque fans
m'en appercevoir, quelque eſpérance qu'Adélaïde viendroit
encore dans ce lieu; tous les bruits que j'entendois, me donnoient une émotion que je pouvois à peine foutenir ; je fus dans
cette ſituation pluſieurs jours de fuite ; il fallut enfin perdre
l'eſpérance de voir Adélaïde de cette façon, & chercher un moment où je puſſe la trouver feule.

Il vint enfin ce moment ; je montois comme à mon ordinaire
pour aller à mon ouvrage, quand je vis Adélaïde qui entroit
dans fon appartement: je ne doutai pas qu'elle ne fût feule. Je
ſçavois que Dom Gabriel étoit forti dès le matin, & j'avois en-

tendu Bénavidès, dans une falle baffe, parler avec un de fes
Fermiers.

J'entrai dans la chambre avec tant de précipitation, qu'Adélaïde ne me vit, que quand je fus près d'elle : elle voulut s'é-
chapper auffi-tôt qu'elle m'apperçut : mais la retenant par fa
robe, ne me fuyez pas, lui dis-je, Madame, laiffez-moi jouir
pour la derniere fois du bonheur de vous voir ; cet inftant paffé,
je ne vous importunerai plus ; j'irai loin de vous, mourir de
douleur des maux que je vous ai caufés , & de la perte de votre
cœur ; je fouhaite que Dom Gabriel, plus fortuné que moi...
Adélaïde, que la furprife & le trouble avoient jufqu'-là em-
pêchée de parler , m'arrêta à ces mots, & jettant un regard fur
fur moi : quoi ! me dit-elle, vous ofez me faire des reproches !
vous ofez me foupçonner, vous !..

Ce feul mot me précipita à fes pieds. Non, ma chere Adélaïde, lui dis-je, non, je n'ai aucun foupçon qui vous offenfe ;
pardonnez un difcours que mon cœur n'a point avoué. Je vous
pardonne tout, me dit-elle , pourvû que vous partiez tout à
l'heure, & que vous ne me voyez jamais. Songez que c'eft pour
vous que je fuis la plus malheureufe perfonne du monde : voulez-vous faire croire que je fuis la plus criminelle ? Je ferai,
lui dis je , tout ce que vous m'ordonnerez : mais promettez-moi
du moins que vous ne me haïrez pas.

Quoi qu'Adélaïde m'eût dit plufieurs fois de me lever, j'étois
refté à fes genoux ; ceux qui aiment, fçavent combien cette attitude a de charmes ; j'y étois encore quand Bénavidès ouvrit tout
d'un coup la porte de la chambre ; il ne me vit pas plutôt aux
genoux de fa femme, que venant à elle l'épée à la main : tu
mourras, perfide, s'écria-t-il. Il l'auroit tuée infailliblement ,
fi je ne me fuffe jetté au-devant d'elle ; je tirai en même-tems
mon épée. Je commencerai donc par toi ma vengeance, dit
Bénavidès, en me donnant un coup qui me bleffa à l'épaule. Je
n'aimois pas affez la vie pour la défendre : mais je haïffois trop
Bénavidès pour la lui abandonner. D'ailleurs ce qu'il venoit
d'entreprendre contre celle de fa femme, ne me laiffoit plus
l'ufage de la raifon ; j'allai fur lui ; je lui portai un coup qui
le fit tomber fans fentiment.

Les domeftiques , que les cris de Madame de Bénavidès
avoient attirés , entrerent dans ce moment ; ils me virent retirer
mon épée du corps de leur maître ; plufieurs fe jetterent fur
moi ; ils me défarmerent fans que je fiffe aucun effort pour me

défendre. La vue de Madame de Bénavidès qui étoit à terre fondant en larmes auprès de son mari, ne me laissoit de sentiment que pour ses douleurs. Je fus traîné dans une chambre, où je fus renfermé

C'est-là que, livré à moi-même, je vis l'abime où j'avois plongé Madame de Bénavidès. La mort de son mari, que je croyois alors tué à ses yeux, & tué par moi, ne pouvoit manquer de faire naître des soupçons contre elle. Quels reproches ne me fis-je point ? J'avois causé ses premiers malheurs, & je venois d'y mettre le comble par mon imprudence. Je me représentois l'état où je l'avois laissée, tout le ressentiment dont elle devoit être animée contre moi ; elle me devoit haïr : je l'avois mérité ; la seule espérance qui me resta, fut de n'être pas connu ; l'idée d'être pris pour un scélerat, qui, dans toute autre occasion, m'auroit fait frémir, ne m'étonna point. Adélaïde me rendroit justice, & Adélaïde étoit pour moi tout l'univers.

Cette pensée me donna quelque tranquillité, qui étoit cependant troublée par l'impatience que j'avois d'être interrogé. Ma porte s'ouvrit au milieu de la nuit ; je fus surpris en voyant entrer Dom Gabriel. Rassurez-vous, me dit-il en s'approchant ; je viens par ordre de Madame de Bénavidès : elle a eu assez d'estime pour moi, pour ne me rien cacher de ce qui vous regarde. Peut-être, ajouta-t-il avec un soupir qu'il ne put retenir, auroit-elle pensé différemment, si elle m'avoit bien connu. N'importe, je répondrai à sa confiance ; je vous sauverai, & je la sauverai si je puis. Vous ne me sauverez point, lui dis-je à mon tour : je dois justifier Madame de Bénavidès, & je le ferois aux dépens de mille vies.

Je lui expliquai tout de suite mon projet de ne point me faire connaître. Ce projet pourroit avoir lieu, me répondit Dom Gabriel, si mon frere étoit mort, comme je vois que vous le croyez : mais sa blessure, quoique grande, peut n'être pas mortelle, & le premier signe de vie qu'il a donné, a été de faire renfermer Madame de Bénavidès dans son appartement. Vous voyez par-là qu'il l'a soupçonnée, & que vous vous perdriez sans la sauver. Sortons, ajouta-t-il ; je puis aujourd'hui pour vous ce que je ne pourrai peut-être plus demain. Et que deviendra Madame de Bénavidès, m'écriai-je ? Non, je ne puis me résoudre à me tirer d'un péril où je l'ai mise, & à l'y laisser. Je vous ai déjà dit, me répondit Dom Gabriel, que votre présence ne peut que rendre sa condition plus fâcheuse. Eh bien !

lui dis-je, je fuirai puisqu'elle le veut, & que son intérêt le demande ; j'esperois, en sacrifiant ma vie, lui inspirer du moins quelque pitié : je ne méritois pas cette consolation ; je suis un malheureux, indigne de mourir pour elle. Protegez-la, dis-je à Dom Gabriel ; vous êtes généreux ; son innocence, son malheur, doivent vous toucher. Vous pouvez juger, me répliqua-t-il, par ce qui m'est échapé, que les intérêts de Madame de Bénavidès me sont plus chers qu'il ne faudroit pour mon repos ; je ferai tout pour elle. Hélas ! ajouta-t-il, je me croirois payé, si je pouvois encore penser qu'elle n'a rien aimé. Comment se peut-il que le bonheur d'avoir touché un cœur comme le sien ne vous ait pas suffi : Mais sortons, poursuivit-il, profitons de la nuit. Il me prit par la main, tourna une lanterne sourde, & me fit traverser les cours du château. J'étois si plein de rage contre moi-même, que par un sentiment de désespéré, j'aurois voulu être encore plus malheureux que je n'étois.

Dom Gabriel m'avoit conseillé, en me quittant, d'aller dans un couvent de Religieux qui n'étoit qu'à un quart de lieue du château. Il faut, me dit-il, vous tenir caché dans cette maison pendant quelques jours, pour vous dérober aux recherches que je serai moi-même obligé de faire : voilà une lettre pour un Religieux de la maison, à qui vous pouvez vous confier. J'errai encore long-temps autour du château ; je ne pouvois me résoudre à m'en éloigner : mais le desir de sçavoir des nouvelles d'Adélaïde, me détermina enfin à prendre la route du couvent.

J'y arrivai à la pointe du jour : le Religieux, après avoir lu la lettre de Dom Gabriel, m'emmena dans une chambre. Mon extrême abbatement & le sang qu'il apperçut sur mes habits, lui firent craindre que je ne fusse blessé : il me le demandoit, quand il me vit tomber en faiblesse : un domestique qu'il appella, & lui, me mirent au lit. On fit venir le chirurgien de la maison pour visiter ma plaie ; elle s'étoit extrèmement envenimée par le froid & par la fatigue que j'avois soufferts.

Quand je fus seul avec le Pere à qui j'étois adressé, je le priai d'envoyer à une maison du village que je lui indiquai, pour s'informer de Saint-Laurent : j'avois jugé qu'il s'y seroit réfugié : je ne m'étois pas trompé ; il vint avec l'homme que j'avois envoyé. La douleur de ce pauvre garçon fut extrème, quand il sçut que j'étois blessé ; il s'approcha de mon lit, pour s'informer de mes nouvelles. Si vous voulez me fauver la vie, lui dis-je, il faut m'apprendre dans quel état eft Madame de Bénavidès; fçachez ce qui fe paffe; ne perdez pas un moment pour m'en éclaircir, & fongez que ce que je fouffre eft mille fois pire que la mort. Saint-Laurent me promit de faire ce que je fouhaitois; il fortit dans l'inftant, pour prendre les mefures néceffaires.

Cependant la fiévre me prit avec beaucoup de violence; ma plaie parut dangereufe; on fut obligé de me faire de grandes incifions: mais les maux de l'efprit me laiffoient à peine fentir ceux du corps. Madame de Bénavidès, comme je l'avois vûe en fortant de fa chambre, fondant en larmes, couchée fur le plancher auprès de fon mari que j'avois bleffé, ne me fortoit pas un moment de l'efprit; je repaffois les malheurs de fa vie; je me trouvois partout; fon mariage, le choix de ce mari le plus jaloux, le plus bizarre de tous les hommes, s'étoient fait pour moi; & je venois de mettre le comble à tant d'infortunes, en expofant fa réputation. Je me rappellois enfuite la jaloufie que je lui avois marquée; quoiqu'elle n'eût duré qu'un moment, quoiqu'un feul mot l'eût fait ceffer, je ne pouvois me la pardonner. Adélaïde me devoit regarder comme indigne de fes bontés; elle devoit me haïr. Cette idée fi douloureufe, fi accablante, je la foutenois par la rage dont j'étois animé contre moi-même.

Saint-Laurent revint au bout de huit jours: il me dit que Bénavidès étoit très-mal de fa bleffure, que fa femme paraiffoit inconfolable, que Dom Gabriel faifoit mine de nous faire chercher avec foin. Ces nouvelles n'étoient pas propres à me calmer; je ne fçavois ce que je devois defirer; tous les évenemens étoient contre moi; je ne pouvois même fouhaiter la mort; il me fembloit que je me devois à la juftification de Madame de Bénavidès.

Le religieux qui me fervoit, prit pitié de moi; il m'entendoit foupirer continuellement; il me trouvoit prefque toujours le vifage baigné de larmes. C'étoit un homme d'efprit, qui avoit été long-temps dans le monde, & que divers accidens avoient conduit dans le cloître. Il ne chercha point à me confoler par fes difcours: il me montra feulement de la fenfibilité pour mes peines. Ce moyen lui réuffit: il gagna peu à peu ma confiance; peut-être auffi ne la dût-il qu'au befoin que j'avois de parler & de me plaindre. Je m'attachois à lui, à

mefure

mesure que je lui contois mes malheurs ; il me devint si nécessaire au bout de quelques jours , que je ne pouvois consentir à le perdre un moment. Je n'ai jamais vû dans personne plus de vraie bonté ; je lui répétois mille fois les mêmes
choses : il m'écoutoit, il entroit dans mes sentimens.

C'étoit par son moyen que je sçavois ce qui se passoit chez
Bénavidès. Sa blessure le mit long-temps dans un très-grand
danger ; il guérit enfin : j'en appris la nouvelle par Dom Jerôme, c'étoit le nom de ce religieux ; il me dit ensuite que
tout paraissoit tranquille dans le château , que Madame de
Bénavidès vivoit encore plus retirée qu'auparavant, que sa
santé étoit très-languissante ; il ajoûta qu'il falloit que je me
disposasse à m'éloigner aussi-tôt que je le pourrois , que mon
séjour pourroit être découvert , & causer de nouvelles peines à
Madame de Bénavidès.

Il s'en falloit bien que je fusse en état de partir ; j'avois
toujours la fiévre ; ma playe ne se refermoit point. J'étois dans
cette maison depuis deux mois , quand je m'apperçus un jour
que Dom Jerome étoit triste & rêveur ; il détournoit les yeux ;
il n'osoit me regarder ; il répondoit avec peine à mes ques-
tions. J'avois pris beaucoup d'amitié pour lui ; d'ailleurs les
malheureux sont plus sensibles que les autres. J'allois lui demander le sujet de sa mélancolie, lorsque Saint-Laurent, en
entrant dans ma chambre , me dit que Dom Gabriel étoit
dans la maison, qu'il venoit de le rencontrer.

Dom Gabriel est ici, dis-je en regardant Dom Jerôme ,
& vous ne m'en dites rien ! Pourquoi ce mystere ? Vous me
faites trembler ! Que fait Madame de Bénavidès ? Par pitié , tirez-moi de la cruelle incertitude où je suis. Je voudrois
pouvoir vous y laisser toujours , me dit enfin Dom Jerôme
en m'embrassant. Ah ! m'écriai-je , elle est morte ; Bénavidès
l'a sacrifiée à sa fureur : vous ne me répondez point. Hélas !
Je n'ai donc plus d'espérance. Non, ce n'est point Bénavidès ,
reprenois-je , c'est moi qui lui ai plongé le poignard dans le
sein ; sans mon amour, elle vivroit encore. Adélaïde est morte ;
je ne la verrai plus ; je l'ai perdue pour jamais. Elle est
morte ! Et je vis encore ! Que tardai-je à la suivre ! que tardai-je
à la venger ! Mais non , ce seroit me faire grace que de me
donner la mort ; ce seroit me séparer de moi-même , qui me
fais horreur,

E 6

L'agitation violente dans laquelle j'étois, fit r'ouvrir ma playe, qui n'étoit pas encore bien fermée ; je perdis tant de sang, que je tombai en faiblesse ; elle fut si longue, que l'on me crut mort ; je revins enfin après plusieurs heures. Dom Jérôme craignit que je n'entreprisse quelque chose contre ma vie ; il chargea Saint-Laurent de me garder à vue. Mon désespoir prit alors une autre forme. Je restai dans un morne silence ; je ne répandois pas une larme. Ce fut dans ce temps que je fis dessein d'aller dans quelque lieu, où je pusse être en proye à toute ma douleur. J'imaginois presque un plaisir à me rendre encore plus misérable que je ne l'étois.

Je souhaitai de voir Dom Gabriel, parce que sa vûe devoit encore augmenter ma peine ; je priai Dom Jérôme de l'amener ; ils vinrent ensemble dans ma chambre le lendemain. Dom Gabriel s'assit auprès de mon lit ; nous restames tous deux assez long-temps sans nous parler ; il me regardoit avec des yeux pleins de larmes : je rompis enfin le silence : vous êtes bien généreux, Monsieur, de voir un misérable pour qui vous devez avoir tant de haine : Vous êtes trop malheureux, répondit-il, pour que je puisse vous haïr Je vous supplie, lui dis-je, de ne me laisser ignorer aucune circonstance de mon malheur ; l'éclaircissement que je vous demande préviendra peut-être des évenemens que vous avez intérêt d'empêcher. J'augmenterai mes peines & les vôtres, me répondit-il ; n'importe, il faut vous satisfaire ; vous verrez du moins dans le récit que je vais vous faire, que vous n'êtes pas seul à plaindre : mais je suis obligé pour vous apprendre tout ce que vous voulez sçavoir, de vous dire un mot de ce qui me regarde.

Je n'avois jamais vû Madame de Bénavidès, quand elle devint ma belle-sœur. Mon frere, que des affaires considerables avoient attiré à Bordeaux, en devint amoureux, & quoique ses rivaux eussent autant de naissance & de bien, & lui fussent préférables par beaucoup d'autres endroits, je ne sçais par quelle raison le choix de Madame de Bénavidès fut pour lui. Peu de temps après son mariage, il la mena dans ses terres C'est-là où je la vis pour la premiere fois : si sa beauté me donna de l'admiration ; je fus encore plus enchanté des graces de son esprit & de son extrême douceur, que mon frere mettoit tous les jours à de nouvelles épreuves. Cependant l'amour que j'avois alors pour une très-aimable personne dont j'étois tendrement aimé, me

faifoit croire que j'étois à l'abri de tant de charmes. J'avois
même deffein d'engager ma belle-fœur à me fervir auprès de
fon mari, pour le faire confentir à mon mariage. Le pere de
ma maîtreffe, offenfé des refus de mon frere, ne m'avoit
donné qu'un temps très-court pour les faire ceffer, & m'a-
voit déclaré, & à fa fille, que ce temps expiré, il la marie-
roit à un autre.

L'amitié que Madame de Bénavidès me témoignoit, me mit
bientôt en état de lui demander fon fecours ; j'allois fouvent
dans fa chambre, dans le deffein de lui en parler, & j'étois
arrêté par le plus léger obftacle. Cependant le temps, qui
m'avoit été preferit, s'écouloit ; j'avois reçu plufieurs lettres de
ma maîtreffe, qui me preffoit d'agir ; les réponfes que je lui
faifois, ne la fatisfirent pas ; il s'y gliffoit, fans que je m'en
apperçuffe, une froideur qui m'attira des plaintes ; elles me parurent injuftes ; je lui en écrivis fur ce ton là. Elle fe crut
abandonnée, & le dépit, joint aux inftances de fon pere, la
déterminerent à fe marier. Elle m'inftruifit elle-même de fon
fort ; fa lettre, quoique pleine de reproches, étoit tendre ; elle
finiffoit en me priant de ne la voir jamais. Je l'avois beaucoup aimée ; je croyois l'aimer encore : je ne pus apprendre,
fans une véritable douleur, que je la perdois ; je craignois
qu'elle ne fût malheureufe, & je reprochois d'en être la
caufe.

Toutes ces différentes penfées m'occupoient ; j'y rêvois trif-
tement, en me promenant dans une allée de ce bois que vous
connaiffez, quand je fus abordé par Madame de Bénavidès ;
elle s'apperçut de ma trifteffe ; elle m'en demanda la caufe
avec amitié ; une fecrete répugnance me retenoit. Je ne pouvois me réfoudre à lui dire que j'avois été amoureux : mais
le plaifir de pouvoir lui parler d'amour, quoique ce ne fût pas
pour elle, l'emporta Tous ces mouvemens fe paffoient dans
mon cœur, fans que je les démêlaffe. Je n'avois encore ofé
approfondir ce que je fentois pour ma belle-fœur ; je lui
contai mon aventure ; je lui montrai la lettre de Mademoifelle de N... Que ne m'avez-vous parlé plûtôt, me dit-elle ?
Peut-être aurois-je obtenu de Monfieur votre frere le confen-
tement qu'il vous refufoit. Mon Dieu ! Que je vous plains, &
que je la plains ! Elle fera affurément malheureufe ! La pitié
de Madame de Bénavidès pour Mademoifelle de N... me fit

craindre qu'elle ne prît de moi des idées défavantageufes ; & pour diminuer cette pitié, je me preffai de lui dire que le mari de Mademoifelle de N... avoit du mérite, de la naiffance, qu'il tenoit un rang confidérable dans monde, & qu'il y avoit apparence que fa fortune deviendroit encore plus confidérable. Vous vous trompez, me répondit-elle, fi vous croyez que tous ces avantages la rendront heureufe : rien ne peut remplacer la perte de ce qu'on aime. C'eft une cruelle chofe, ajouta-t-elle, quand il faut mettre toujours le devoir à la 'place de l'inclination. Elle foupira plufieurs fois pendant cette converfation ; je m'apperçus même qu'elle avoit peine à retenir fes larmes.

Après m'avoir dit encore quelques mots, elle me quitta. Je n'eus pas la force de la fuivre ; je reftai dans un trouble que je ne puis exprimer ; je vis tout d'un coup, ce que je n'avois pas voulu voir jufques-là, que j'étois amoureux de ma belle-fœur, & je crus voir qu'elle avoit une paffion dans le cœur. Je me rappellai mille circonftances auxquelles je n'avois pas fait attention. Son goût pour la folitude, fon éloignement pour tous les amufemens dans un âge comme le fien, fon extrême mélancolie, que j'avois attribuée aux mauvais traitemens de mon frere, me parurent alors avoir une autre caufe. Que de réflexions douloureufes fe préfenterent en même-temps à mon efprit ! Je me trouvois amoureux d'une perfonne que je ne devois point aimer, & cette perfonne en aimoit un autre. Si elle n'aimoit rien, difois-je, mon amour, quoique fans efpérance, ne feroit pas fans douceur ; je pourrois prétendre à fon amitié ; elle m'auroit tenu lieu de tout : mais cette amitié n'eft plus rien pour moi, fi elle a des fentimens plus vifs pour un autre. Je fentois que je devois faire tous mes efforts pour me guérir d'une paffion contraire à mon repos, & que l'honneur ne me permettoit pas d'avoir. Je pris le deffein de m'éloigner, & je rentrai au château, pour dire à mon frere que j'étois obligé de partir : mais la vue de Madame de Bénavidès arrêta mes réfolutions ; cependant pour me donner à moi-même un prétexte de refter près d'elle, je me perfuadai que je lui étois utile, pour arrêter les mauvaifes humeurs de fon mari.

Vous arrivâtes dans ce temps-là ; je trouvai en vous un air & des manieres qui démentoient la condition fous laquelle vous paraiffiez. Je vous marquai de l'amitié ; je voulus entrer dans votre confidence. Mon deſſein étoit de vous engager enſuite à peindre Madame de Bénavidès : car, malgré toutes les illuſions que mon amour me faiſoit, j'étois toujours dans la réſolution de m'éloigner, & je voulois, en me ſéparant d'elle pour toujours, avoir du moins ſon portrait. La maniere dont vous répondites à mes avances, me fit voir que je ne pouvois rien eſpérer de vous, & j'étois allé pour faire venir un autre peintre, le jour malheureux où vous bleſſates mon frere. Jugez de ma ſurpriſe, quand à mon retour j'appris tout ce qui s'étoit paſſé. Mon frere, qui étoit très-mal, gardoit un morne ſilence, & jettoit de temps en temps des regards terribles ſur Madame de Bénavidès. Il m'appella auſſi-tôt qu'il me vit. Délivrez-moi, me dit-il, de la vue d'une femme qui m'a trahi ; faites-la conduire dans ſon appartement, & donnez ordre qu'elle n'en puiſſe ſortir. Je voulus dire quelque choſe : mais M. de Bénavidès m'interrompit au premier mot ; faites ce que je ſouhaite, me dit-il, ou ne me voyez jamais.

Il fallut donc obéïr. Je m'approchai de ma belle-ſœur ; je la priai que je puſſe lui parler dans ſa chambre ; elle avoit entendu les ordres que ſon mari m'avoit donnés. Allons, me dit-elle, en répandant un torrent de larmes, venez exécuter ce que l'on vous ordonne. Ces paroles, qui avoient l'air de reproches, me pénétrerent de douleur ; je n'oſai y répondre dans le lieu où nous étions : mais elle ne fut pas plutôt dans ſa chambre, que la regardant avec beaucoup de triſteſſe : quoi ! lui dis-je, Madame, me confondez-vous avec votre perſécuteur, moi qui ſens vos peines comme vous-même, moi qui donnerois ma vie pour vous ? Je frémis de le dire : mais je crains pour la vôtre. Retirez-vous pour quelque temps dans un lieu ſûr ; je vous offre de vous y faire conduire. Je ne ſçais ſi M. de Bénavidès en veut à mes jours, me répondit-elle : je ſçais ſeulement que mon devoir m'oblige à ne pas l'abandonner, & je le remplirai, quoiqu'il m'en puiſſe coûter. Elle ſe tut quelques momens, & reprenant la parole : Je vais, continua-t-elle, vous donner par une entiere confiance, la plus grande marque d'eſtime que je puiſſe vous donner ; auſſi-bien l'aveu que j'ai à vous faire, n'eſt-il néceſſaire pour conſerver la vôtre. Allez retrouver votre frere ; une plus longue converſation pourroit lui être ſuſpecte ; revenez enſuite le plutôt que vous pourrez.

Je ſortis, comme Madame de Bénavidès le ſouhaitoit. Le

E e iij

chirurgien avoit ordonné qu'on ne laissât entrer personne dans la chambre de M. de Bénavidès ; je courus retrouver sa femme, agité de mille pensées différentes ; je desirois de sçavoir ce qu'elle avoit à me dire , & je craignois de l'apprendre. Elle me conta comment elle vous avoit connu, l'amour que vous aviez pris pour elle le premier moment que vous l'aviez vue : elle ne me dissimula point l'inclination que vous lui aviez inspirée.

Quoi ! m'écriai-je à cet endroit du récit de Dom Gabriel, j'avois touché l'inclination de la plus parfaite personne du monde, & je l'ai perdue ! Cette idée pénétra mon cœur d'un sentiment si tendre, que mes larmes , qui avoient été retenues jusques-là par l'excès de mon désespoir , commencerent à couler.

Oui, continua Dom Gabriel, vous en etiez aimé ; quel fond de tendresse je découvris pour vous dans son cœur, malgré ses malheurs, malgré sa situation présente ! le sentois qu'elle appuyoit avec plaisir sur tout ce que vous aviez fait pour elle ; elle m'avoua qu'elle vous avoit reconnu, quand je la conduisis dans la chambre où vous peigniez , qu'elle vous avoit écrit pour vous ordonner de partir, & qu'elle n'avoit pu trouver une occasion de vous donner sa lettre. Elle me conta ensuite comment son mari vous avoit surpris, dans le moment même où vous lui disiez un éternel adieu, qu'il avoit voulu la tuer, & que c'étoit en la défendant que vous aviez blessé M. de Bénavidès. Sauvez ce malheureux, ajouta-t-elle ; vous seul pouvez le dérober au sort qui l'attend : car je le connais, dans la crainte de m'exposer, il souffriroit les derniers supplices plutôt que de déclarer ce qu'il est. Il est bien payé de ce qu'il souffre, lui dis-je, Madame, par la bonne opinion que vous avez de lui. Je vous ai découvert toute ma faiblesse, répliqua-t-elle : mais vous avez dû voir que si je n'ai pas été maitresse de mes sentimens, je l'ai du moins été de ma conduite , & que je n'ai fait aucune démarche que le plus rigoureux devoir puisse condamner. Hélas ! Madame, lui dis-je, vous n'avez pas besoin de vous justifier ; je sçais trop par moi-même qu'on ne dispose pas de son cœur comme on le voudroit. Je vais mettre tout en usage, ajoutai-je, pour vous obéir, & pour délivrer le Comte de Comminge : mais j'ose vous dire qu'il n'est peut-être pas le plus malheureux.

Je sortis en prononçant ces paroles, sans oser jetter les yeux sur Madame de Bénavidès ; je fus m'enfermer dans ma chambre pour résoudre ce que j'avois à faire ; mon parti étoit pris de vous délivrer : mais je ne sçavois pas si je ne devois point fuir moi-même. Ce que j'avois souffert pendant le récit que je venois d'entendre, me faisoit connaître à quel point j'étois amoureux. Il falloit m'affranchir d'une passion si dangereuse pour ma vertu : mais il y avoit de la cruauté d'abandonner Madame de Bénavidès seule entre les mains d'un mari qui croyoit en avoir été trahi. Après bien des irrésolutions, je me déterminai à secourir Madame de Bénavidès, & à l'éviter avec soin. Je ne pus lui rendre compte de votre évasion que le lendemain ; elle me parut un peu plus tranquille ; je crus cependant m'appercevoir que son affliction étoit encore augmentée, & je ne doutai pas que ce ne fût la connaissance que je lui avois donnée de mes sentimens ; je la quittai pour la délivrer de l'embarras que ma présence lui causoit.

Je fus plusieurs jours sans la voir. Le mal de mon frere qui augmentoit & qui faisoit tout craindre pour sa vie, m'obligea de lui faire une visite pour l'en avertir. Si j'avois perdu M. de Bénavidès, me dit-elle, par un événement ordinaire, sa perte m'auroit été moins sensible : mais la part que j'aurois à celui-ci, me la rendroit tout-à-fait douloureuse. Je ne crains point les mauvais traitemens qu'il peut me faire : je crains qu'il ne meure avec l'opinion que je lui ai manqué. S'il vit, j'espere qu'il connaîtra mon innocence, & qu'il me rendra son estime. Il faut aussi, lui dis-je, Madame, que je tâche de mériter la vôtre ; je vous demande pardon des sentimens que je vous ai laissé voir ; je n'ai pu ni les empêcher de naître, ni vous les cacher ; je ne sçai même si je pourrai en triompher : mais je vous jure que je ne vous en importunerai jamais. J'aurois même pris déjà le parti de m'éloigner de vous, si votre intérêt ne me retenoit ici. Je vous avoue me dit-elle, que vous m'avez sensiblement affligée. La fortune a voulu m'ôter jusqu'à la consolation que j'aurois trouvée dans votre amitié.

Les larmes qu'elle répandoit en me parlant, firent plus d'effet sur moi que toute ma raison. Je fus honteux d'augmenter les malheurs d'une personne déjà si malheureuse. Non, Madame, lui dis-je, vous ne serez point privée de cette amitié dont vous avez la bonté de faire cas, & je me rendrai digne de la vôtre par le soin que j'aurai de vous faire oublier mon égarement.

Je me trouvai effectivement en la quittant, plus tranquille que je n'avois été depuis que je la connaissois. Bien loin de la fuir, je voulus par les engagemens que je prendrois avec elle en la voyant, me donner à moi même de nouvelles raisons de faire mon devoir. Ce moyen me réussit ; je m'accoutumois peu à peu à réduire mes sentimens à l'amitié ; je lui disois naturellement le progrès que je faisois ; elle m'en remercioit comme d'un service que je lui aurois rendu, & pour m'en récompenser, elle me donnoit de nouvelles marques de sa confiance. Mon cœur se révoltoit encore quelquefois : mais la raison restoit la plus forte.

Mon frere, après avoir été assez long-temps dans un très-grand danger, revint enfin : il ne voulut jamais accorder à sa femme la permission de le voir, qu'elle lui demanda plusieurs fois. Il n'étoit pas encore en état de quitter la chambre, que Madame de Bénavidès tomba malade à son tour ; sa jeunesse la tira d'affaire, & j'eus lieu d'espérer que sa maladie avoit attendri son mari pour elle, quoiqu'il se fût obstiné à ne la point voir, quelque instance qu'elle lui en eût fait faire dans le plus fort de son mal ; il demandoit de ses nouvelles avec quelque sorte d'empressement.

Elle commençoit à se mieux porter, quand M. de Bénavidès me fit appeller. J'ai une affaire importante, me dit-il, qui demanderoit ma présence à Sarragosse ; ma santé ne me permet pas de faire ce voyage ; je vous prie d'y aller à ma place ; j'ai ordonné que mes équipages fussent prêts, & vous m'obligerez de partir tout à l'heure. Il est mon ainé d'un grand nombre d'années ; j'ai toujours eu pour lui le respect que j'aurois eu pour mon pere, & il m'en a tenu lieu. Je n'avois d'ailleurs aucune raison pour me dispenser de faire ce qu'il souhaitoit de moi ; il fallut donc me résoudre à partir : mais je crus que cette marque de ma complaisance me mettoit en droit de lui parler sur Madame de Bénavidès. Que ne lui dis-je point pour l'adoucir ! Il me parut que je l'avois ébranlé, je crus même le voir attendri. J'ai aimé Madame de Bénavidès, me dit-il, de la passion du monde la plus forte ; elle n'est pas encore éteinte dans mon cœur : mais il faut que le temps, & la conduite qu'elle aura à l'avenir, effacent le souvenir de ce que j'ai

vie. Je n'oſai conteſter ſes ſujets de plainte ; c'étoit le moyen
de rappeller ſes fureurs : je lui demandai ſeulement la permiſſion de dire à ma belle-ſœur les eſpérances qu'il me donnoit ;
il me le permit. Cette pauvre femme reçut cette nouvelle avec
une ſorte de joie : je ſçais, me dit-elle, que je ne puis être
heureuſe avec M. de Bénavidès : mais j'aurai du moins la conſolation d'être où mon devoir veut que je ſois.

Je la quittai après l'avoir encore aſſurée des bonnes diſpo-
ſitions de mon frere. Un des principaux domeſtiques de la maiſon à qui je me confiois, fut chargé de ma part d'être attentif
à tout ce qui pourroit la regarder, & de m'en inſtruire. Après
ces précautions que je crus ſuffiſantes, je pris la route de Sar-
ragoſſe. Il y avoit près de quinze jours que j'y étois arrivé, que
je n'avois eu aucune nouvelle ; ce long ſilence commençoit à
m'inquiéter, quand je reçus une lettre de ce domeſtique, qui
m'apprenoit que trois jours après mon départ, M. de Bénavidès l'avoit mis dehors, & tous ſes camarades, & qu'il n'avoit
gardé qu'un homme qu'il me nomma, & la femme de cet
homme.

Je frémis en liſant ſa lettre, & ſans m'embarraſſer des affaires dont j'étois chargé, je pris ſur le champ la poſte.

J'étois à trois journées d'ici, quand je reçus la fatale nouvelle de la mort de Madame de Bénavidès ; mon frere qui me
l'écrivit lui-même, m'en parut ſi affligé, que je ne ſçaurois
croire qu'il y ait eu part ; il me mandoit que l'amour qu'il
avoit pour ſa femme, l'avoit emporté ſur ſa colere, qu'il étoit
prêt de lui pardonner, quand la mort la lui avoit ravie, qu'elle
étoit retombée peu après mon départ, & qu'une fiévre violente
l'avoit emportée le cinquiéme jour. J'ai ſçu depuis que je ſuis
ici, où je ſuis venu chercher quelque conſolation auprès de
Dom Jerôme, qu'il eſt plongé dans la plus affreuſe mélancolie : il ne veut voir perſonne ; il m'a même fait prier de ne pas
aller ſi-tôt chez lui.

Je n'ai aucune peine à lui obéir, continua Dom Gabriel :
les lieux où j'ai vû la malheureuſe Madame de Bénavidès, &
où je ne la verrois plus, ajouteroient encore à ma douleur ; il
ſemble que ſa mort ait réveillé mes premier ſentimens, & je ne
ſçais ſi l'amour n'a pas autant de part à mes larmes que l'amitié. J'ai réſolu de paſſer en Hongrie où j'eſpere trouver la
mort dans les périls de la guerre, ou retrouver le repos que j'ai
perdu.

Dom Gabriel cessa de parler. Je ne pus lui répondre ; ma
voix étoit étouffée par mes soupirs & par mes larmes ; il en répandoit aussi-bien que moi ; il me quitta enfin sans que j'eusse
pu lui dire une parole. Dom Jérôme l'accompagna , & je
restai seul Ce que je venois d'entendre augmentoit l'impatience que j'avois de me trouver dans un lieu, où rien ne me
dérobât à ma douleur ; le desir d'exécuter ce projet hata ma
guérison. Après avoir langui si long-temps, mes forces commencerent à revenir ; ma blessure se ferma, & je me vis en
état de partir en peu de temps. Les adieux de Dom Jérôme &
de moi furent de sa part remplis de beaucoup de témoignages
d'amitié ; j'aurois voulu y répondre : mais j'avois perdu ma
chere Adélaïde, & je n'avois de sentimens que pour la pleurer. Je cachai mon dessein, de peur qu'on ne cherchât à y
mettre obstacle ; j'écrivis à ma mere par Saint Laurent, à qui
j'avois fait croire que j'attendrois la réponse dans le lieu où
j'étois Cette lettre contenoit un détail de tout ce qui m'étoit
arrivé ; je finissois en lui demandant pardon de m'éloigner d'elle ;
j'ajoutois que j'avois cru devoir lui épargner la vue d'un malheureux qui n'attendoit que la mort ; enfin je la priois de ne
faire aucune perquisition pour découvrir ma retraite, & je lui
recommandois Saint-Laurent.

Je lui donnai, quand il partit, tout ce que j'avois d'argent ;
je ne gardai que ce qui m'étoit nécessaire pour faire mon voyage. La lettre de Madame de Bénavidès, & son portrait que
j'avois toujours sur mon cœur , étoient le seul bien que je m'é-
tois réservé. Je partis le lendemain du départ de Saint-Laurent ;
je vins sans presque m'arrêter à l'Abbaye de la T . . . je demandai l'habit en arrivant ; le Pere Abbé m'obligea de passer
par les épreuves. On me demanda, quand elles furent finies ,
si la mauvaise nourriture & les austérités ne me paraissoient
pas au-dessus de mes forces ; ma douleur m'occupoit si entierement, que je ne m'étois pas même apperçu du changement de
nourriture, & de ces austérités dont on me parloit.

Mon insensibilité à cet égard fut prise pour une marque de
zele, & je fus reçu. L'assurance que j'avois par-là que mes
larmes ne seroient point troublées, & que je passerois ma vie
entiere dans cet exercice , me donna quelque espece de consolation. L'affreuse solitude, le silence qui regnoit toujours dans
cette maison, la tristesse de tous ceux qui m'environnoient , se

laissoient tout entier à cette douleur qui m'étoit devenue si chere, qui me tenoit presque lieu de ce que j'avois perdu. Je remplissois les exercices du cloître, parce que tout m'étoit également indifférent ; j'allois tous les jours dans quelque endroit écarté du bois : là je relisois cette lettre ; je regardois le portrait de ma chere Adélaïde ; je baignois de mes larmes l'un & l'autre, & je revenois le cœur encore plus triste.

Il y avoit trois années que je menois cette vie, sans que mes peines eussent reçu le moindre adoucissement, quand je fus appellé par le son de la cloche, pour assister à la mort d'un religieux ; il étoit déjà couché sur la cendre, & on alloit lui administrer le dernier sacrement, lorsqu'il demanda au Pere Abbé la permission de parler.

Ce que j'ai à dire, mon Pere, ajouta-t-il, animera ceux qui m'écoutent d'une nouvelle ferveur, pour celui qui, par des voies si extraordinaires, m'a tiré du profond abîme où j'étois plongé, pour me conduire dans le port du salut :

Il continua ainsi :

Je suis indigne de ce nom de Frere dont ces saints religieux m'ont honoré ; vous voyez en moi une malheureuse pécheresse, qu'un amour prophane a conduite dans ces saints lieux. J'aimois & j'étois aimée d'un jeune homme d'une condition égale à la mienne : la haine de nos peres mit obstacle à notre mariage ; je fus même obligée pour l'intérêt de mon amant, d'en épouser un autre. Je cherchai jusques dans le choix de mon mari, à lui donner des preuves de mon fol amour ; celui qui ne pouvoit m'inspirer que de la haine, fut préféré, parce qu'il ne pouvoit lui donner de jalousie ; Dieu a permis qu'un mariage contracté par des vues si criminelles, ait été pour moi une source de malheurs. Mon mari & mon amant se blessèrent à mes yeux ; le chagrin que j'en conçus me rendit malade ; je n'étois pas encore rétabli, quand mon mari m'enferma dans une tour de sa maison, & me fit passer pour morte ; je fus deux ans en ce lieu, sans aucune consolation que celle que tâchoit de me donner celui qui étoit chargé de m'apporter ma nourriture. Mon mari, non content des maux qu'il me faisoit souffrir, avoit encore la cruauté d'insulter à ma misere : mais que dis-je, ô mon Dieu ! j'ose appeller cruauté, l'instrument dont vous vous serviez pour me punir ! Tant d'afflictions ne me firent point ouvrir les yeux sur mes égaremens ; bien loin de pleurer mes péchés, je ne pleurois que mon amant. La mort de mon mari me mit enfin en liberté ; le même domestique, seul instruit de ma destinée, vint m'ouvrir ma prison, & m'apprit que j'avois passé pour morte dès l'instant qu'on m'avoit enfermée. La crainte des discours que mon aventure feroit tenir de moi, me fit penser à la retraite ; & pour achever de m'y déterminer, j'appris qu'on ne sçavoit aucune nouvelle de la seule personne qui pouvoit me retenir dans le monde. Je pris un habit d'homme pour sortir avec plus de facilité du château. Le couvent que j'avois choisi, & où j'avois été élevée, n'étoit qu'à quelques lieues d'ici ; j'étois en chemin pour m'y rendre, quand un mouvement inconnu m'obligea d'entrer dans cette église. A peine y étois-je, que je distinguai parmi ceux qui chantoient les louanges du Seigneur, une voix trop accoutumée à aller jusqu'à mon cœur : je crus être séduite par la force de mon imagination ; je m'approchai, & malgré le changement que le temps & les austérités avoient apporté sur son visage, je reconnus ce séducteur si cher à mon souvenir. Grand Dieu ! Que devins-je à cette vue ? De quel trouble ne fus-je point agitée ? Loin de bénir le Seigneur de l'avoir mis dans la voie sainte, je blasphemai contre lui de me l'avoir ôté. Vous ne punites pas mes murmures impies, ô mon Dieu ! & vous vous servites de ma propre misere pour m'attirer à vous. Je ne pus m'éloigner d'un lieu qui renfermoit ce que j'aimois : & pour ne m'en plus séparer, après avoir congédié mon conducteur, je me présentai à vous, mon Pere ; vous fûtes trompé par l'empressement que je montrois pour être admis dans votre maison : vous m'y reçutes. Quelle étoit la disposition que j'apportois à vos saints exercices ? Un cœur plein de passion, tout occupé de ce qu'il aimoit. Dieu, qui vouloit, en m'abandonnant à moi-même, me donner de plus en plus des raisons de m'humilier un jour devant lui, permettoit sans doute ces douceurs empoisonnées que je goûtois à respirer le même air, à être dans le même lieu. Je m'attachois à tous ses pas ; je l'aidois dans son travail autant que mes forces pouvoient me le permettre, & je me trouvois dans ces momens payée de tout ce que je souffrois. Mon égarement n'alla pourtant pas jusqu'à me faire connaître : mais quel fut le motif qui m'arrêta ? la crainte de troubler le repos de celui qui m'avoit fait perdre le mien ; sans cette crainte, j'aurois peut-être tout tenté pour arracher à Dieu une ame que je croyois qui étoit toute à lui.

Il y a deux mois que pour obéir à la regle du saint fondateur, qui a voulu, par l'idée continuelle de la mort, sanctifier la vie de ses religieux, il leur fut ordonné à tous de se creuser chacun leur tombeau. Je suivois comme à l'ordinaire celui à qui j'étois lié par des chaînes si honteuses ; la vûe de ce tombeau, l'ardeur avec laquelle il le creusoit, me pénétrerent d'une affliction si vive, qu'il fallut m'éloigner pour laisser couler des larmes qui pouvoient me trahir ; il me sembloit depuis ce moment, que j'allois le perdre ; cette idée ne m'abandonnoit plus ; mon attachement en prit encore de nouvelles forces ; je le suivois par tout, & si j'étois quelques heures sans le voir, je croyois que je ne le verrois plus.

Voici le moment heureux que Dieu avoit préparé pour m'attirer à lui. Nous allions dans la forêt couper du bois, pour l'usage de la maison, quand je m'apperçus que mon compagnon m'avoit quittée ; mon inquiétude m'obligea à le chercher. Après avoir parcouru plusieurs routes du bois, je le vis dans un endroit écarté, occupé à regarder quelque chose qu'il avoit tiré de son sein. Sa rêverie étoit si profonde, que j'allai à lui, & que j'eus le tems de considérer ce qu'il tenoit sans qu'il m'apperçut ; quel fut mon étonnement quand je reconnus mon portrait ! Je vis alors que, bien loin de jouir de ce repos que j'avois tant craint de troubler, il étoit comme moi la malheureuse victime d'une passion criminelle ; je vis Dieu irrité appesantir sa main toute-puissante sur lui ; je crus que cet amour, que je portois jusqu'aux pieds des autels, avoit attiré la vengeance céleste sur celui qui en étoit l'objet. Pleine de cette pensée, je vins me prosterner aux pieds de ces mêmes autels ; je vins demander à Dieu ma conversion, pour obtenir celle de mon amant. Oui, mon Dieu ! C'étoit pour lui que je vous priois ; c'étoit pour lui que je versois des larmes ; c'étoit son intérêt qui m'amenoit à vous. Vous eutes pitié de ma faiblesse ; ma priere toute insuffisante, toute prophane qu'elle étoit encore, ne fut pas rejettée : votre grace se fit sentir à mon cœur. Je goûtai dès ce moment la paix d'une ame qui est avec vous, & qui ne cherche que vous. Vous voulutes encore me purifier par des souffrances ; je tombai malade peu de jours après. Si le compagnon de mes égaremens gémit encore sous le poids du péché, qu'il considere ce qu'il a si follement aimé, qu'il jette les yeux sur moi, qu'il pense à ce moment redoutable où je

touche , & où il touchera bientôt , à ce jour où Dieu fera taire
fa miféricorde pour n'écouter que fa juſtice. Mais je ſens que
le temps de mon dernier ſacrifice s'approche ; j'implore le ſecours des prieres de ces ſaints religieux ; je leur demande pardon du ſcandale que je leur ai donné , & je me reconnais indigne de partager leur ſépulture.

Le ſon de voix d'Adélaïde, ſi préſent à mon ſouvenir, me
l'avoit fait reconnaître dès le premier mot qu'elle avoit prononcé. Quelle expreſſion pourroit repréſenter ce qui ſe paſſoit
alors dans mon cœur ! Tout ce que l'amour le plus tendre ,
tout ce que la pitié , tout ce que le déſeſpoir peuvent faire ſentir , je l'éprouvai dans ce moment.

J'étois proſterné comme les autres religieux. Tant qu'elle
avoit parlé , la crainte de perdre une de ſes paroles avoit retenu
mes cris. mais quand je compris qu'elle étoit expirée, j'en fis
de ſi douloureux, que les religieux vinrent à moi & me relève-
rent. Je me démêlai de leurs bras ; je courus me jetter à genoux auprès du corps d'Adélaïde. je lui prenois les mains que
j'arroſois de mes larmes. Je vous ai donc perdue une ſeconde
fois, ma chere Adélaïde, m'écriai-je , & je vous ai perdue pour
toujours ! Quoi ! Vous avez été ſi long-temps auprès de moi,
& mon cœur ingrat ne vous a pas reconnue ! Nous ne nous ſépa-
rerons du moins jamais ; la mort, moins barbare que mon
pere , ajoutai-je, en la ſerrant entre mes bras, va nous unir
malgré lui.

La véritable piété n'eſt point cruelle : le Pere Abbé attendri
de ce ſpectacle, tâcha par les exhortations les plus tendres &
les plus chrétiennes, de me faire abandonner ce corps que je
tenois étroitement embraſſé. Il fut enfin obligé d'y employer la
force ; on m'entraîna dans ma cellule, où le Pere Abbé me
ſuivit ; il paſſa la nuit avec moi, ſans pouvoir rien gagner ſur
mon eſprit. Mon déſeſpoir ſembloit s'accroître par les conſolations qu'on vouloit me donner. Rendez-moi Adélaïde, lui
dis-je ; pourquoi m'en avez vous ſéparé ? Non , je ne puis plus
vivre dans cette maiſon où je l'ai perdue, où elle a ſouffert tant
de maux par pitié, ajoutai-je, en me jettant à ſes pieds, per-
mettez-moi d'en ſortir : que feriez-vous d'un miſérable dont le
déſeſpoir troubleroit votre repos ? Souffrez que j'aille dans
l'Hermitage attendre la mort ; ma chere Adélaïde obtiendra
de Dieu que ma pénitence ſoit ſalutaire ; & vous, mon Pere,

je vous demande cette derniere grace : promettez-moi que le même tombeau unira nos cendres ; je vous promettrai à mon tour de ne rien faire pour hâter ce moment, qui peut seul mettre fin à mes maux. Le P. Abbé par compassion, & peut-être encore plus pour ôter de la vue de ses religieux un objet de scandale, m'accorda ma demande, & consentit à ce que je voulus. Je partis dès l'instant pour ce lieu ; j'y suis depuis plusieurs années, n'ayant d'autre occupation que celle de pleurer ce que j'ai perdu.

FIN.

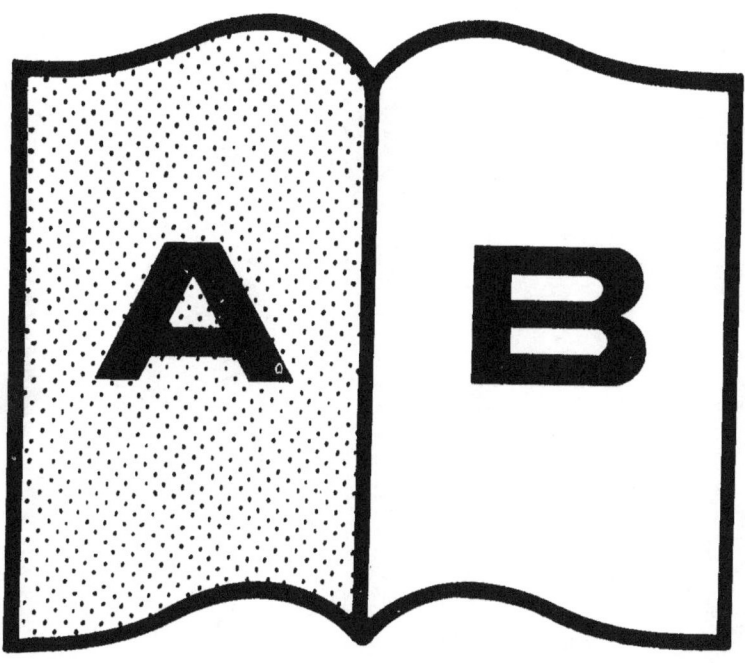

Contraste insuffisant

NF Z 43-120-14